MEJOR QUE AYER

MEJOR QUE AYER

LYNN PAINTER

Traducción de Leire García-Pascual Cuartango

Argentina – Chile – Colombia – España
Estados Unidos – México – Perú – Uruguay

Título original: *The Do-Over*
Editor original: Simon & Schuster
Traducción: Leire García-Pascual Cuartango

1.ª edición: abril 2024

© 2022 *by* Lynn Painter
All Rights Reserved
Publicado en virtud de un acuerdo con Simon & Schuster Books for Young Readers, un sello de Simon & Schuster Children's Publishing Division
© de la traducción 2024 *by* Leire García-Pascual Cuartango
© 2024 *by* Urano World Spain, S.A.U.
Plaza de los Reyes Magos, 8, piso 1.º C y D – 28007 Madrid
www.mundopuck.com

ISBN: 978-84-19252-59-3
E-ISBN: 978-84-19936-71-4
Depósito legal: M-2.694-2024

Fotocomposición: Ediciones Urano, S.A.U.

Impreso por: Rodesa, S.A. – Polígono Industrial San Miguel
Parcelas E7-E8 – 31132 Villatuerta (Navarra)

Impreso en España – *Printed in Spain*

Para
los solitarios,
los que sueñan despiertos,
los que encuentran a sus amigos
entre las páginas de un libro...

IMPORTÁIS, y vuestro final feliz LLEGARÁ.
Solo que, a veces, la espera se hace más larga
en la vida real que en la ficción.

PRÓLOGO

Víspera del día de San Valentín

Cuando el día de San Valentín asoma su dulce cabeza en forma de corazón por el horizonte, existen dos clases de personas esperando para recibirle.

En primer lugar, están aquellos enamorados hasta las trancas de este día, los románticos empedernidos, obsesionados con la idea del amor. Esta clase de personas cree en el destino y en las almas gemelas, y en la idea de que el universo envía a bebés alados y prácticamente desnudos para lanzarles flechas a determinados solteros y contagiarlos así del amor verdadero, que puede causar somnolencia y un maravilloso felices para siempre.

Luego están los cínicos, esas almas cascarrabias que lo clasifican de «fiesta *Hallmark*[1]» y se quejan de que, si el amor verdadero existe, sus proclamas deberían expresarse de manera espontánea cualquier día del año y sin esperar regalo alguno.

Pues bien, yo no soy ni una cosa ni la otra.

Sí que creo que San Valentín es una fiesta propia de película romántica excesivamente comercializada, pero también pienso que no hay nada de malo en disfrutar de los efectos secundarios materialistas de la celebración. Dadme todos los bombones y flores del mundo y, ya de paso, añadidle también una tarjeta de regalo para una librería de la ciudad.

---

1. N. de la T.: Hallmark es un canal de televisión estadounidense conocido por sus películas románticas originales.

Y sí, creo que sí que existe el amor verdadero. Pero tengo la firme sospecha de que el destino, las almas gemelas y el amor a primera vista son conceptos creados por las mismas personas que siguen esperando a que Papá Noel les traiga el cachorrito que pidieron cuando tenían siete años.

Dicho de otro modo, *sí* que espero encontrar el amor verdadero, pero de ninguna manera voy a quedarme sentada esperando a que el destino lo ponga en mi camino.

El destino es para los tontos.

El amor es para los que lo planean todo.

Mis padres se casaron el día de San Valentín, un mes después de empezar a salir juntos. Se enamoraron apasionada y locamente cuando tenían dieciocho años. Inmediatamente, sin pensar en absoluto en circunstancias del mundo real como la compatibilidad o los distintos temperamentos.

Mientras que este comportamiento imprudente llevó, bueno, *a mi nacimiento*, también dio lugar a años de desacuerdos y discusiones, que más bien fueron un eterno concurso para ver quién gritaba más alto, así como la banda sonora de mi infancia antes de que su relación se convirtiese en una ruptura a gritos junto a la pequeña fuente de querubín que teníamos en el jardín delantero.

Pero su incapacidad para razonar usando la lógica frente a los sentimientos me otorgó el don de la claridad, de aprender de sus errores. En vez de salir con chicos que me hagan suspirar pero que, claramente, no son para mí, salgo con chicos que cumplen todos y cada uno de los puntos de mi lista de pros y contras. Solo salgo con aquellos chicos que, sobre el papel (o sobre mi hoja de Excel), comparten al menos cinco intereses conmigo, tienen un plan a diez años vista y se visten como si no les fuese a dar por jugar al baloncesto de un día para otro.

Por eso Josh era el novio perfecto.

La primera vez que nos vimos, marcó todas y cada una de las casillas de mi lista pre-novios, y se había ido superando cada día durante los tres meses que llevábamos juntos.

Así que, mientras seleccionaba el atuendo perfecto en la víspera de San Valentín para el día siguiente, de pie frente a mi armario, estaba más que emocionada. No por los infantes desnudos y armados con un arco, o por las sorpresas épicas y cósmicas, sino por mis planes. Tenía todo el día planeado: el regalo, qué le diría, el momento adecuado para ambas cosas... e iba a ser exactamente como yo quería que fuera.

Perfecto.

¿Por qué tendría que esperar a que el destino me echase una mano cuando tenía dos manos perfectamente capaces?

CONFESIÓN N.º 1

A los diez empecé a guardar papeles con confesiones en el interior
de una caja que escondo en mi armario para que, si me pasaba
algo alguna vez, la gente supiese que era algo más que la chica
silenciosa que seguía las normas.

EL PRIMER DÍA DE SAN VALENTÍN

Cuando sonó la alarma la mañana del día de San Valentín, sonreí. Para empezar, este año tenía novio, y no era un novio *sin más*. Josh era inteligente y guapo, y probablemente el alumno del Instituto Hazelwood que más probabilidades de éxito tenía. Cada vez que estudiábamos juntos y se ponía sus gafas de carey, que le hacían parecer un futuro alumno de una de las universidades de la Ivy League, juro que mi corazón se saltaba un latido y provocaba esa dulce sensación parecida a un pellizco que disparaba todas mis terminaciones nerviosas.

En retrospectiva, esa sensación probablemente se debiese a un problema arterial causado por mi dieta basada en café solo y bebidas energéticas. Pero en aquel entonces no lo sabía.

Eché a un lado las sábanas y me bajé de la cama de un salto, ignorando el sonido de la respiración entrecortada de Logan que provenía del otro lado del colchón. A mi hermanastro de tres años le encantaba colarse en mi habitación y dormir conmigo porque pensaba que era alguien increíble.

Y tenía razón. Porque cuando me acerqué a mi agenda, que estaba abierta sobre el escritorio, me *sentía* increíble. Tarareé la canción de «Lover» mientras me ponía las gafas y consultaba la lista del día.

Lista de tareas pendientes – 14 de febrero
Reorganizar la carpeta de planificación de las becas
Estudiar para el examen de literatura
Recordarle a mamá que envíe por correo electrónico una
copia de la tarjeta del seguro sanitario a dirección
Recordarle a papá lo de las reuniones de padres y
profesores y asegurarme de que las apunte en su calendario
Enviarle un correo electrónico al asesor de las prácticas
Intercambiar regalos con Josh
¡¡¡¡¡¡¡¡¡¡Decirle «te quiero» a Josh!!!!!!!!!!!!

Me quedé mirando ese último punto, tomé un bolígrafo y garabateé corazoncitos a su alrededor. Nunca antes había dicho *esas* palabras de forma romántica y, como nuestro aniversario de los tres meses juntos caía en EL día, era como si el universo lo hubiese programado así específicamente *para* mí.

Llena de emoción, entré en el cuarto de baño y abrí la ducha.

—Em, ¿terminas ya? —Oí al meter la mano bajo el chorro de agua para comprobar la temperatura.

Agh. Puse los ojos en blanco y me metí bajo la ducha.

—Acabo de entrar.

—Joel necesita hacer caca. —Lisa, la mujer de mi padre, sonaba como si estuviese hablando con la boca pegada a la puerta—. Urgentemente.

—¿Es que no puede ir al baño de arriba? —Me eché el champú en la palma de la mano y me froté el cuero cabelludo. Adoraba a los mellizos, pero, a veces, vivir con niños pequeños era una mierda.

—Lo está usando tu padre.

—Dame dos minutos —suspiré.

Me terminé de duchar a toda prisa, negándome a dejar que la interrupción me arruinase el día. Después de secarme con la toalla el cabello y ponerme el albornoz, pasé a la carrera junto a Lisa y a un inquieto Joel, de vuelta a mi dormitorio en el sótano. Me arreglé corriendo el pelo, demasiado rizado para mi gusto, mientras seguía tarareando canciones de amor, antes de enchufar la plancha y eliminar la molesta arruga de la manga derecha de mi vestido. Sabía que mi mejor amigo, Chris, pondría los ojos en blanco y me diría que estaba siendo una exagerada pero, ¿por qué dejar la arruga cuando solo se tarda dos minutos en plancharla?

Me vestí y corrí escaleras arriba para zamparme una barrita de proteínas antes de irme al instituto. Al abrir el envoltorio, mi mirada se desvió involuntariamente hacia el pastel empezado que había junto al microondas, como si fuese la tentación encarnada. Sí, ese trozo de pastel de *mousse* de chocolate con nata y virutas por encima seguro que estaba delicioso, pensé mientras le daba un mordisco enorme a mi barrita de mantequilla de cacahuete y leche, pero un trozo lleno de azúcar y carbohidratos no es la mejor forma de empezar el día.

Aparté la mirada del pastel de chocolate y me centré en masticar la barrita de proteínas seca.

—Por Dios, come más despacio. —Mi padre estaba sentado a la mesa, leyendo el periódico y tomándose su taza de café como había hecho cada uno de los días de mi vida. Tenía el cabello tan rojo como el fuego, la vibrante versión original de mi castaño cobrizo apagado. Me dedicó una sonrisa engreída antes de continuar hablando—: Ninguno sabemos cómo hacer la maniobra de Heimlich.

—¿Es que no es una especie de prerrequisito para ser padre o algo así? ¿Cómo es posible que Lisa y tú tengáis hijos y ninguno de los dos sepa hacer la maniobra de Heimlich?

Su mirada estaba clavada en mi boca llena.

—Supongo que fuimos idiotas al dar por sentado que nuestra descendencia no devoraría como marranos.

—Ya sabes lo que ocurre cuando das algo por sentado, ¿no?

—Sí. —Me guiñó un ojo y volvió la mirada al periódico—. Que alguien se convierte en una burra.

—Oh, venga ya, chicos. —Lisa entró en la cocina con Logan en un brazo y Joel en el otro—. ¿Podemos, por favor, no decir palabrotas delante de los bebés?

—No estaban aquí —repuse, con la boca llena por la barrita—, cuando lo dijo.

—Y técnicamente —añadió mi padre, guiñándome un ojo de nuevo—, «burra» no es una palabrota. Es como decir asno. —Sonreí, al mismo tiempo que Lisa me miraba como si desease que desapareciera para siempre.

Desde que mis padres se divorciaron cuando yo todavía estaba en primaria he estado yendo de una casa a otra cada mes por la custodia compartida, pero siempre he sido como una especie de nómada que se interponía inevitablemente en sus caminos. En sus casas. Para ser justos, Lisa no era la madrastra malvada estereotípica. Era maestra de infantil, hacía feliz a mi padre y era una madre excelente para los chicos. Pero yo siempre he sentido como si me estuviese interponiendo en su camino.

Tomé la mochila y las llaves de mi coche, y me despedí, antes de salir corriendo por la puerta.

El sol brillaba en lo alto aunque hacía un frío helador, y había nevado por la noche, pero parecía que mi padre ya se había encargado de rascarme el parabrisas y las ventanillas del coche. Me empezó a sonar el teléfono desde las profundidades de mi mochila, y lo saqué justo a tiempo de ver que Chris me estaba haciendo una videollamada.

Respondí su llamada y ahí estaban mis dos mejores amigos, sonriéndome frente a las taquillas rojas del pasillo de los de penúltimo año. Le dediqué una sonrisa a la pantalla rota de mi teléfono y a mis rostros favoritos del mundo entero.

Roxane tenía la tez oscura, unos pómulos increíbles, y la clase de pestañas que las madres de las urbanizaciones de las afueras intentan emular poniéndose extensiones; y Chris tenía los ojos marrones con los párpados caídos, la piel de porcelana siempre impecable y el cabello negro rizado que siempre formaba los bucles más perfectos del mundo. Si no fuesen unas personas realmente increíbles, sería difícil no odiarlos por lo guapos que eran.

—¿Ya estáis en el instituto? —les pregunté.

—Sí, ¿y a que no adivinas qué acabamos de ver? —me preguntó Chris, meneando las cejas de arriba abajo.

—Quiero decírselo yo —dijo Rox, posicionándose delante de él en la pantalla.

—Yo lo he visto, así que se lo cuento yo. —Chris le dio un suave empujón para apartarla—. Josh ya está aquí y le he visto meter una bolsa de regalo en su taquilla.

Solté un gritito y di una palmadita antes de montarme a mi vieja furgoneta Astro que mi padre insistía en que «tenía personalidad».

—¿Grande o pequeña?

—Mediana —respondió Chris antes de que Rox añadiese:

—Lo que es bueno, porque si fuese demasiado grande significaría que te va a regalar un animal de peluche de mierda, y una demasiado pequeña seguro que tendría tan solo un cupón para abrazos gratis o algo así. Mediana es el tamaño perfecto.

Me reí a carcajadas. Su entusiasmo me hacía feliz porque hasta entonces habían estado en el equipo anti-Josh. Decían que se comportaba como si fuese mejor que el resto, pero yo sabía que solo era porque no lo *conocían* de verdad. Lo que pasaba es que era tan inteligente y estaba tan seguro de sí mismo que a veces la gente podía *malinterpretarlo* y creer que era arrogante.

Ojalá esto significase que estaban reconsideran lo que opinaban sobre él.

El novio de Rox, Trey, apareció a sus espaldas y me saludó. Yo le devolví el saludo antes de colgar la llamada, lanzar el teléfono al asiento del copiloto, arrancar la furgoneta y acelerar en dirección al instituto. Finneas canturreaba alegremente desde los altavoces y yo cantaba a todo pulmón cada una de las palabras que componían la letra de «Let's Fall in Love for the Night».

Me moría de ganas de ver a Josh. Se había negado a darme ni una sola pista sobre mi regalo, así que no tenía ni idea de qué esperar. ¿Flores? ¿Joyas? Yo, a pesar de que me había gastado todo el sueldo acumulado de dos meses trabajando en la cafetería, le había comprado la correa Coach para su reloj que tanto quería. Sí, ahora estaba sin blanca, pero solo por ver su cara iluminarse cuando la abriese habría valido la pena.

Me sonó el teléfono desde el asiento del copiloto y le eché un vistazo a la pantalla en el primer semáforo en rojo.

> Josh: Feliz SV. ¿Ya estás por aquí? ¿Y qué quieres primero? ¿Tu poema o tu regalo? El poema, seguro.

Sonreí justo cuando el semáforo volvía a ponerse en verde. Mientras atravesaba la urbanización, la canción que estaba sonando por la radio (mi destartalada furgoneta ni siquiera tenía Bluetooth) se cambió de repente a una emisora de música metal en la que los cantantes no paraban de gritar, así que fui cambiando de emisora en busca de una melodía digna de aquel día tan trascendental.

¿Billy Joel? Nop.

¿Green Day? Negativo.

¿Adele? Mmmm... puede que eso sirva...

Bajé la mirada hacia el salpicadero para subir el volumen y después volví a alzar la vista hacia la carretera, justo a tiempo para ver cómo la camioneta que tenía enfrente se paraba de repente. Pisé el freno con fuerza, pero en vez de detenerse, las ruedas de mi coche se bloquearon y perdí el control. *¡Mierda, mierda, mierda!*

No pude hacer nada. Me estrellé contra la parte trasera de la camioneta. Con fuerza. Me preparé para el golpe que sin duda alguna me daría el coche que llevaba detrás pero, por suerte, frenó a tiempo.

Sin apenas poder respirar, eché un vistazo a través del parabrisas para ver que mi capó había quedado totalmente arrugado como un acordeón. Pero la persona que conducía la camioneta se estaba bajado, lo que con suerte significaba que se encontraba bien. Tomé mi teléfono, abrí la puerta y me bajé del coche para ver los daños.

—Estabas mandando mensajes, ¿verdad?

—¿Qué? —Alcé la mirada y ahí estaba Nick Stark, mi compañero de laboratorio de química—. ¡Pues claro que no!

Bajó la mirada hacia mi mano, hacia mi teléfono, y enarcó una ceja.

¿Qué probabilidades había de que me hubiese chocado contra alguien a quien conocía? Y no solo a alguien a quien conocía, sino contra alguien a quien nunca había parecido caerle muy bien. Quiero decir, técnicamente nunca se había comportado como un imbécil conmigo, pero tampoco es que hubiese sido nunca demasiado amable.

El primer día que tuvimos clase de química, cuando me presenté, en vez de responderme con un «Encantado de conocerte» o con un «Yo soy Nick», se limitó a mirarme fijamente antes de responderme «Vale» y volverse de nuevo hacia su teléfono. Cuando derramé por accidente mi bebida energética en nuestra mesa del laboratorio hace unos meses, en vez de decir «No pasa nada» como habría hecho cualquier ser humano normal y corriente después de que yo me disculpase, Nick Stark me había mirado fijamente y, sin sonreír siquiera, había respondido: «Quizás deberías dejar la cafeína».

El chico era todo un enigma. Jamás le había visto fuera de los pasillos del instituto, y tampoco tenía ninguna pandilla o grupo de amigos, al menos que yo supiese. Aunque los dos éramos alumnos de penúltimo curso, seguía sin tener la información necesaria para saber dónde clasificarlo.

Y odiaba que fuese así.

—Has sido tú el que se ha frenado en seco en medio de la carretera en hora punta —rebatí.

—Había una ardilla cruzando —respondió casi en un gruñido.

—Mira, Nick. —Respiré hondo, repitiendo mentalmente mi mantra: «Estás por encima de esto, estás por encima de esto», y me las apañé para añadir—: No me culpes por...

Él entrecerró los ojos.

—Perdona. ¿Tú eres...?

Me crucé de brazos y ahora me tocaba a *mí* entornar la mirada.

—¿Estás de broma?

—¿Vas al Hazelwood?

—Soy tu *compañera de laboratorio*. —¿Es que se estaba quedando conmigo? El chico nunca hablaba, a excepción de para responder con monosílabos de vez en cuando, pero aun así—. ¿Llevamos compartiendo mesa en clase de química desde principio de curso...? ¿Te suena de algo?

—¿Eres tú? —Sus ojos vagaron por mi rostro como si no estuviese del todo seguro de si me creía o no.

—¡Sí, soy yo! —Estaba perdiendo la paciencia porque tenía grandes planes para ese día y este chico arisco se estaba interponiendo en mi camino de hacer realidad el día de San Valentín perfecto.

Y además no se acordaba de mí, qué... ¿qué demonios?

—Tienes seguro, ¿verdad? —me dijo.

—Esto es increíble —murmuré, observando su vieja camioneta roja que no parecía estar en peor estado que el resto del vehículo—. No parece que haya ningún daño. Al menos no desde este lado.

—Datos del seguro, por favor. —Me tendió la mano y esperó. Tenía ganas de darle un empujón por cómo se estaba comportando, como si fuese mejor conductor que yo, pero era mucho más alto que yo y ancho de espalda, por lo que no parecía que fuese a ceder fácilmente.

Así que, en cambio, me agaché hacia la guantera y recogí la mochila de los pies del asiento del copiloto antes de abrir el compartimento donde guardaba la pequeña carpeta que había preparado el día que compré la furgoneta. La abrí por la sección amarilla titulada «En caso de accidente» y saqué la tarjeta del seguro de su funda protectora.

Él la tomó cuando se la tendí y frunció el ceño.

—¿La tienes guardada en un cuaderno?

—No es un cuaderno, es una carpeta de emergencias.

—¿Y la diferencia es...?

—Es solo una forma de tenerlo todo protegido y organizado.

—¿Todo? —Le echó un vistazo a la carpeta—. ¿Qué más tienes ahí? —preguntó.

—Una lista con todos los talleres, empresas de grúas, instrucciones de primeros auxilios... —Puse los ojos en blanco—. ¿De verdad quieres que continúe? —le reproché.

Nick se me quedó mirando fijamente cinco segundos antes de murmurar algo que sonó a un «Cielos no» al mismo tiempo que sacaba su teléfono y le hacía una foto a la tarjeta del seguro. Después de eso, insistió en llamar a la policía cuando el capó de mi furgoneta empezó a humear. Yo intenté insistir en que se seguía pudiendo conducir —tenía que llegar al instituto y escuchar mi poema, maldita sea— hasta que el motor empezó a arder y los bomberos tuvieron que venir a apagarlo.

Agh, mi padre iba a matarme.

Y después mi madre se encargaría de despedazar mi cadáver hasta que no quedase nada.

Y no iba a tener tiempo para escuchar el poema de Josh hasta después de las primeras clases.

—Toma. —Nick se acercó desde su camioneta y me tendió una chaqueta—. Sé que no pega nada con lo que llevas puesto, pero es calentita.

Quería decirle que no porque lo culpaba por este desastre, pero tenía frío. Mi clásico vestido Oxford rosa de Ralph Lauren era demasiado bonito como para cubrirlo con un abrigo, pero eso había sido antes de tener que estar de pie en medio del frío invernal, observando cómo mi vehículo se convertía en una fogata de campamento.

—Gracias —respondí, deslizando los brazos por las mangas de la chaqueta verde militar que me llegaba casi hasta las rodillas.

Nick se cruzó de brazos y observó la escena mientras los equipos de emergencia limpiaban los restos del accidente.

—Al menos ya le quedaba poco tiempo para acabar en el desguace.

—Creo que quieres decir que era un «clásico» —repuse, aunque odiaba mi furgoneta destartalada. Había algo en la actitud de Nick, y en el hecho de que no me reconociera, que me hacía querer discutir con él.

Se cruzó de brazos y dijo:

—¿Estás bien?

—De maravilla.

Le eché un vistazo a mi teléfono. Ninguna notificación. Ninguno de mis padres contestó cuando traté de llamarlos, lo que no me sorprendía en absoluto. Quería desesperadamente enviarle un mensaje a Josh, pero lo último que necesitaba era recordarle a Nick que es probable que estuviese distraída cuando me choqué contra él.

El agente de policía llegó poco después que los bomberos y fue relativamente amable mientras me escribía la citación que estaba segura de que iba a hacer que me castigasen.

AHH.

Nick me observó mientras la grúa desaparecía con mi furgoneta.

—¿Quieres que te lleve? Quiero decir, vamos al mismo sitio y vas vestida *así*.

Bajé la mirada hacia mis piernas al descubierto y mis botas de cuero marrón, apretando los dientes para que no me castañeasen.

—¿Voy vestida cómo?

—Ridícula.

—*Oye.*

Se atrevió a reírse ante mi expresión de asombro.

—No estaba metiéndome con tus elecciones de moda: pareces, mm… vas vestida como «la novia de un jugador de polo», no te preocupes. Solo quería decir que no llevas nada en las piernas y como hace unos menos seis grados fuera… El caso, ¿quieres que te lleve o no?

Tragué con fuerza y escondí mi nariz congelada en el cuello de la chaqueta. Olía a frío y a aceite de motor.

—Mm, sí. Supongo.

—¿Quieres decir *gracias*?

Eso me hizo esbozar una pequeña sonrisa.

—Muchísimas gracias, mi increíble salvador.

—Eso está mejor.

Me metí en su camioneta, cerré de un portazo la pesada puerta y me abroché el cinturón. La camioneta vibró con fuerza cuando la arrancó y dio los intermitentes antes de reincorporarse a la circulación y dirigirse hacia el instituto. Fuera cual fuese el grupo enfadado que sonaba a través de aquel anticuado equipo de música, era atroz y cantaba demasiado alto.

—¿Qué *es* eso? —Bajé el volumen de esa música de mierda y estiré mis manos congeladas frente a la ventilación, que soltaba aire caliente para caldear el interior del vehículo.

—Si estás hablando de la música, es Metallica. ¿Cómo es posible que no los conozcas?

—Mm, ¿porque yo sí que tengo gusto musical y no tengo cien años?

Mi comentario hizo que las comisuras de sus labios se deslizasen hacia arriba y formasen una sonrisa burlona.

—Bueno, ¿y cuál es *tu* disco favorito para conducir, compi de laboratorio?

En ese momento me gustaba mucho el álbum *Rumours* de Fleetwood Mac, pero me encogí de hombros.

—Solo escucho lo que pongan por la radio —respondí.

—Pobre chica necesitada de música de calidad.

—En este caso sería la pobre chica necesitada de ladridos ininteligibles.

—Anda, escucha. —Volvió a subir el volumen y me dedicó una amplia sonrisa—. Su rabia sienta bien, ¿verdad? Siéntela, Mechero Bunsen, respírala.

—Estoy bien como estoy. —«Mechero Bunsen». Negué con la cabeza pero no pude contener una sonrisa mientras por los altavoces se escuchaba a Metallica gruñir la palabra «*blackened*», que retumbó por toda su camioneta—. Me limitaré a respirar mi propia rabia, muchas gracias.

Después de unos minutos volvió a bajar la música y puso el intermitente para girar hacia la entrada del instituto. Movió la palanca de cambios que había junto al volante, metiendo segunda para girar.

—¿Esta camioneta tiene transmisión manual en medio del salpicadero? —pregunté, quizás demasiado emocionada.

Él frunció el ceño.

—¿Cómo es posible que *tú* sepas lo que es una palanca de cambio manual en medio del salpicadero?

Me crucé de brazos y me sentí de lo más guay por saberlo.

—Sé muchas cosas.

Sus labios se curvaron en una sonrisa pícara.

—Es bueno saberlo.

¿Es que pensaba que estaba coqueteando con él?

—No quería decir *eso*.

Soltó una pequeña carcajada, profunda y sonora, como si no se lo creyese del todo.

A mí me ardían las mejillas con fuerza.

—Mi padre tenía un coche con ese tipo de palanca de cambios. Olvídalo.

Entró en el aparcamiento de los de penúltimo año y disminuyó la velocidad.

—¿Te enseñó a conducirlo?

—¿Qué? —Bajé la mano hacia mi mochila y saqué mi brillo de labios.

—El coche con transmisión manual en el salpicadero. ¿Te enseñó a conducirlo tu padre?

—Nop. —Bajé el parasol del asiento del copiloto y, mirándome al espejo, me pasé el aplicador del brillo por los labios, recordando todas y cada una de las veces que mi padre me había prometido enseñarme a usarlo pero que había terminado estando demasiado ocupado con el trabajo y con los mellizos como para ser fiel a su palabra.

—Es una pena. —Derrapó al llegar al final de la primera fila—. Todo el mundo debería saber conducir un coche manual.

«Sí, deberían». Vuelvo a subir el parasol y recuerdo la palanca de cambios del Porche de mi padre, el coche que se había pasado años arreglando y que siempre había dicho que sería mío cuando lo terminase.

Lo había terminado de arreglar hacía tres años.

—Por cierto, ¿les has dicho a tus padres que se te ha quemado el motor? —Le echó un vistazo de reojo a mi teléfono, como si estuviese esperando a que empezase a enviar mensajes a diestro y siniestro.

Yo me volví hacia la ventanilla. El hecho de que ninguno de mis padres me hubiese devuelto las llamadas era algo bueno, aunque solo en parte, porque posponía la ingente cantidad de problemas en los que me iba a meter de un momento a otro. Pero también dolía un poco que no les preocupase en absoluto por qué les estaba llamando cuando, para ese momento, ya debería haber estado en el instituto. En vez de explicarle todas las emociones contradictorias que estaba sintiendo, me limité a responder:

—No, he creído que era mejor darles una sorpresa.

—Buena idea. —Las ruedas de la camioneta se deslizaron leve-mente cuando Nick se metió en uno de los huecos libres del aparca-miento, que tenían una buena capa de nieve acumulada, y yo me tuve que recordar que seguía siendo el día de San Valentín. Puede que hubiese perdido mi coche y que en unas horas mis padres terminasen asesinándome, pero dentro de unos minutos estaría con Josh. Me lee-ría mi poema, me daría mi regalo, yo le diría esas dos palabras mági-cas y todo lo demás desaparecería.

—Bueno —dije, abriendo la puerta del copiloto cuando aparcó y apagó el motor—. Que tengas un feliz día de San Valentín.

—A la mierda con eso —respondió Nick, ladrando cada una de las palabras como si le acabase de desear un feliz día de castración o algo así mientras salía de la camioneta y cerraba la puerta del conduc-tor de un portazo—. Odio esta mierda de día.

Me bajé de la camioneta, me quité su chaqueta y se la tendí cuan-do rodeó el vehículo hasta llegar a mi lado.

—Bueno, entonces que tengas un buen día a secas, supongo.

—Claro —repuso, lanzando el abrigo a la parte trasera del vehículo—. Gracias.

CONFESIÓN N.º 2

Una vez activé la alarma de incendios de un hotel porque mis padres estaban durmiendo y yo quería llegar a Disneyland antes de que se formase una cola enorme para ver a Bella.

—Emilie, tengo una nota aquí que dice que tienes que ir a dirección.

—El señor Stewart, mi profesor de la segunda clase del día, agitó un permiso firmado frente a su rostro.

—Oh. —Dejé a un lado el libro que se suponía que no debería estar leyendo, me levanté y tomé mi mochila que había dejado antes en el suelo junto a mi asiento. Había estado en medio de una escena sexual bastante intensa, así que me sonrojé con violencia inmediatamente al sentir que me habían atrapado leyendo porno.

—Uhhh, Emmie está metida en problemas.

Le dediqué mi mejor sonrisa sarcástica a Noah, el mejor amigo de Josh. Era jugador de tenis, y nunca me había dirigido ni una sola palabra hasta que empecé a salir con Josh. A quien, menuda coincidencia, no había visto al final esta mañana porque Nick y yo habíamos llegado al instituto justo a tiempo para la primera clase. De momento, este día no estaba saliendo como se suponía que tenía que salir.

—Ya me conoces —le dije a Noah, metiendo el libro en mi mochila, tomé el permiso que me tendía el profesor y salí de la clase. Eché de menos la chaqueta ancha de Nick Stark al recorrer el pasillo vacío.

Llevaba congelada desde el mismo instante en el que se la había devuelto en el aparcamiento. Sabía que Josh jamás tendría algo tan práctico en su taquilla, su jersey azul marino de punto era lo más abrigado que tendría, pero tenía tanto frío que decidí que merecería la pena probar.

Bajé la mirada hacia mi teléfono, pero el único mensaje que tenía era de mi horrible jefe, tratando que accediese a ir a trabajar cuando se suponía que tenía el día libre.

«¿El día de San Valentín? Ni de broma, señor». O «Aliento apestoso», que es como lo llamaba en secreto.

Sé que no estaba bien por mi parte llamarlo así, pero de verdad que *era* horrible. Era un secreto a voces que se cortaba las uñas de los pies en la sala de descanso del personal, que se pasaba el día metido en Tinder en horario de trabajo a pesar de estar casado y que nunca había oído hablar del término «espacio personal». ¿Cómo sino iba a saber que su aliento apestaba?

Me volví a guardar el teléfono en el bolsillo de mi vestido y me pregunté por qué me estarían llamando a dirección, pero no estaba preocupada. La semana pasada me habían dicho que había ganado la Beca Alice P. Hardy a la Excelencia periodística en la Escuela Secundaria, así que probablemente se trataba de eso.

Todavía seguía pellizcándome por ese motivo, para recordarme que no lo había soñado. No solo me habían aceptado en el prestigioso programa de verano de periodismo, con el que me quedaría todo el verano en un apartamento en Chicago y trabajaría junto con otros cincuenta estudiantes de instituto, sino que, además, iba con todos los gastos pagados.

Estaba más que emocionada por ponerme manos a la obra, pero incluso aún más por lo bien que quedaría ese programa en mis solicitudes para la universidad. A la mayoría de mi amigos todavía no les preocupaba ese tema, pero yo iba a asegurarme de entrar en la universidad de mis sueños, fuese como fuese.

—Hola, Emilie. —La señora Svoboda, la secretaria escolar, me sonrió y me hizo un gesto para que entrase en el despacho de orientación—. Ve al despacho del señor Kessler. Te está esperando.

—Gracias. —Me acerqué y alcé la mano formando un puño para llamar a la puerta medio abierta del orientador al mismo tiempo que él decía:

—Aquí la tenemos. Entra, Emilie.

Entré en su oficina y vi a la mujer que me había entrevistado para la beca. Estaba sentada en una de las sillas frente al escritorio, con una taza de café en la mano y mirándome fijamente.

—Oh. Mm, hola. —No esperaba verla aquí, pero recobré la compostura rápidamente y me acerqué para darle un firme apretón de manos—. Qué alegría volverla a ver.

La mujer, la señora Bowen, buscó mi mano a tientas y pareció un tanto sorprendida por mi apretón.

—Lo mismo digo, aunque desearía que nos estuviésemos viendo en mejores circunstancias.

Incluso con ese aviso, no me esperaba algo *tan* malo. Esperaba que me dijese que necesitaba alguna recomendación más o quizás que necesitaban una foto mía de inmediato.

Me senté en el borde de la silla que había en un rincón del despacho.

—¿Qué quiere decir?

—Por desgracia, ha habido un error en el puntaje de las solicitudes para la beca. Nos hemos dado cuenta de que algunas de las puntuaciones no habían sido sumadas correctamente.

Mi corazón se saltó un latido.

—¿Lo que significa…?

—Lo que significa que, en realidad, *no te podemos* ofrecer la beca.

Suena a tópico, pero en ese instante sentí cómo toda la sangre abandonaba mi rostro de golpe. Literalmente, lo *sentí*. Empecé a ver las estrellas deslizándose lentamente por mi visión y me empezaron a pitar los oídos con fuerza al mismo tiempo que comprendía el alcance de lo que me estaba diciendo.

Se acabó lo de marcharme fuera este verano.

Se acabó el prestigioso programa que poder poner en mis solicitudes para la universidad.

Y Josh me dejaría atrás este verano para irse a *su* prestigioso programa de verano.

Se acabó Northwestern.

—¿Emilie? —El señor Kessler entrecerró los ojos y me observó preocupado, como si creyese que me fuese a desmayar en cualquier instante. *Ojalá*. En ese momento tenía ganas de hacer cientos de cosas, la mayoría violentas, pero desmayarme no era una de ellas.

Me metí un mechón de cabello rebelde tras la oreja y me obligué a esbozar una sonrisa educada.

—¿Entonces el recuento final ya está confirmado?

La señora Bowen torció la boca en una mueca de disgusto y asintió.

—Lo sentimos muchísimo.

—Bueno. —Me encogí de hombros y sonreí—. ¿Qué se le va a hacer? Estas cosas pasan. Agradezco la oportunidad, igualmente.

La mujer ladeó la cabeza, como si no terminase de creerse del todo que no estuviese armando una escena. «Confíe en mí, señora, he aprendido a las malas que armar una escena no soluciona nada».

—No tengo palabras para pedirte disculpas, Emilie —añadió.

—Lo entiendo. —Carraspeé para aclararme la garganta y me levanté de un salto—. Gracias por hacérmelo saber.

Me marché con la cabeza bien alta y me fui directa al baño. Odiaba llorar, pero tenía un enorme nudo de desolación rodeándome el corazón y amenazando con acabar conmigo si no me tomaba un minuto para respirar.

Les envié un mensaje a mis padres y ninguno respondió.

Era tan indignante, estaba sentada completamente vestida, sobre un retrete, y llorando a lágrima viva, pero las noticias habían sido como un puñetazo directo al estómago. Me acababan de arrancar de las manos todo por lo que llevaba tanto tiempo trabajando.

Porque mis padres empezaron a hablar de la universidad justo después de divorciarse, y me dejaron muy clara su decisión: si quería estudiar fuera del estado tendría que encontrar una beca que me lo cubriese todo. Al parecer, la disolución de su matrimonio había mermado considerablemente sus ahorros, con todos esos abogados que contrataron para luchar por sus causas y demás, así que todo lo que habían ahorrado para pagarme la universidad algún día también se había esfumado durante su divorcio.

Fue en ese momento cuando decidí que me dedicaría a ser la mejor estudiante. Desde esa fatídica conversación no había sacado más que sobresalientes, me volqué por completo a escribir para el periódico escolar, y me examiné del ACT[2] cinco veces, incluso aunque ya hubiese sacado una nota más que excelente en mi primer intento.

Al fin y al cabo, cada punto contaba.

Pero para poder ir a alguna universidad como Northwestern, la universidad de mis sueños, sin que mis padres lo financiasen, necesitaba ser perfecta. Con extracurriculares impecables, cartas de recomendación, un sinfín de horas de voluntariado. Lo necesitaba todo.

E, incluso *con* todo eso, cabía la posibilidad de que todavía me quedase corta.

Lo que tampoco quería admitir era que no quería que Josh me superase. Teníamos la misma nota media —la misma media ponderada de 4,4— y me molestaba cuando se ponía por delante. No podía soportar su mirada de suficiencia cuando sabía que iba ganando, y si Josh lo estaba haciendo mejor que yo, el afecto que sentía hacia él *no* era exactamente lo que me invadía.

Me pasé unos minutos más recobrando de nuevo la compostura y el control de mis emociones antes de limpiarme las lágrimas y levantarme del retrete. Era el día de San Valentín, maldita sea. Iba a disfrutar de cada maravilloso minuto de *este día* y no iba a pensar en el resto hasta mañana.

En mi lista de tareas pendientes quedaban dos puntos escritos en rojo por completar: el intercambio de regalos y decir esas dos palabras tan importantes. E iba a volcarme en completar esos dos objetivos y olvidarme del resto.

---

2. N. de la T.: El ACT es un examen de acceso a la universidad de Estados Unidos. La puntuación puede ser sobre 4 o sobre 5, dependiendo de los estados y las universidades.

CONFESIÓN N.º 3

Tengo un carné falso impecable.

En el descanso entre clases, me acerqué a la taquilla de Blake, el amigo de Josh, para preguntarle si había visto a mi novio. Todavía no lo había visto ni una sola vez en todo el día de San Valentín, y necesitaba desesperadamente verle la cara. Nunca tendríamos el día perfecto que había planeado si no estábamos juntos.

Blake estaba apoyado en la pared mandando mensajes cuando le encontré.

—¿Has visto a Josh? —le pregunté—. Normalmente suele pasar el rato por los pasillos o en las salas comunes en los descansos, pero no lo encuentro por ninguna parte.

—Nah. —Miró por encima de mi cabeza, fingiendo (como siempre) que no me había visto. Nunca había sabido si Blake me odiaba o le daba miedo, y eso me distraía. Chris siempre me había dicho que tenía serios problemas por tener que caerle bien a todo el mundo, y yo siempre había pensado que estaba equivocado, excepto cuando se trataba de Blake.

—No tengo ni idea de dónde está —repuso.

—Oh. Vale, gracias. —Me di la vuelta y me sentí tonta por el simple hecho de existir. Blake era de la clase de personas que te hacían sentir así.

Conocí a Josh cuando a ambos nos seleccionaron como tutores para las tutorías alumno-alumno de matemáticas. Llegamos al despacho de orientación al mismo tiempo, en el mismo minuto, y casi me hice sangre en la lengua de tanto mordérmela cuando me sonrió y me sujetó la puerta abierta para que entrase yo primero. Ya sabía quién era, pero claro, ¿quién no?

Josh era la estrella de la excelencia educativa del instituto.

No solo se daba un aire a ese guapísimo actor llamado Timothee con dos E, sino que tenía toda su vida resuelta. Debate, decatlón académico, simulación de juicios... no solo *participaba* en todas esas actividades, era el mejor en todas y cada una de ellas.

Y lo sabía.

Josh iba por la vida con la arrogancia de alguien que estaba totalmente seguro de que era más inteligente que cualquiera a su alrededor. Metía referencias a Shakespeare y a Steinbeck en cualquier conversación como si nada, se solía pasar los descansos entre clases entablando conversación con profesores en alguna de las aulas vacías, y se vestía como si ya fuese profesor de universidad, incluyendo los accesorios de cuero bueno.

Lo que primero me atrajo fue su sonrisa, pero lo que de verdad me hizo enamorarme de él fue su capacidad de analizar a fondo *Tito Andrónico*. La mayoría de la gente no había leído mi obra favorita (y la más desgarradora) de Shakespeare, pero también resultó ser su favorita. Hablamos sobre Tito y Tamorah, y sobre el infierno que había sido la Roma patriarcal durante más de veinte minutos, y en ese momento sentí que era el chico perfecto para mí, por lo que me atreví a hacer algo que no suelo hacer. Le dediqué mi mejor sonrisa y le pregunté si quería estudiar conmigo después del instituto en el Starbucks.

Tuve que llamar al trabajo diciendo que estaba enferma para poder quedar con él, pero sabía que merecería la pena. Porque, en todos los sentidos, Josh era el chico perfecto para mí.

Estaba caminando de capa caída hacia mi taquilla cuando tuve una idea. ¿Y si dejase el regalo de Josh en el asiento del conductor de su coche? El señor Carson normalmente le dejaba librarse de la hora de tutoría para poder ir a por un café en la clase que teníamos después del descanso, así que, de ese modo, no tendría que quedarme ahí de pie mirándolo y sintiéndome incomoda mientas abría su regalo, porque no estaría presente. Y, en cuanto viese el regalo tan maravilloso que le había preparado, vendría corriendo a buscarme y a darme el mío.

Me escabullí por una de las salidas laterales del edificio y me fui directa a su coche, un MG coupé de 1959 que había restaurado con su padre y que amaba más que a la vida misma. Lo hacía sentirse muy James Bond. Solo cuando me acerqué lo suficiente como para tocar uno de los adornos que tenía en el capó, vi...

¿Pero qué? Entrecerré los ojos bajo el brillante sol de febrero y miré a través de su parabrisas. Josh estaba en su coche, sentado en el asiento del conductor. Pero no estaba solo.

Estaba mirando a alguien que había en el asiento del copiloto. Lo único que podía entrever a través del reflejo del cristal era un cabello largo y rubio. Que resultaba ser un rasgo que definía por excelencia a Macy Goldman, la chica increíblemente preciosa con la que había estado saliendo antes de empezar a salir conmigo. Arrancó el motor y el sonido me hizo dar un salto sorprendida mientras me quedaba mirándolos fijamente.

Se me revolvió el estómago, aunque me recordé que solo eran amigos. Él se iba a comprar un café y ella probablemente también querría uno, y se iban los dos juntos en su coche para ayudarse a traer el resto de los cafés que les habían encargado luego de vuelta.

Estaba a punto de acercarme y llamar a la ventanilla cuando sucedió. Ahí estaba yo, de pie con esa cajita de regalo en las manos, una que había envuelto en papel de regalo con corazoncitos rojos, cuando ella se inclinó hacia él y le rodeó el rostro con las manos.

Me quedé completamente congelada en mi sitio mientras observaba cómo ella le acariciaba las mejillas con las manos y después lo besaba. Contuve la respiración en ese mismo instante —*Apártala, apártala, por favor, Josh*— y entonces.

Entonces.

Mientras yo estaba ahí de pie, congelada en medio del aparcamiento, aferrándome al regalo de Josh, él le devolvió el beso.

—¡NO!

No me di cuenta de que lo había dicho en voz alta hasta que se separaron y ambos se volvieron hacia mí. Josh abrió su puerta de golpe, pero yo no pensaba quedarme a hablar del tema. Me giré sobre mis talones y me encaminé de vuelta hacia el edificio.

—¡Em, espera!

Podía oír sus pisadas y entonces noté su mano agarrándome del brazo, deteniéndome. Me hizo girar y yo parpadeé para apartar las lágrimas que me anegaban la mirada.

—¿*Qué*? —conseguí escupir.

Josh se pasó una mano por el cabello, claramente confuso.

—¡Ha sido *ella* la que me ha besado a *mí*, Em! —Su aliento formaba pequeñas nubecitas frente a su rostro mientras hablaba a todo correr—. Estoy seguro de que crees que te he traicionado, pero te lo juro por mi vida. *Ella* me ha besado a *mí*.

Él también tenía lágrimas en los ojos y yo solo tenía ganas de darle un puñetazo en la boca. Se suponía que hoy era el día en el que le decía que lo quería y, sin embargo, tenía los labios manchados de *su* brillo de labios.

—Tienes que creerme, Em.

—Aléjate de mí —siseé, dándome la vuelta y dejándolo atrás, de pie en medio del aparcamiento.

CONFESIÓN N.º 4

*Una vez metí un matamoscas en el ventilador de un vecino para
ver qué pasaba. Todo salió volando en pedazos.*

No fue hasta que fingí estar a punto de vomitar —completando mi actuación cubriéndome la boca con la mano y corriendo hacia el baño más cercano— que logré convencer a la enfermera escolar de que me firmase un permiso para volver a casa antes de que terminasen las clases.

Y no fue hasta después de que me firmase el permiso que recordé que ya no tenía coche.

Así que, para mejorarlo todo, tenía que volver andando a casa. Hacía un frío helador fuera y había nieve por todas partes, pero, aun así, iba a tener que volver a casa caminando con unos botines y un vestido camisero.

Nick Stark tenía razón. Iba ridícula.

Me metí el permiso en la mochila y estaba a punto de salir del edificio cuando oí cómo alguien me llamaba.

—¡Emily!

Me volví y allí estaba Macy Goldman, caminando directa hacia mí. Quería ignorarla, o quizás tirarle de los pelos, pero una parte retorcida de mi interior quería escuchar lo que me tenía que decir.

—Escucha. —Se acercó a mí a la carrera, sin aliento—. Solo quería decirte que Josh no te ha mentido. Íbamos a tomar un café, acabábamos de montarnos en su coche, y fui yo la que se inclinó y lo besó. No hay nada entre nosotros.

Lamentaba profundamente haberme quedado a escucharla porque, de cerca, era incluso más guapa que de lejos.

—Ha sido todo culpa mía —añadió—. Él no ha hecho nada malo.

—Vale. —Sorprendentemente, no sentí nada mientras ella me observaba nerviosa—. Entonces, ¿sigues sintiendo algo por él?

Mis palabras la hicieron removerse incómoda. Y apretó los labios con fuerza antes de volver a decir nada.

—Bueno, quiero decir...

—Olvida que te lo he preguntado. —Negué con la cabeza, de repente demasiado cansada de ese día—. No importa.

—Sí, sí importa, porque Josh...

—No puedo hablar contigo ahora mismo. —Me volví y salí del edificio.

Quería encontrar un amor mejor que el que habían compartido mis padres, uno que durase para siempre. Que no terminase con los vecinos llamando a la policía como cuando mi madre degolló la estatua de Cupido y le lanzó la cabeza a mi padre. Pero en ese momento me sentía con el corazón tan destrozado como en aquel entonces.

Me dirigí de vuelta a casa, intentando mantener la compostura mientras el viento invernal me golpeaba la cara. Por suerte, mi padre vivía en un barrio cercano al instituto; si hubiese tenido que caminar un poco más lejos me habría terminado congelando de verdad, una sorpresa más que podría haber añadido a aquel trascendental día de San Valentín.

Me vibró el teléfono en el bolsillo y me entraron ganas de gritar cuando lo saqué y vi que era mi jefe otra vez. *Siempre* le ayudaba cuando nadie más podía, por lo que él *siempre* me llamaba porque sabía que no le sabía decir que no. Volví a guardar el teléfono sin contestar.

Cuando por fin llegué a casa me sorprendió encontrarme con el coche de mi padre aparcado en la entrada. Normalmente estaba trabajando a esas horas.

Abrí la puerta y entré directamente en el salón.

—¿Hola? ¿Papá?

Él se asomó desde el estudio.

—Hola, mocosa, ¿qué haces en casa tan pronto?

—Yo, mm, no me encontraba bien.

—¿Todo bien?

Asentí enérgicamente aunque no estaba nada bien. Era el día en el que se suponía que todo iba a haberme salido bien. Por primera vez, en vez de conmemorar un año más el aniversario de la separación de mi familia en dos unidades familiares distintas, se suponía que estaría emocionada y diría aquello que llevaba tanto tiempo queriendo decir. Había hecho todos mis deberes, había encontrado al chico perfecto y hoy habría sido el día perfecto, enmarcado por el *amor*.

Ahora, sin embargo, parecía como si fuese a terminar el día sin decir o escuchar esas dos palabras tan importantes. Probablemente lo terminaría también con un dolor de estómago horrible y enterrada bajo una montaña de envoltorios de barritas de Snickers.

Puede que necesitase sacar de nuevo mi agenda y añadirlo a mi lista de tareas pendientes del día.

—Bueno, me alegro de que estés aquí, porque quería hablar contigo de algo antes de que los chicos vuelvan del cole.

—¿Vale...?

—Siéntate. —Me señaló con un gesto hacia su oficina y, cuando entré, él se dejó caer en el sofá y le dio golpecitos al cojín a su lado—. Ni siquiera sé cómo decir esto.

¿Cuántas veces puede una persona oír eso en un mismo día?

—Tan solo, suéltalo y ya. —Me dejé caer en el sofá a su lado, cerré los ojos y recordé a Josh besándola. A Macy Goldman—. Tan malo no puede ser.

Él suspiró con fuerza.

—Me han ofrecido un ascenso, pero tenemos que mudarnos a Houston.

Abrí los ojos como platos.

—¿A Texas?

—A Texas.

—Oh. Vaya. —Eso estaba como a unas quince horas en coche desde Omaha. Antes de que pudiese añadir nada más, se me adelantó.

—Después de mucho meditarlo, he decidido aceptar el trabajo.

Sus palabras me sentaron como un puñetazo en el estómago. ¿Cómo se suponía que iba a funcionar la custodia compartida si él vivía en el otro lado del país? Respiré con dificultad antes de volver a hablar.

—¿Ya lo has decidido?

—Sí. —Me dedico una sonrisa enorme y genuina, como si de verdad estuviese emocionado por esta noticia y nada preocupado porque yo no estuviese compartiendo su mismo entusiasmo—. Es una oportunidad increíble, y ya sabes que toda la familia de Lisa vive en Galveston, así que será agradable que los chicos puedan crecer cerca de sus abuelos. Tú te irás a la universidad dentro de poco igualmente, así que tampoco te afectará demasiado la mudanza.

—En un año y medio. Me voy a la universidad en un año y medio. —Carraspeé para aclararme la garganta y me hundí un poco más en los cojines del sofá, tratando de no sonar demasiado triste al preguntarle—: ¿Cuándo os mudáis?

—El mes que viene. Pero tu madre y yo hemos hablado del tema, y estamos de acuerdo en que, como tienes dieciséis años, ya eres lo suficientemente adulta como para decidir qué es lo que quieres hacer.

La cabeza me daba vueltas.

—¿Qué quieres decir?

—Bueno, como te gradúas el año que viene, estoy seguro de que no querrás mudarte y empezar de cero en un nuevo instituto. Hemos hablado del tema, y sin pelearnos, ¿increíble, verdad?, y hemos decidido que puedes quedarte aquí con ella hasta que te vayas a la universidad si es lo que quieres.

—¿Cuál es la otra opción?

Él me observó, sorprendido por mi pregunta, probablemente porque sabía lo mucho que me gustaban Josh, mis amigos o mi instituto.

—Bueno —empezó, mesándose el cabello—, te puedes mudar al sur con nosotros. Pero supuse que no sería lo que elegirías.

Parpadeé con rapidez y sentí cómo me faltaba el aire, como si unas olas imaginarias me estuviesen golpeando constantemente el rostro, taponándome la nariz, y no pudiese respirar. Mi padre y su perfecta nueva familia se mudaban a Texas. Y no le importaba en absoluto dejarme atrás.

¿Cómo había podido siquiera considerar la idea de mudarse al otro lado del país sin mí? En su defensa, la dinámica que llevábamos mis padres y yo era tan disfuncional que probablemente no tenía ni idea de lo importante que era para mí.

Siempre había sido una «buena» chica, la clase de hija por la que los padres no tienen que preocuparse. Siempre tenía los deberes hechos, nunca les respondía mal, siempre había seguido las normas a rajatabla y siempre hacía todo lo que me pedían. En una familia nuclear normal, eso era lo que hacía felices a los padres, ¿no?

Pero en una familia como la mía, me volvía invisible.

Después del divorcio, mi padre había conseguido una nueva casa, una nueva esposa y dos perfectos nuevos retoños; una vida más que plena. Y mi madre había conseguido una nueva casa, un nuevo marido, un puggle al que trataba como si fuese su bebé, y una nueva y estupenda carrera que le requería más tiempo que un niño humano de verdad. Así que eso me dejaba a mí con el desafortunado papel de los restos de su antiguo matrimonio que se dedicaba a ir y venir de una casa a la otra constantemente, asistiendo a todos los juicios anuales a los que teníamos que acudir y, de alguna manera, siempre sorprendiéndolos con mi presencia.

He perdido la cuenta de la cantidad de veces en las que he entrado en una de sus casas solo para oír poco después a alguien decir: «Oh, pensaba que hoy te tocaba donde tu padre / donde tu madre». También he perdido la cuenta de las reuniones entre padres y profesores, o incluso citas con el dentista que me he perdido porque cada uno había dado por sentado que era el otro el que tenía que llevarme o acudir. O la cantidad de veces que me he quedado a dormir en casa de mi abuela sin avisar a ninguno de los dos y en las que nadie llamó para ver dónde me había metido.

No importaba que mis padres no se preocupasen por mí.

Así que no se preocupaban.

En absoluto.

Dicho eso, tampoco eran iguales del todo en ese aspecto. Mi madre era Decidida, con *D* mayúscula. Solo le importaba el trabajo, únicamente, y parecía creer que su papel principal como madre consistía en asegurarse de que yo me comportase exactamente igual que ella. Mi padre, en cambio, era mucho más divertido, relajado y se preocupaba por mí siempre que no estuviese distraído con su nueva y preciosa mujer. Cuando estábamos los dos solos, seguíamos compartiendo esa relación padre-hija tan cercana que siempre habíamos tenido. *Adoraba* a mi padre.

Aunque a veces se olvidase de mí como si no estuviese en ese momento de pie frente a él.

Me estaba mirando intensamente, esperando a que le diese una respuesta. *¿Es que una pequeña parte de su interior quería que fuese con él? O, ¿es que una pequeña parte de su interior NO quería que fuese con él?* Me encogí de hombros y me las apañé para esbozar una sonrisa.

—Creo que voy a necesitar algo de tiempo para pensarlo.

Él asintió, entendiendo lo que le pedía, y cambió de tema para hablar del accidente que había tenido esa misma mañana. Había leído mi mensaje durante el almuerzo, pero para entonces ya había sido demasiado tarde como para devolverme la llamada. Lo escuché echarme la bronca sin prestarle mucha atención, pero lo único en lo que podía pensar es en que tendría que empezar a recordar el sonido de su voz al llegar a casa a la vuelta del trabajo para no olvidarlo cuando se marchase.

Lo único en lo que podía pensar era en el hecho de que no le importase ni un poquito dejarme atrás. Y con la mujer de la que se había divorciado y había dicho que era «imposible vivir», nada menos.

Me marché a mi cuarto y llamé a mi abuela.

—¿Holaaa?

—Hola, abuela. Sorbí los mocos y traté de no echarme a llorar. Sentía que, si me relajaba aunque solo fuese un segundo, no sería capaz de dejar de llorar—. Yo, mm... necesito ir a tu casa. ¿Puedes venir a buscarme?

—¿Estás en el instituto?

—No. —Eché un vistazo a través de la ventana y me fijé en que el sol había desaparecido detrás de las nubes y que el cielo había adoptado un tono gris oscuro—. La enfermera escolar me ha mandado a casa temprano. Estoy en casa de papá.

Ella soltó un ruidito al otro lado de la línea.

—¿Estás enferma?

Me abracé con fuerza.

—No. He visto a Josh besándose con otra persona así que he fingido que estaba vomitando. Tenía que salir de allí.

—Ese maldito desgraciado. Ya voy para allá.

Doce minutos más tarde, el Mustang del 69 de mi abuela apareció en la entrada. Sabía que era ella sin tener que mirar porque su destartalado deportivo rugía como una bestia del motor. Bajé las escaleras a la carrera.

—Me voy a casa de la abuela Max.

Mi padre se volvió a mirarme y supo que estaba triste solo con eso.

—¿A qué hora volverás a casa?

Tomé mi mochila del suelo, donde la había dejado al entrar.

—Me ha dicho que me puedo quedar a dormir allí.

Lisa salió de la cocina, molesta, aunque ni siquiera la había oído llegar.

—Pero acabo de meter el pollo en el horno.

—Mm, gracias. Me lo recalentaré mañana.

Ella frunció el ceño y le echó una mirada de reproche a mi padre antes de que saliese a la carrera por la puerta.

CONFESIÓN N.º 5

Mi abuela me enseñó a derrapar con su coche cuando tenía
catorce años.

—La sopa estará lista en veinte minutos.

—Me parece bien. —Me dejé caer en el sofá de terciopelo viejo, envuelta en mi tristeza y en el olor de la sopa, mirando fijamente la televisión—. Gracias.

—¿Sabes, cariño? —me dijo mi abuela, cubriéndome las piernas con una manta afgana de ganchillo—. Eres mucho mejor de lo que ese Josh o cualquier otro chico piensa.

—Lo sé. —Pero no era verdad. No quería oírla hablar de lo buena que era cuando, en realidad, no era suficiente para Josh.

Me había enviado cinco mensajes desde que me había ido del instituto.

¿Podemos hablar?

¿Te has ido?

Ven a verme a mi taquilla después de clase, ¿por favor?

Me voy a la biblioteca, pero no he hecho nada malo, Em.

Estás siendo muy injusta conmigo.

Ahora estoy enfadado. Llámame.

Tenía el corazón demasiado roto como para formular cualquier palabra o incluso oraciones enteras con las que responder a sus mensajes. Cada vez que lo intentaba —y lo llevaba intentando cada cinco minutos o así desde que los había leído—, terminaba llorando y recordando cómo había besado a Macy.

—A veces no entiendo por qué no abres la boca y dices lo que estás pensando en realidad, lo que te reconcome —me dijo mi abuela, yendo hacia la cocina y bajando el fuego—. *Yo* tengo el privilegio de oírte soltar siempre toda tu rabia conmigo. El resto también debería. No eres la ratoncita complaciente que pretendes ser. ¡Deja que tu rabia reduzca algunas ciudades hasta sus cimientos! —Recalcó su discurso removiendo de forma agresiva la sopa.

—¿Qué quieres que haga, abuela? ¿Que desquite toda mi rabia con todo el que se me cruce?

—Algo así, sí. —Me echó un vistazo por encima del hombro—. Deja de preocuparte por hacer a todo el mundo feliz.

—No se me da tan bien como a ti. —La abuela Max era indomable y totalmente incapaz de perder una discusión—. Es mucho más fácil decir aquello que la gente quiere escuchar.

Sacó dos boles del armario y empezó a llenarlos de sopa.

—¿Pero es que no te reconcome por dentro?

Me encogí de hombros. Estaba rota por dentro, independientemente de cómo había llegado a ese estado. Pensé en Josh y sentí como si mi corazón, de repente, pesase demasiado. Porque si él no era el chico perfecto para mí, ¿qué sabía yo del amor… o de todo lo demás? Habían pasado horas desde que me marché del instituto y sentía que para este momento ya debería haber encontrado una nueva perspectiva pero, en cambio, me sentía vacía.

Me destapé y dejé la manta a un lado sobre el sofá, me acerqué a la mesa y me senté junto a mi abuela, pensando en la última decisión terrible que tenía que tomar. Me había sentado en esta misma mesa en infinidad de ocasiones. ¿De veras era capaz de dejarla atrás y marcharme a Texas? Ya me había dicho antes que estaría bien aunque decidiese marcharme pero, ¿y *yo*? Mi abuela era una de mis mejores amigas, y la única con la que podía hablar de lo de Texas de momento. Me gustaría poder decir que me preocupaba cómo mi viuda abuela sobreviviría sin mi presencia constante, pero en realidad era al revés.

Se tomó una cucharada de su cuenco de sopa.

—¡Pimienta!

—¿Qué?

Se acercó a los fogones y empezó a trastear con la olla.

—Estaba distraída y se me ha olvidado añadir pimienta. Vete a buscar el bote y échate un poco antes de ponerte a comer.

—Estoy segura de que así está...

—No seas vaga. Ve a por el pimentero del mueble donde guardo las cosas de porcelana y sazona bien la sopa.

Me acerqué al armario y saqué el pimentero que tenía forma de gato atigrado.

—No creo que la pimienta marque tanto la diferencia.

—A callar y échate pimienta.

Agité el pimentero sobre mi cuenco, me senté y me llevé la cuchara a la boca. Pero en lugar de degustar una delicia cocinada por mi abuela, la boca me ardió al instante. En el mal, mal sentido.

—¡Ah! —Sentí cómo una descarga me recorría todo el cuerpo. Dejé caer la cuchara al suelo y tomé el vaso de leche que mi abuela me había dejado a un lado. Me bebí hasta la última gota, pero todavía me ardía la boca. Me levanté corriendo hacia el fregadero de la cocina y metí la boca bajo el grifo, lo abrí y me bebí hasta la última gota de agua que soltó.

—¿Por Dios, Emilie, qué demonios te pasa? ¿Es que te has echado demasiada pimienta en la sopa?

Me limpié la boca con el dorso de la mano. Me seguían ardiendo los labios, pero ya no sentía como si mi saliva fuese a corroerme los dientes.

—No sé que hay en ese pimentero, abuela, pero pimienta desde luego no es. Todavía me arde la boca y casi no me he echado nada.

—Oh, cielos. —La abuela Max entrecerró los ojos—. ¿Has usado el pimentero con forma de gato atigrado?

—Tiene una «P» escrita

Se le iluminó la mirada, divertida, pero no sonrió.

—Ese pimentero atroz fue un regalo de bodas de mi suegra. Lleva en ese armario desde que me lo regaló, hace cincuenta años. Ni siquiera sabía que tenía algo dentro.

—¿Me estás queriendo decir que me acabo de comer lo que quiera que estuviese dentro de un pimentero que compró la bisabuela Leona? ¡¿Hace medio siglo?!

Ella tosió para tratar de ocultar una carcajada.

—¿Y si hubiese tenido dentro esas bolitas de sílice que no son aptas para el consumo?

Mi abuela se acercó a la mesa y sacudió el pimentero sobre la palma de su mano.

—No. —Alzó la mano y olfateó el contenido del pimentero—. Creo que es pimienta, solo que pimienta muy vieja.

—Pimienta de hace cincuenta años. Perfecto. —Me sabía la boca como un cubo de basura—. Se acabó. Me voy a la cama.

—Pero solo son las siete.

—Lo sé, pero es como si cada minuto que estuviese despierta en este día de pesadilla fuese un peligro para mi vida. Solo de momento este San Valentín ha hecho que mi coche termine en el desguace, que me quiten la beca que me habían dado, me hayan robado a mi novio, que mi padre se mudase y, probablemente, también que me haya envenenado. Creo que me voy a meter en la cama a leer hasta quedarme dormida antes de que las cosas empeoren.

—Me parece poco probable que las cosas puedan ir a peor.

—¿Verdad? —Me acerqué al armario de las sábanas y saqué la bolsa transparente con la ropa de cama limpia que mi abuela siempre guardaba para cuando me quedaba a dormir—. Pero en este caso prefiero prevenir que curar, aunque peque de precavida, solo por si acaso.

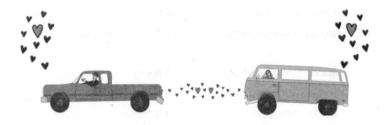

CONFESIÓN N.º 6

He dejado escritas mis iniciales en el interior de cada libro de la biblioteca que he leído desde segundo de primaria.

EL SEGUNDO DÍA DE SAN VALENTÍN

Cuando empezó a sonar «Walking on Sunshine» desde mi teléfono a las seis en punto, parpadeé y entrecerré los ojos, mientras me volvía hacia la pantalla en la oscuridad. ¿Las seis? Me sentía como si no hubiese dormido en absoluto. Como si *me acabase* de ir a…

Espera, ¿qué?

Observé las pegatinas que brillaban en la oscuridad y que había pegado en el techo de mi cuarto en primaria. ¿En qué momento había vuelto a casa? Eché las sábanas a un lado y me bajé de la cama, observando a Logan, que dormía con su pequeña boca abierta a mi lado, estirado cual estrella de mar sobre mi cama. Recordaba haberme quedado a dormir en casa de la abuela anoche, pero no lograba recordar haberme ido de su casa en ningún momento.

Aunque también es cierto que había estado agotada. El día del demonio me había consumido por completo, así que era más que posible que mi cabeza hubiese disociado tanto de la realidad que no recordase haberle pedido a la abuela que me llevase de vuelta a casa.

Le eché un vistazo rápido a mi agenda, que estaba abierta por la página del 14 de febrero, justo como había estado el día anterior.

Lista de tareas pendientes – 14 de febrero
Reorganizar la carpeta de planificación de las becas
Estudiar para el examen de literatura
Recordarle a mamá que envíe por correo electrónico una copia de la tarjeta del seguro sanitario a dirección
Recordarle a papá lo de las reuniones de padres y profesores y asegurarme de que las apunte en su calendario
Enviarle un correo electrónico al asesor de las prácticas
Intercambiar regalos con Josh
¡¡¡¡¡¡¡¡¡¡Decirle «te quiero» a Josh!!!!!!!!!!!!

Parpadeé rápidamente para alejar los recuerdos del día de San Valentín que me asaltaron en ese mismo instante. Josh y Macy, el programa de verano, mi padre… todas las partes de mi vida con las que ese día había acabado.

Pasé la página con rapidez y escribí una nueva lista de tareas pendientes. Las tareas con las que los sucesos del día anterior no habían acabado tampoco las había completado, algo que nunca ocurría. Normalmente era muy rigurosa a la hora de marcar todas y cada una de esas casillas, pero el día de San Valentín de mierda me había hecho olvidarme por completo mi agenda.

Lista de tareas pendientes – 15 de febrero
Hablar con Josh sobre el beso
Decidir si me voy a mudar a Texas o no
Reorganizar la carpeta de las becas
Estudiar para el examen de literatura
Recordarle a mamá que envíe por correo electrónico una copia de la tarjeta del seguro sanitario a dirección
Recordarle a papá lo de las reuniones de padres y profesores y asegurarme de que las apunte en su calendario

Agarré mi bata y entré en el baño para ducharme. Abrí el grifo y me metí bajo el chorro, dejando que el agua se deslizase por mi cabeza, que me calentó y cayó por el cuello al mismo tiempo que las lágrimas volvían a nublarme la vista involuntariamente.

—Em, ¿terminas ya?

¿En serio?

—Acabo de entrar.

—Joel necesita hacer caca. —Lisa sonaba como si estuviese hablando con la boca pegada en la puerta—. Urgentemente.

—Hay un baño arriba. —Me eché un buen chorro de champú en la mano. No tenía ganas de discutir. No después del día de ayer.

—Lo está usando tu padre.

Iba a estrangular a alguien en cualquier momento con mi esponja.

—Solo por esta vez, ¿te importaría quizás pedirle a mi padre que saliese del baño él? No he dormido muy bien y necesito esta ducha urgentemente.

—Ya sabes cómo es tu padre por la mañana.

Me cago. En la leche.

—¡Dame dos minutos! —Me terminé de duchar todo lo rápido que pude, murmurando entre dientes como un viejo cascarrabias mientras dejaba caer los botes de plástico en el suelo con tanta fuerza como podía.

De vuelta en mi cuarto, me sequé el pelo antes de ponerme unos pantalones cómodos y mi sudadera favorita de Northwestern, una elección de vestuario hecha totalmente a desgana. No quería ningún tipo de interacción humana, así que me puse los cascos antes de entrar en la cocina. De ninguna manera iba a hablar del tema de la mudanza sin haber dormido un poco más.

Por suerte, no había nadie en la cocina, así que me comí la barrita de proteínas tan rápido como pude mientras leía el siguiente capítulo del libro de Christina Lauren que estaba leyendo en ese momento y que le había prometido a Rox que le devolvería en clase. Quizás si lo terminaba rápido no tendría que ver a na...

—Por Dios, come más despacio. —Mi padre entró en la cocina con el periódico en la mano—. Ninguno sabemos cómo hacer la maniobra de Heimlich.

Me bajé los cascos y me los colgué al cuello.

—Ja. Ja. —*Ayer era tronchante. Muy, muy gracioso, papá.*

—Bueno, dime. —Sacó una taza del armario sobre la encimera y la colocó en la cafetera Keurig—. ¿Ya has envuelto ese regalo tuyo tan sumamente caro para tu Josh? ¿Con un montón de corazones rojos cursis y cientos de «Te quiero» escritos por el papel?

—¿Qué? —Me tragué de golpe el cacho de barrita que acababa de morder y noté cómo se quedaba trabado en mi garganta—. ¿Me estás preguntando si he envuelto su regalo? ¿De ayer?

Él enarcó una ceja al mismo tiempo que pulsaba el botón de encendido de la cafetera.

—He creído que te haría ilusión el día de San Valentín, pero aquí estás, vestida con pantalones de chándal y de mal humor, así que quizás me equivocaba. ¿Es que me he perdido algo?

¿De qué demonios estaba hablando? No tenía ni idea, así que me limité a seguirle la corriente...

— Ya sabes lo que ocurre cuando das algo por sentado, ¿no?

—Sí, que alguien se convierte en una burra.

—Oh, venga ya, chicos. —Lisa entró en la cocina con Logan en un brazo y Joel en el otro—. ¿Podemos, por favor, no decir palabrotas delante de los bebés?

¿Es que estaban de broma?

—No estaban aquí cuando lo dijo, ¿recuerdas?

—Y técnicamente —dijo mi padre, guiñándome un ojo exactamente igual que el día anterior—, «burra» no es una palabrota. Es como decir asno.

Sentí cómo se me entrecerraban los ojos involuntariamente al mirar a mi padre y después volverme hacia Lisa. ¿Es que estaban intentando hacerse los graciosos o algo así? Vale, no... ella seguía mirándome como si desease que desapareciera en cualquier momento.

Tomé mi mochila y las llaves de mi coche antes de recordar lo que le había pasado a mi furgoneta.

—Ah, mierda, me había olvidado de lo del accidente. ¿Alguno me puede llevar al instituto?

—¿Qué accidente? —Lisa dejó a Joel en el suelo y cambió a Logan al otro costado, mirando a mi padre—. ¿Ha destrozado la furgoneta?

Antes de que pudiese responder, mi padre se adelantó.

—No, no ha destrozado la camioneta. Acabo de salir para rascar el hielo de los cristales, ¿te acuerdas?

—Bueno, ¿y entonces qué quería decir con lo del accidente? —Lisa le observó y después se volvió hacia mí. Mi padre entonces también se volvió a mirarme.

—Ni idea. ¿De qué estás hablando, Em?

Eché un vistazo a mi alrededor y a través de la ventana de la cocina. Y allí, en la entrada, estaba aparcada mi furgoneta Astro con el hielo del parabrisas recién rascado. La señalé.

—¿De dónde ha salido?

—¿El qué? ¿Tu coche? —Mi padre me miró como si estuviese haciendo el tonto. No me estaba mirando en absoluto como alguien que me estuviese gastando una broma—. Diría que de Detroit. Ya sabes, por la GM y todo eso...

Me volví hacia Lisa y ella me observó con la cabeza ladeada y el ceño fruncido.

—¿Em?

—Mm, yo, eh, era una broma. —Traté de esbozar una sonrisa al mismo tiempo que me encaminaba hacia la puerta—. Tengo que irme.

El sol brillaba en lo alto cuando salí a la calle y entrecerré los ojos por la luz al caminar, con cuidado de no resbalarme con la nieve virgen que había caído durante la noche frente a mi coche. No solo no estaba destrozado, sino que no tenía siquiera un solo rasguño.

¿Cómo?

Me monté y lo arranqué, intentando averiguar qué es lo que estaba pasando. Me vibró el teléfono y lo saqué de mi bolsillo. Chris y Rox me estaban haciendo una videollamada.

Pulsé el botón de responder y ahí estaban, exactamente igual que el día anterior, con los rostros apretados el uno contra el otro en medio del pasillo de los de penúltimo año.

—¿A que no adivinas qué acabamos de ver? —me preguntó Chris.

—Quiero decírselo yo —dijo Rox, apartándole y sonriendo a la pantalla.

—Ahora no puedo hablar, os llamo luego. —Colgué la llamada al mismo tiempo que la cabeza me daba vueltas como una camiseta en una secadora. Todo esto era una locura. Salí de la aplicación de Face-Time y mi mirada fue directa a la del calendario.

14 FEB.

En mi teléfono ponía que era «14 FEB.» pero... no lo era. Era quince.

¿Verdad?

—Oye, Siri —dije en voz alta—, ¿qué día es hoy? —Y su vocecita robótica me confirmó que era, de hecho, catorce de febrero.

¿Qué demonios?

Me dirigí hacia el instituto, confusa, hasta que caí en la cuenta de lo que estaba ocurriendo.

Había *soñado* con el día de San Valentín horrible. *Había* estado tan emocionada por el gran día que tenía sentido que hubiese soñado que lo vivía, ¿verdad? Era como cuando los niños pequeños soñaban con el día de Navidad.

Por lo que nunca había llegado a tener un día de San Valentín horrible, todo había sido solo una pesadilla un tanto retorcida.

Suspiré con fuerza y sonreí.

Ahora todo tenía sentido, y me moría de ganas de ver a Josh. Entonces deseé haber optado por ponerme algo mejor que una sudadera ancha, pero eso ya no me parecía tan importante porque seguía teniéndolo *a él*. Ya podía imaginármelo, monísimo, vestido con una de sus camisas bien planchadas, pasando el rato por los pasillos, y me moría de ganas de llegar al instituto, verlo y deshacerme de esa rara sensación con la que me había dejado la pesadilla.

Mi teléfono vibró en el asiento del copiloto y yo le eché un vistazo. *Josh.*

Josh: Feliz SV, bebé. ¿Ya estás por aquí?

¡Ja! Eso era exactamente lo mismo que me había mandado en mi…

Alcé la mirada y la camioneta que iba enfrente se había parado en medio de la carretera de repente. *¡Noooooo!* Pisé con fuerza el freno, pero no sirvió para nada.

Me choqué contra la camioneta de Nick, de nuevo.

Justo como en mi sueño.

Me bajé de la furgoneta.

—¿Estabas mandando mensajes, verdad?

—Por favor, otra vez no.

—Estabas mandando mensajes. Admítelo.

—Nick Stark, que Dios se apiade de mí, pero como vuelvas a decir eso juro que te meto un puñetazo en la garganta.

En esta ocasión él enarcó las cejas.

—¿Qué has dicho?

Mi cerebro estaba intentando comprender lo que estaba ocurriendo. Me señalé y dije:

—Emilie Hornby, tu compañera de laboratorio. Y no estaba mandando mensajes.

Me dedicó una amplia sonrisa cuando dije eso, las comisuras de sus labios se elevaron hacia sus ojos al mismo tiempo que me recorría el rostro con la mirada.

—¿Estás bien?

—De maravilla. —Puse los ojos en blanco y le seguí el rollo, todo era extrañamente igual al día anterior. Era obvio que él no creía que nos hubiésemos visto antes, y yo me sentía confusa tratando de entender qué estaba pasando. Me temblaban las manos cuando le tendí mi tarjeta del seguro. ¿Es que estaba sufriendo un *déjà vu*? ¿Había soñado de verdad con el día de San Valentín?

¿Es que era adivina?

Ni siquiera intenté llamar a mis padres cuando llegó la policía y la grúa. Acepté en silencio la chaqueta que Nick me ofrecía y nos fuimos juntos al instituto, pero él debió de notar que no me encontraba del todo bien por lo que no dijo ni una palabra en todo el camino. Escuché a Metallica ladrar la letra de «Blackened» y, esta vez, la música me pareció un poco más adecuada al día que estaba teniendo. Era el complemento perfecto para mi mañana de «¿Qué demonios está pasando?».

Mientras Nick conducía, estudié su perfil. Su cabello oscuro, su marcada nuez de Adán, su mandíbula afilada, su cuerpo alto… todo era igual que en mi sueño.

Solo por divertirme un poco, miré por la ventanilla y dije:

—Me encanta Metallica.

Él enarcó las cejas incrédulo.

—¿De verdad?

En absoluto. Pero tenía que ver qué pasaba en el día del universo al revés y repetitivo, ¿no?

—Claro. Me gusta su rabia, es casi como si pudieras *sentirla*, ¿sabes?

Sus comisuras se alzaron hasta formar una amplia sonrisa y me observó como si creyese que éramos almas gemelas.

—Bien dicho, Hornby.

Lo miré y me pregunté cómo podría salir de la secuencia onírica. ¿Es que mi destino era chocarme con él cada mañana por toda la eternidad? Sabía que eso no era posible y que tenía que haber *alguna* explicación lógica para todo esto, pero de verdad que estaba empezando a asustarme. «Fingiré que estoy bien y todo irá bien», eso siempre me había funcionado en el pasado. Cuando llegamos al instituto, me bajé de la camioneta con las piernas temblorosas. No sabía por qué, pero al devolverle la chaqueta, le pregunté:

—Todo va a salir bien, ¿verdad?

Él miró fijamente su chaqueta, como si estuviese intentando comprender qué le estaba preguntando.

—Claro. ¿Por qué no iba a salir bien?

CONFESIÓN N.º 7

Suspendí siete veces el curso de natación hasta que mi madre por fin me dio por perdida.

En el instituto todo seguía igual que el día anterior. Me llamaron a dirección para decirme que había perdido la beca del programa de verano. Después salí al aparcamiento y vi a Josh y a Macy. Sinceramente, no sé ni por qué me acerqué a su coche, quizás porque pensaba que, de alguna manera, la vista me había jugado una mala pasada la primera vez. Quizás pensaba que esta vez vería algo nuevo que explicase lo que estaba ocurriendo. Ni siquiera sabía qué era lo que estaba buscando, pero terminé sintiéndome todavía peor de lo que ya me sentía.

Porque esta vez me fijé en cómo él la miraba mientras ella le hablaba, sentados en los asientos de delante de su coche. Esta vez me fijé de verdad en lo guapa que estaba, ahí sentada con su jersey blanco y su cabello rubio enmarcando su rostro de Barbie como si fuese un halo dorado.

Me giré sobre mis talones y volví a entrar en el edificio antes de que se besasen de nuevo, un tanto sorprendida al darme cuenta de que, esta segunda vez, no dolía menos que la primera. Puede que hubiese pensado que sería mucho más fácil ahora que tenía un aviso de lo que iba a ocurrir, pero no lo fue. Todavía me sentía como si un coche me hubiese pasado por encima y me hubiese destrozado las costillas. Porque yo había hecho todo bien, pero seguía sin ser suficiente.

Mantuve la mirada fija en el suelo y me marché a la enfermería. No quería hablar con nadie, que nadie viese las lágrimas que me estaban nublando la vista. Casi había logrado dejar atrás el pasillo azul cuando oí como alguien me llamaba.

—Em. ¡Espera!

Me paré pero no alcé la mirada. No podía.

Chris me agarró del codo.

—¡Bueno, dinos que te ha regalado!

—¿Em? —Roxane se agachó hasta que su rostro estuvo a mi altura. Debía de parecerles patética—. Oh, cariño, ¿qué ha pasado?

Pestañeé rápidamente y negué con la cabeza. Pero ella me agarró del brazo y me arrastró hasta el baño de chicas. Chris nos siguió hasta el interior, como había hecho cientos de veces antes, tomando por el camino una toalla de papel y humedeciéndola antes de pasarla por mi rostro para limpiarme la máscara de pestañas que se me había corrido por las lágrimas.

—Nosotros no lloramos lágrimas de máscara de pestañas en el baño, ¿recuerdas? —me dijo, haciéndome un puchero.

Yo me limité a asentir. De repente, era incapaz de hablar.

—*Sabía* que iba a terminar siendo un gilipollas. —Chris lanzó la toalla de papel a la basura y me abrazó con fuerza—. Era demasiado tierno y encantador para ser realmente tierno y encantador. ¿Con quién ha sido?

Negué con la cabeza.

—No importa, ¿verdad? Macy Goldman, pero creo…

Ambos soltaron un gruñido.

—¿Qué? —Me liberé de su abrazo y me crucé de brazos—. No se trata del *quién*, se trata de que lo ha hecho. Macy es irrelevante.

Chris enarcó las cejas casi hasta la raíz del cabello.

—Sí, vale.

Me volví a mirar a Rox.

—En serio.

Roxane elevó las cejas igual que había hecho Chris.

—Sigue en estado de shock y no sabe lo que está diciendo.

—¡Sí que sé lo que digo!

—Entonces, sé sincera. Que te pongan los cuernos es una mierda, y punto. —Chris se metió las manos en los bolsillos de la chaqueta de cuero—. Pero que te pongan los cuernos con la chica más perfecta del instituto es como... más peor.

—«Más peor» —Rox sacó un chicle de su bolso y se lo metió en la boca—. Está. Mal dicho.

—Mentira.

Rox se cruzó de brazos.

—Te he enseñado el libro con las normas gramaticales y, sorpresa, ese adverbio cualitativo no puede ir precedido por «más». Te he arrastrado hasta la clase avanzada de lengua de la señora Brand y ella misma te lo ha explicado. Y, por supuesto, te dijo que yo tenía razón. Porque está mal dicho. Es lo que dicen los incultos confundidos cuando no saben cómo hablar con propiedad.

De algún modo, sus riñas hicieron que dejase de llorar. Eran tan normales. Rutinarias. Así nos comportábamos los tres a diario cuando los días de San Valentín no se repetían en bucle.

—Oye, me voy a ir a casa. Gracias por hacerme sentir mejor.

—¿Es que eso es lo que hemos hecho? —Chris ladeó la cabeza y bajó las cejas.

—Yo sí. —Rox le apartó de un empujón y me dio un abrazo rápido.

Los miré a los dos y me sentí muy agradecida de que fuesen mis amigos.

—Mi madre va a hacer una barbacoa esta noche, deberíais venir a cenar.

La barbacoa de su madre siempre estaba deliciosa. Me consideraba bastante tiquismiquis con respecto a la comida hasta que empecé a ir a su casa. Su madre era coreana, y su comida olía tan bien que, incluso antes de que tuviese la oportunidad de ponerme tiquismiquis, ya me había puesto un plato de *kimchi*, *bibimbap* y *mandoo* enfrente y lo estaba devorando todo mientras le rogaba que me volviese a invitar a cenar de nuevo.

—Puede que me pase, no sé.

—Ve a casa y hazte un maratón de ese programa de mierda del que te hablé. Te hará sentir mucho mejor —me dijo Rox.

Me sentía ligeramente mejor cuando fui a la enfermería y al volver caminando a casa de mi padre pasé mucho menos frío que el día anterior porque esta vez no llevaba puesto un vestido. Durante todo el camino a casa repasé una y otra vez los cuestionables acontecimientos de las últimas veinticuatro o cuarenta y ocho o *las horas que fueran.*

—¿Qué demonios está pasando? —les grité a las casas heladas y nevadas que, por supuesto, no me respondieron, y que formaban las urbanizaciones de las afueras que estaban totalmente en silencio entre semana a esas horas—. ¿Cómo es posible que esté ocurriendo esto?

La única explicación lógica era que estuviese soñando en ese mismo instante. Estaba teniendo un sueño demasiado vívido y realista de haber tenido un sueño demasiado vívido y realista, y necesitaba despertarme.

Me pellizqué y…

Oh. Mierda.

Llegué a casa y tuve que escuchar a mi padre hablándome de lo de Texas, y después me fui a casa de mi abuela y dejé que me cuidase de nuevo, tal y como había hecho el día anterior.

En cuanto oscureció, salí a su porche y les pedí a todas y cada una de las estrellas del firmamento que, cuando me despertase por la mañana, todo se hubiese arreglado. Cuando regresé al interior de la casa, mi abuela me dijo que le echase pimienta a la sopa y entonces se me ocurrió una idea.

El cielo era mágico, pero había muchas más cosas mágicas en este mundo.

Me acerqué el armario y saqué el pimentero con forma de gato atigrado.

—Mmm.

—A callar y échate pimienta.

—No me lo puedo creer. —Observé felino con cara malvada y mal pintado y me pregunté—: ¿Y si hubiese sido cosa de la pimienta de hace medio siglo?

—¿Perdón?

—Puede que haya sido la pimienta la que ha causado todo esto. En las películas los bucles temporales siempre ocurren después de que el protagonista haya estado expuesto a cosas totalmente aleatorias, como un perfume o una bola de cristal antigua.

—Creo que todas las tragedias que has tenido que soportar el día de hoy han terminado volviéndote loca. Quizás deberías...

—Escúchame. Abuela. Si te cuento algo que puede parecer imposible de primeras, ¿me prometes que no me juzgarás?

Ella asintió y se volvió a sentar a la mesa, antes de darle un par de golpecitos al asiento que tenía al lado. Me dejé caer sobre esa silla y me acerqué a ella, pero ni siquiera sabía por dónde empezar.

—Sé que esto parece imposible.

—Dímelo ya, cariño.

—Vale. ¿Sabes que hoy es el día de San Valentín?

—¿Sí?

—Bueno, ¿qué me dirías si te dijese que ayer, para mí, también fue el día de San Valentín, y que hoy se ha repetido exactamente igual?

Se cruzó de brazos mientras me observaba.

—¿Es posible que solo estés teniendo un *déjà vu*?

Negué con la cabeza.

—Al principio yo también lo pensé, pero sé lo que va a ocurrir incluso antes de que ocurra.

—¿Por ejemplo...?

—Sabía que Josh me iba a poner los cuernos hoy porque ya le había visto hacerlo ayer. Sabía que iba a perder la beca del programa de verano porque ya la perdí ayer. Sé que la bisabuela Leona te regaló ese pimentero horrible del gato como un regalo de bodas porque tú misma me lo dijiste ayer, y también sé que, si ahora mismo mirases mi teléfono, te encontrarías con un nuevo mensaje de Josh que dice: «Ahora estoy enfadado. Llámame».

Eso le hizo enarcar la cejas.

—No he sacado mi teléfono de la mochila que he dejado en tu coche desde que me fuiste a buscar; no lo he mirado desde que te llamé. Ve a buscarlo y comprueba que estoy en lo cierto.

Me examinó el rostro con la mirada antes de levantarse e ir directa al garaje. Estaba segura de que probablemente en esos mismos instantes estuviese pensando que estaba perdiendo la cabeza y solo me estuviese siguiendo la corriente, pero me sentí bien al confesarle a alguien que estaba viviendo un día al revés. Cuando regresó a la cocina, tenía mi teléfono en la mano y lo miraba con incredulidad.

—¿Y bien...?

—Dios mío, Emilie, tenemos que ir a por un billete de lotería ahora mismo, ¿no crees?

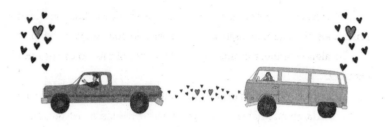

CONFESIÓN N.º 8

Cuando tenía diez años, solía colarme en el jardín de mis vecinos los días de verano y bañarme en su jacuzzi cuando estaban trabajando. Nadie se enteró nunca.

OTRO DÍA DE SAN VALENTÍN MÁS

En cuanto me sonó la alarma supe a ciencia cierta que lo que estaba viviendo era real.

Ahí estaba yo, tumbada en mi cama, metida bajo el peso de mi nórdico y mirando fijamente el techo, sin ganas de salir de la cama y tener que enfrentarme a la realidad. Porque aunque no tuviese ni idea de cómo o por qué, no me cabía ninguna duda de que estaba viviendo el mismo día de nuevo. Me había ido a dormir en casa de la abuela Max y, sin embargo, aquí estaba otra vez, despertándome en mi cuarto con la misma canción molesta que Josh había programado en mi teléfono para que me hiciese de despertador.

Le eché un vistazo a Logan, dormido a mi lado con la boca bien abierta.

Sí, esto ya lo había vivido.

Me senté en el colchón y tomé mi teléfono. Y en ese momento pensé: «¿Y si el universo quiere que arregle algo?».

No creía en el destino ni en el karma, ni en cualquiera de esos otros sinsentidos, pero tampoco sabía cómo explicar lo que estaba pasando.

De alguna manera estaba volviendo a vivir el mismo día por tercera vez.

¿Y si estos repetitivos días de San Valentín no eran un castigo del karma por algo que había hecho en una vida pasada o por cualquier otro horrible motivo? ¿Y si eran un *regalo*, una oportunidad de arreglar un día que había ido tan terriblemente mal?

Merecía la pena intentarlo, ¿no?

Sí. Eso es lo que iba a hacer.

Pensé en un plan mientras me duchaba (una ducha rápida porque Joel se estaba haciendo caca urgentemente, por supuesto), recopilando mentalmente una lista con todas las cosas que tenía que corregir de todo lo que había ocurrido el día anterior. Y después redacté una *nueva* lista de tareas pendientes.

Lista de tareas pendientes – 14 de febrero (de nuevo)

Evitar tener un accidente

Evitar ir a la reunión sobre la beca en el despacho del orientador

Asegurarme de que Josh y Macy no se puedan besar

Convencer a papá de que no se quiere mudar a Texas

¿No podía ser tan complicado, verdad?

Después de ducharme, me puse mi vestido plisado de la suerte. No era un vestido nuevo y adorable como el vestido camisero que me había puesto en el primer día de San Valentín, pero si alguna vez en mi vida iba a necesitar la suerte que me había dado el vestido que llevaba cuando saqué la nota más alta del ACT, ese día era hoy. Lo combiné con unas medias y mis botas de ante —mucho más abrigada que el primer día de San Valentín, pero seguía yendo mona— y me dirigí a la puerta.

Mientras conducía de camino al instituto, iba superconcentrada en la carretera cubierta de nieve. Llevaba el teléfono metido al fondo de la mochila, y las manos aferrando el volante con fuerza a las diez y a las dos. Y circulaba por el carril izquierdo, mientras que, el resto de los días, había ido por el derecho, así que estaba preparada para *no* chocarme contra Nick Stark.

Sonaba Taylor Swift cantando sobre Coney Island a través de los altavoces mientras conducía con tanto cuidado como un alumno de autoescuela el día de su examen práctico. Era imperativo, en mi opinión, que arreglase el problema más sencillo de arreglar del día. Dejé dos coches de distancia entre mi furgoneta destartalada y el monovolumen plateado que tenía enfrente, completamente segura de que no me iba a encontrar con Nick en absoluto e iba a empezar el día con buen pie.

«*Did I paint your bluest skies the darkest gray?*».

El tráfico iba bastante rápido a pesar de la nieve, y empecé a relajarme una vez pasé la intersección donde había tenido el accidente con Nick el día anterior. Paso uno de mi plan: no terminar con mi coche en el desguace; conseguido. Ya casi podía notar cómo la tensión que había sentido me abandonaba cuando, de repente, un enorme camión pasó a toda velocidad a mi derecha y me lanzó aguanieve por todo el parabrisas.

Lo empañó por completo.

—¡Mierda!

Frené en seco al mismo tiempo que ponía los limpiaparabrisas, pero se me bloquearon las ruedas sobre la nieve compacta y perdí el control. En un instante, logré despejar por completo el parabrisas y lo vi todo. Mi coche, deslizándose hacia el carril derecho porque tuve que girar el volante de golpe para evitar el tráfico que circulaba en el sentido contrario.

Yendo directa y sin control hacia la camioneta que circulaba por el otro carril.

—¡Mierda, mierda, mierda!

Volví a frenar en seco pero el daño ya estaba hecho. Me choqué de lleno contra ese vehículo, con mucha más fuerza que los días anteriores, embistiendo directa contra el lateral trasero de la camioneta.

—¡*No, no, no, no!* —Cuando conseguí frenar el coche, me quedé mirando directamente a una camioneta que era exactamente igual a la de Nick Stark. *¿Qué demonios, universo?*

El capó de mi furgoneta estaba tan aplastado como el día anterior, quizás incluso más. Me desabroché el cinturón con las manos temblorosas, que me complicaron la tarea. Y justo estaba echando mano al pomo para abrir la puerta cuando alguien la abrió de un tirón desde el otro lado.

—Oye, ¿estás bien? —Nick pasó la mirada por mi cuerpo, evaluándome, pero en vez de ser un imbécil conmigo, esta vez parecía preocupado—. Te has dado un buen golpe.

—Eso creo. —Asentí y él dio un paso atrás para dejarme espacio para salir. Podía oler su jabón o su champú mientras cerraba la puerta de la furgoneta—. Oh no, está echando humo.

Los dos nos volvimos a mirar el capó abollado al mismo tiempo que una columna de humo comenzaba a alzarse desde su interior.

—Lo mejor sería que saliésemos de la carretera —dijo Nick.

Sonaba cansado cuando sacó su teléfono del bolsillo y caminó hasta el arcén de la carretera. Lo seguí, un tanto conmocionada por la violencia del accidente, pero también por el innegable hecho de que no había podido evitar la colisión con Nick.

Pensaba que mi plan sería infalible pero, al parecer, el universo tenía otros planes.

Nick llamó a Emergencias y le debieron de dejar en espera porque, en ese momento, se volvió a mirarme y susurró.

—¿No tienes frío solo con eso puesto?

Y dijo «eso» mientras me miraba las piernas de la misma forma en la que me habría mirado si hubiese ido vestida de Teletubby.

Y, sinceramente, me *estaba* congelando. El aire helado me rasgaba la piel como si estuviese hecho de carámbanos, que se me clavaban en los muslos descubiertos y en las mejillas.

—Nah, estoy bien —respondí, en cambio.

Mientras fantaseaba también con la chaqueta que sabía que llevaba en los asientos traseros de su camioneta.

Pero no le pensaba dejar ganar.

Me guiñó el ojo y me llamó mentirosa antes de volver a ponerse a hablar de nuevo por teléfono. Apreté los dientes para evitar que me castañeasen y me pregunté, de nuevo, cómo era posible que pareciese tan adulto. Quiero decir, teníamos la misma edad, pero tenía un aura tan… «de mayor de veintiuno» a su alrededor.

—Ya vienen de camino —me dijo, volviéndose a meter el teléfono en el bolsillo de sus vaqueros.

—Gracias. —Me las tuve que apañar para no dejar entrever que estaba congelada cuando le dije—. Soy Emilie Hornby, por cierto. Nos sentamos juntos en la clase del señor Bong.

Él frunció el ceño.

—¿En serio?

Sí, era igual de molesto incluso cuando se repetía de nuevo.

—Sí. Desde principios de año.

—Mmm. —Me observó—. ¿Estás segura?

—*Sí* —respondí con un gruñido, poniendo los ojos en blanco.

—Eh… —empezó a decir, observándome como si hubiese perdido la cabeza—. ¿Estás bien?

—Estoy. De. Maravilla. —En ese momento se empezaron a escuchar las sirenas, acercándose, y todo volvió a repetirse. Mi coche se incendió, me multaron, Nick me tendió su chaqueta, que acepté a regañadientes, y me llevó al instituto.

Cuando me abroché el cinturón me di cuenta de que tenía que ser un poco más flexible durante ese día para poder arreglar las cosas. Porque no sabía la receta exacta de todo lo que tenía que arreglar exactamente. Quizás no hubiese podido evitar el accidente, pero tal vez lo que debía arreglar era nuestra interacción.

No sabía exactamente el qué tenía que cambiar, por lo que debía probar cambiando cada uno de los pequeños detalles.

—Gracias por llevarme —le dije de forma educada, esbozando lo que esperaba que fuese una sonrisa encantadora—. Es muy amable por tu parte.

—En realidad, no estoy siendo amable —respondió, metiendo primera y soltando el freno de mano—, sino práctico. Si te dejaba ir andando hasta el instituto y te morías de frío, seguro que el karma se terminaría poniendo en mi contra. Pero si te llevo a un sitio al que yo ya estoy yendo, por lo que no me estoy sacrificando en absoluto, estoy poniendo al karma *a mi favor*.

Suspiré.

—Fantástico.

Él sonrió con satisfacción, pero no se volvió a mirarme.

—Sí que *es* fantástico.

Yo me volví hacia la ventana y volví a intentarlo.

—Me encanta esta canción, por cierto. Metallica es increíble.

Mi comentario le hizo mirarme de reojo.

—Te gusta Metallica, *a ti*.

Asentí e hice una mueca.

—Claro que sí.

Él entrecerró los ojos al observarme.

—Dime tres canciones suyas.

Me crucé de brazos y lo miré yo también con los ojos entrecerrados mientras él me observaba como si fuese una mentirosa. ¿Por qué se empeñaba en sabotearme?

—No tengo por qué decirte el nombre de tres canciones para demostrarte que me gusta.

—Entonces voy a suponer que estás fingiendo y que solo te gusta por moda. —Volvió a centrarse en la carretera.

—¿Fingiendo para qué exactamente? ¿Para hacerme pasar por alguien a quien le gusta el sonido de una panda de viejos enfadados a los que les gusta gritar las letras de sus canciones?

Eso lo hizo sonreír de verdad y se volvió a mirarme de nuevo.

—¿Ves? Sabía que no te gustaba.

Puse los ojos en blanco, lo que lo hizo reír, y me convencí de que no me importaba. Estaba segura de que mi interacción con Nick Stark era irrelevante en el verdadero plan por arreglar este día. Así que confesé lo que pensaba de verdad.

—¿Es que siempre increpas a todos aquellos que intentan hablar contigo?

—Yo no diría que los «increpo». Pero creo que si vas a darme *conversación* sobre una banda, al menos deberías saber algo de dicha banda.

Solté un bufido.

—Tan solo estaba siendo educada, ¿sabes lo que es eso?

—Yo no diría que mentir es «educado».

—Oh, vamos, no estaba mintiendo. —Negué con la cabeza—. Estaba hablando de ellos para darte algo de conversación. Es lo que hacen los desconocidos cuando intentan ser amables con la otra persona.

—Pero no somos desconocidos. —Me miró y me dedicó una sonrisa burlona. De nuevo—. Antes me has dicho que eras mi compañera de laboratorio.

—¡*Soy* tu compañera de laboratorio!

Eso le hizo ensanchar la sonrisa.

—¿Entonces por qué dices que somos desconocidos?

Suspiré.

—No tengo ni idea.

Me quedé completamente callada durante un rato bastante largo mientras su vieja camioneta se dirigía hacia nuestro instituto. Fue un momento de silencio incómodo y extraño, pero mejor que cuando estábamos hablando. Así que, por supuesto, Nick lo terminó arruinando, rompiendo el silencio.

—Espera un momento… ya sé de qué te conozco. ¿No eres la chica que…?

—¿Que se sienta a tu lado en clase de química? Sí —lo interrumpí.

—¿… que se asfixió en la cafetería?

Por Dios, nunca nadie dejaría que olvidase ese día.

—No me asfixié —carraspeé—. Se me quedó algo atascado en la garganta.

Mi comentario le hizo apartar la vista de la carretera y enarcar una ceja.

—¿No es esa la definición literal de asfixia?

—No, no lo es —bufé, sabiendo perfectamente que estaba bufando pero sin ser capaz de evitarlo—. Asfixiarse es cuando se te queda algo atascado en la tráquea y no puedes respirar. Yo sí que podía respirar, solo se me quedó atascado algo de comida en el esófago.

Nick torció el gesto y entrecerró los ojos.

—¿Estás segura de eso?

—*Pues claro* que estoy segura, me pasó a mí.

Él soltó una suave risita.

—Nunca lo había oído, no sé si es así de verdad.

—Te estoy *diciendo* que eso fue lo que pasó para que *sepas* que es así de verdad. —Podía oír cómo estaba elevando la voz por momentos, pero el chico era de lo más irritante—. Algunas personas tienen una afección médica por la que la comida se les puede quedar atascada en la garganta. Yo misma tengo que tomarme un omeprazol todas las mañanas para asegurarme de que no me vuelva a pasar. Así que sí, sin duda es algo que pasa de verdad.

Él se detuvo en un semáforo y, cuando la camioneta se paró por completo, Nick se volvió a mirarme fijamente.

Ya no estaba sonriendo, pero sí que tenía un brillo de picardía en la mirada.

—¿Estás segura de que eres mi compañera de laboratorio?

Gruñí como respuesta.

—*Pues claro* que lo estoy.

—Esa chica siempre está súper callada, mientras que tú pareces de lo más habladora.

—No soy habladora.

—Pareces excesivamente habladora, además.

—Bueno, pues no lo soy. —En realidad era súper reservada. *Mierda*.

—Sí, claro.

Ninguno de los dos volvió a decir nada hasta que llegamos al instituto, cuando le di las gracias por llevarme y casi le lancé la chaqueta a la cara. Él la atrapó con elegancia y, cuando me di la vuelta, podría haber jurado que estaba sonriendo.

Me tuve que obligar a respirar hondo y a centrarme. No importaba que Nick Stark estuviese decidido a arruinar todas y cada una de mis posibilidades de arreglar este día, tenía trabajo que hacer.

Cuando me llamaron a dirección, agarré mi mochila y me dirigí hacia allí. Pero en vez de ir hacia la zona de administración, me marché hacia el baño más alejado de todo el edificio, el que estaba pasando la biblioteca.

En realidad, ni siquiera tenía un buen plan para conservar mi plaza en el programa de verano, pero una parte de mí se preguntaba: si no podían encontrarme, ¿podrían considerar la posibilidad de dejarme entrar tan solo para ahorrarnos a todos la incómoda vergüenza de admitir que habían cometido un error?

Quiero decir, ¿qué importaba dar una plaza más o una plaza menos?

Era lo mejor que se me ocurría en esos momentos, así que lo que iba a hacer era esconderme en el baño hasta que el momento pasase. Eché un vistazo a mi alrededor antes de empujar la puerta del baño y entrar. Olía a cereza, impregnado con olor de los vapeadores que algunas alumnas fumaban entre clases, pero estaba sola.

Menos mal.

Dejé la mochila junto al lavabo y saqué mi neceser de maquillaje. Me pasé unos cuantos minutos retocándome el colorete y el pintalabios. Tenía sentimientos encontrados con Josh después de haberlo visto besar-aunque-no-en-la-vida-real a Macy, pero me había convencido de olvidar que eso había pasado.

Después de todo, *ella* lo había besado *a él* y, si me hubiese quedado un poco más, ¿lo habría visto apartarse? Quería creer que sí.

Regalos, poesía y «te quiero»: iba a marcar todas esas casillas. Confiaba plenamente en mis teorías sobre el amor y las relaciones, y no iba a permitir que un besito de nada lo estropease todo. Hoy iba a salir todo perfecto y mañana sería 15 de febrero.

Por desgracia, no tardé mucho en retocarme el maquillaje, y después de eso no sabía qué más hacer. Podía pasarme el rato mirando el móvil, pero los nervios me estaban poniendo tensa mientras permanecía de pie junto al lavabo.

¿Había oído venir a alguien? ¿Quién era? ¿Profesor o estudiante? ¿Bueno o malo? ¿Se suponía que tenía que fingir que me estaba

maquillando cuando entrasen o… qué tenía que hacer? Los minutos pasaban como a cámara lenta.

Finalmente, decidí entrar en uno de los cubículos. Me parecía
asqueroso sentarme en un retrete (de nuevo) completamente vestida, pero al menos así podría relajarme. Metí mi mochila en el primer cubículo, cerré la puerta con cerrojo, y empecé a extender una
buena capa de papel higiénico por todo el retrete. Cuando por fin
la capa era lo bastante gruesa como para no ver el retrete negro, me
senté.

Saqué mi teléfono del bolsillo delantero de mi mochila y le mandé un mensaje a Josh.

> Yo: No me puedo creer que sea el día de San Valentín
> y que no te haya visto en todo el día.

Josh no tardó en responder, y mi teléfono emitió el familiar relin-
cho de caballo que él mismo había programado para que fuese su
tono personal:

> Josh: ¡¿Verdad?! Tu regalo me va a terminar haciendo
> un agujero en la taquilla. ¿Dónde estabas esta
> mañana?

Eso me hizo respirar un poco más tranquila. Sonreí antes de responderle.

> Yo: He tenido un accidente de coche cuando venía hacia
> el instituto. Luego te cuento.

> Josh: Oh, mierda.

> Yo: ¿Verdad? Ahora, en cuanto a mi regalo, ¿te está
> haciendo un agujero grande o pequeño en la taquilla?

Josh: Eso lo tengo que saber yo y tienes que ser tú quien lo averigüe. Pero tengo que dejarte, tengo que irme a hacer un examen, nena.

Yo: Vale. Un beso.

Cerré de la aplicación de mensajería y me sentí mucho más aliviada. Sin importar lo que hubiese ocurrido en los otros días de San Valentín, en este Josh no terminaría besando a Macy ni de broma.

Chúpate esa, Mace.

Como no iba a irme a ninguna parte pronto, me incliné, abrí mi mochila y saqué el libro que estaba leyendo. Si estaba atrapada teniendo que esconderme en el baño, ¿por qué no aprovechar el tiempo y leer un poco, verdad? Tuve que sacar la botella de Coca-Cola Light que llevaba para poder sacar el libro, así que la dejé en el suelo y saqué la novela.

Los dedos de los pies ya me estaban matando de dolor porque mis adorables botas nuevas me quedaban media talla demasiado pequeñas, así que me las quité y apoyé los pies sobre el suave ante mientras me acomodaba en el retrete para leer.

Metí el teléfono en el bolsillo con una mano mientras que con la otra agarraba el libro, pero cuando fui a sacar la mano del bolsillo mi pulsera se quedó enganchada en el borde del teléfono. Lo intenté atrapar al verlo caer, pero era como si estuviese viéndolo todo a cámara lenta, observando cómo mi teléfono caía al vacío y atravesaba el pequeño hueco que había entre mi muslo y el borde del asiento del váter.

—¡Ah! —Me levanté de un salto, pero era demasiado tarde. Me volví hacia el retrete, lleno de papel higiénico, y vi cómo mi precioso teléfono de oro rosado con la adorable funda de flores se hundía hasta el fondo de la taza de porcelana infestada de gérmenes—. No, no, no. Mierda, mierda, mierda.

Me pitaban los oídos y me di cuenta justo en ese mismo instante de que, al levantarme de un salto, mis pies se habían bajado de las botas de ante y estaban ahora directamente sobre el suelo asqueroso.

Decidí ignorar ese hecho de momento, hice una mueca, respiré hondo y hundí la mano en el agua helada llena de bacterias.

—Por Dios. —Saqué la mano, sujetando el teléfono que no dejaba de gotear, y que seguramente estaba destrozado, frente a mí.

Abrí el cubículo con la mano seca, me acerqué al lavabo y dejé mi mochila en el cubículo. Necesitaba limpiarme las manos a conciencia y desinfectar el teléfono. Sentí el frío suelo del baño bajo mis pies y apreté los dientes. ¿Cómo era posible que me estuviese pasando eso?

Acababa de salir del cubículo descalza, con solo los calcetines protegiéndome los pies, cuando la puerta del baño se abrió de par en par. Me quedé helada cuando vi a tres chicas entrar, hablando en voz alta.

No, no, por favor, no.

No eran tres chicas cualquiera; eran *ellas*.

Había mucha gente popular en el instituto que era simpática, pero Lauren, Nicole y Lallie eran como las Kardashian del instituto y, lo digo totalmente en serio, incluso solían decirle a la gente que no se podían sentar con ellas en el comedor porque no eran lo bastante «guais».

Un día cualquiera podían decir, porque sí, que tu pelo era ridículo y empezar a llamarte con un apodo que terminaría adoptando tarde o temprano todo el instituto y que te seguiría hasta la graduación, e incluso seguiría existiendo en la reunión de antiguos alumnos diez años después.

Desde que empecé a salir con Josh me sentía un poco menos vulnerable ante ellas, porque Josh les caía bien. Seguían sin dirigirme la palabra, lo cual estaba bien, pero su amenaza quedaba neutralizada por su amistad con mi novio.

Sin embargo, fue como si el tiempo se hubiese detenido y, por una fracción de segundo, pude verme a través de sus ojos. Una nopopular y rata de biblioteca, saliendo de uno de los retretes con su teléfono chorreando en la mano y descalza. Sus miradas se dirigieron hacia el primer cubículo, donde estaban mis botas, un libro y una botella medio vacía de Coca-Cola Light, como si hubiese estado haciendo un picnic en el retrete.

Siguieron hablando entre sí, pero no me dijeron nada ni tampoco hablaron sobre mí, gracias al cielo, pero cuando abrí el grifo del lavabo y empecé a enjabonarme las manos y a limpiar mi teléfono a conciencia, no me cabe ninguna duda de que vi cómo enarcaban las cejas al mirarme.

Unas cejas perfectamente peinadas, eso sí, pero con ese gesto dejaron claro que, sin duda, hablarían de mí en cuanto saliesen del baño.

Lo que, por suerte, ocurrió tan solo unos minutos después. En cuanto se hubieron marchado corrí a recoger mis cosas, traté de recomponerme (después de limpiarme con desinfectante de manos los muslos), y de envolver mi teléfono contaminado en un centenar de toallas de papel antes de meterlo en el bolsillo exterior de mi mochila.

Vale. Bien. El percance del baño había hecho que me fuese imposible alcanzar la perfección total de este día. Pero todavía tenía la esperanza de que, si lograba alcanzar la perfección romántica, podría salvarlo.

Me pasé la siguiente clase nerviosa porque (a) me había quedado sin teléfono así que no tenía manera de saber si Josh me enviaba algún mensaje, (b) me preocupaba que volviesen a intentar llamarme a dirección, (c) estaba estresada porque los rumores sobre mi picnic particular en el retrete ya estaban corriendo como la pólvora por todo el instituto y (d) estaba paranoica por si mis botas empezaban a oler a Fritos por habérmelas calzado cuando todavía tenía los pies resbaladizos por el gel desinfectante.

Estaba intentando no pensar en ello mientras tomaba notas en mi portátil, cuando me saltó una notificación de que acababa de recibir un correo electrónico.

Me metí en mi bandeja de entrada y se me cayó el alma a los pies cuando vi quién me lo había mandado.

La señora Bowen, del programa de verano.

«Esperaba poder tratar este tema con usted en persona, pero como no hemos sido capaces de localizarla, un correo electrónico tendrá que bastar».

—Mierda —murmuré por lo bajini mientras leía cómo me rechazaban a través de un correo electrónico frío y profesional.

—¿Señorita Hornby? —Mi profesora de cívica, la señora Wunderlich, me miró como si acabase de hablar en otro idioma—. ¿Qué ha dicho?

—Nada. Lo siento.

Me dedicó esa mirada acusatoria que suelen usar los profesores cuando saben que sus alumnos han hecho algo malo durante diez segundos, una que dejaba claro que me había oído y que esperaba que me estuviese muriendo de vergüenza, antes de volver a su clase.

Hacer que este día saliese perfecto parecía cada vez una tarea más imposible.

Cuando sonó el timbre que marcaba el final de la clase recogí mis cosas y salí a la carrera del aula, esprintando por los pasillos para llegar a la entrada oeste del instituto antes que los otros días. Aparté a todo el que se interponía en mi camino con empujones y solté más «lo siento» que en toda mi vida, y en cuanto llegué a las puertas doble, me deslicé detrás de una maceta enorme que había junto a ellas.

No me estaba escondiendo, al menos, no del todo. Estaba… al acecho. Quizás. Sabía que Josh no besaría a Macy, pero me picaba la curiosidad por verlos llegar hasta su coche juntos y fijarme en cómo se comportaban cuando estaban a solas.

—¿Qué estás haciendo?

Me sobresalté al oír la voz y, al darme la vuelta, me topé con Nick Stark, que estaba sonriendo como si supiese exactamente lo que estaba tramando.

—Shhh. Vete —le dije en voz baja, echando un vistazo a su espalda.

—Eh. —Él señaló la mini jungla tras la que me estaba escondiendo—. ¿Estás espiando a alguien desde ahí detrás?

—No, estoy esperando a mi novio. ¿Te importaría...?

Giré la cabeza como un resorte y me quedé completamente callada cuando oí la voz de Josh. Me fijé en cómo la mirada de Nick seguía la mía al mismo tiempo que Josh y Macy se acercaban a nosotros, y le agarré de la manga y tiré de él hasta que los dos quedamos ocultos por las plantas. No podía permitir que revelase mi escondite. Josh estaba hablando con Macy y ella le estaba sonriendo, dedicándole una sonrisa radiante en realidad, y Josh iba caminando un tanto de lado para poder mirarla a los ojos.

No era para tanto. Eran amigos, ¿verdad?

—Vamos, Josh. —A Macy le brillaba la mirada mientras hablaban—. Si me dejas acompañarte, no solo disfrutarás de mi compañía como copiloto en tu James Bond móvil, sino que te dejaré decidir qué hacemos con todo ese tiempo.

Se detuvieron frente a las puertas y él le sonrió. Por su postura quedaba claro que estaba disfrutando de su atención.

—Eso parece *mucho* poder para una sola persona, no estoy seguro de saber controlarlo.

—Oh, *sé* que no puedes. —El corazón me latía acelerado y el estómago me dio un vuelco cuando ella se le acercó un poco más para susurrarle—. Pero deberías intentarlo.

—Supongo que *no me vendría mal* un poco de ayuda para traer las bebidas —le respondió.

—Ya te lo había dicho yo.

—¿Y tu ayuda solo me costará un café con leche y vainilla?

—No me puedo creer que te sigas acordando de lo que me pedía —respondió ella antes de soltar una risita.

¿Por qué no se lo podía creer? Era lo que todo el mundo pedía en el Starbucks, por el amor de Dios. Lo más probable es que todas las chicas de este instituto hubiesen pedido esa misma bebida al menos una vez. Recordarlo no lo convertía en un maldito Einstein.

Él estaba encantador y sexy, y me dieron ganas de darle un buen puñetazo en la nariz al oírlo decir:

—Lo recuerdo todo, Mace.

—Eh, ¿estás segura de que es tu novio? —me susurró Nick, y me dieron ganas de darle un puñetazo a él también.

Josh empujó las puertas para abrirlas y él y Macy salieron al exterior, y yo no sé lo que se me pasó por la cabeza en ese momento.

—¡Esperad! —grité, agarrando de nuevo a Nick por la manga, y arrastrándolo conmigo mientras los perseguíamos. Abrimos las puertas de un empujón y corrimos tras ellos, al mismo tiempo que se detenían y se volvían hacia nosotros. Vi cómo Macy observaba nerviosa a Josh, pero mi novio esbozó una sonrisa confiada.

—¡Em! —dijo, sonriente.

Me di cuenta justo al detenerme, con Nick pisándome los talones, de que no tenía ni idea de lo que estaba haciendo. No tenía ningún plan, aparte de llamarlos a gritos y detenerlos, con Nick como una especie de barrera de protección. Ahora que estaba frente a ellos, no tenía ni idea de qué hacer.

—¿Vais a comprar un café? —pregunté, carraspeando para aclararme la garganta.

El rostro de Macy se relajó al mismo tiempo que Josh respondía:

—Sí. Ya conoces al señor Carson, necesita su dosis de cafeína diaria.

—Genial. —Asentí—. Nick y yo nos morimos por tomar un café y necesitamos salir de aquí urgentemente. ¿Os importa si os acompañamos?

Miré a Nick de reojo, esperando que arruinase mi plan, pero se limitó a fruncir un poco más el ceño, lo que tampoco distaba mucho de su expresión habitual. Josh se volvió hacia Nick, sin entender muy bien qué hacía aquí.

—Claro, venid —respondió Macy.

—Ya sabes que mi coche no es muy grande, Em. ¿No te importa ir en el medio? —repuso Josh, todavía observando a Nick con los ojos entrecerrados.

—Claro que no —murmuré, lamentando todas y cada una de mis desastrosas decisiones mientras los cuatro nos acercábamos en silencio a su coche. Le lancé una mirada a Nick, enarcando las cejas como para pedirle silenciosamente: «Porfi, porfi, sígueme el rollo». Sorprendentemente, él se limitó a poner los ojos en blanco y caminó a mi lado, lo que ni siquiera tenía sentido porque era imposible que quisiese faltar a clase para ir al Starbucks con nosotros.

Ni siquiera éramos amigos.

Pero a pesar de cómo se había comportado conmigo esa misma mañana, su mera presencia me reconfortaba. Había algo en su forma de comportarse como «me importa todo una mierda» que le hacía de lo más atractivo, e incluso en su forma de decir sin medias tintas lo que pensase, que me hacía sentir como si tuviese un aliado en esta situación.

¿Raro, verdad?

El coche de Josh solo tenía dos plazas, así que cuando abrió la puerta tuve que trepar —en vestido— saltando sobre el asiento del copiloto hasta el pequeño hueco que había frente a la palanca de cambios. Macy se subió a mi lado, Nick tuvo que apretujarse a su lado y los cuatro juntos formamos el sándwich más incómodo del mundo.

Me giré un poco en mi asiento y puse las piernas en el lado de Macy, para no estar a horcajadas sobre la palanca de cambios, nuestras piernas se rozaron inevitablemente, lo que solo aumentó la vergüenza que me producía de por sí de este viaje. Y tuve que colocar los brazos sobre los respaldos de los asientos para no caerme encima de ellos cada vez que doblásemos una esquina. Rocé por accidente el hombro de Nick, lo que hizo que me mirara. Me eché hacia atrás para que Macy no pudiese verme, lo miré y él musitó: «Qué. Cojones».

En medio de esa situación tan incómoda, una pequeña parte de mí tenía ganas de echarse a reír. En cambio, le respondí también en un susurro inaudible: «Por favor, ayúdame», lo que lo hizo suspirar de una forma que esperaba que significase que pensaba que estaba siendo ridícula, pero que me echaría una mano.

Josh encendió la calefacción y salió del aparcamiento, y en el interior del coche se hizo el peor de los silencios.

¿Qué demonios estaba haciendo?

—¿Cuántos cafés tienes que comprar hoy? —Intenté que mi voz no dejase entrever lo incómoda que me parecía toda esta situación mientras nos dirigíamos hacia el Starbucks—. ¿Tienes que hacer un pedido grande?

Josh dobló la esquina, lo que me obligó a clavar los dedos en sus reposacabezas para no salir volando por el parabrisas.

—Solo cinco —respondió—. Los nuestros y el del profesor.

—Entendido.

Más silencio.

—¿No tienes clase a esta hora, Macy? —le preguntó Nick, mirándome como para señalar lo turbia que le parecía toda esta situación.

—Estoy en la clase de Carson con Josh, así que le dije que Josh necesitaba que le echasen una mano para traer todos los cafés.

—Ah —dijo Nick, todavía mirándome fijamente—. Qué conveniente.

—Te había enviado un mensaje antes para ver si querías algo —me dijo Josh, poniendo el intermitente para cambiar de carril.

—Oh, ya, se me ha muerto el teléfono.

—A mí también siempre se me olvida ponerlo a cargar —dijo Macy.

—En realidad, se me ha caído al váter —repuse, arrepintiéndome al instante de haber compartido esa joyita de información—. Quiero decir, no en un váter sucio, no estaba sucio. Quiero decir, sí, todos los váteres están sucios en realidad, pero lo que quiero decir es que no había nada dentro.

¡Cállate, cállate, cállate!

—Por Dios —murmuró Nick al mismo tiempo que Macy decía:

—Dios mío.

Sí, todos estaban suplicándole a Dios por el chapuzón asqueroso que se había dado mi teléfono.

—¿Verdad? —Fue lo único que logré responder.

Josh se metió en el aparcamiento del Starbucks, puso el coche en punto muerto, se quitó las gafas de sol y se volvió hacia Nick, que estaba mirando por la ventana. Y le dedicó esa mirada de superioridad típica del capitán de debate.

—Vale, ya sé lo que quieren las chicas. ¿Y tú, chaval? —le preguntó.

Nick ni siquiera apartó la mirada del cristal.

—No me apetece nada, pero gracias. Chaval.

Josh me miró, como si estuviese esperando a que le diese una explicación sobre por qué Nick Stark estaba en ese momento con nosotros y, además, siendo un imbécil integral, por lo que yo me limité a sonreírle y a encogerme de hombros. Como si no tuviese ni idea de lo que estaba pasando.

Después de que Josh volviese con las bebidas, aceleró de vuelta al instituto, y subió la radio todo lo posible para que fuese imposible que pudiésemos hablar de nada, lo que agradecí con todo mi ser.

Cuando llegamos al aparcamiento del instituto, Macy bajó el volumen de la radio para hablar.

—¿Qué es ese olor? —preguntó.

Y entonces alzó su pequeña y perfecta nariz y empezó a olfatear el aire.

Yo imité el gesto pero lo único que conseguía oler era el aroma que salía de los cafés.

—Tienes razón, huele a pies aquí dentro. —Josh metió primera, tiró del freno de mano y apagó el motor al mismo tiempo que arrugaba la nariz.

Oh no. Arrugué el rostro y puse cara de asco yo también.

—*Josh.* ¿Es posible que te hayas dejado unos calcetines sucios aquí dentro o algo?

Mi comentario hizo que Josh me fulminase con la mirada. Ambos sabíamos que se pasaba innumerables horas, cada fin de semana, puliendo y cuidando ese pequeño vehículo.

—No tengo calcetines sucios en mi coche —repuso.

—¿Estás seguro? —le preguntó Nick—. Porque sí que huele a calcetines sucios aquí dentro.

Josh tenía cara de querer matar a Nick de un momento a otro.

—¿Por qué tendría calcetines sucios en mi coche?

—No tengo ni puta idea.

—¿Podéis dejarme salir? —solté, antes de que sus narices de sabueso pudiesen volverse hacia mis botas—. Tengo las piernas *totalmente* dormidas.

Salimos del coche y entramos juntos de vuelta al instituto. Josh me dio un pico (el beso obligatorio de despedida) cuando tuvimos que seguir por distintos caminos. Sostuve mi café en la mano y lo observé alejarse junto a Macy.

Quizás hubiese conseguido que no se besasen, pero ese viajecito para ir a comprar los cafés no me parecía una victoria en absoluto. El timbre sonó en ese momento, lo que acabó con mi ensimismamiento.

—Gracias por invitarme —me dijo Nick, sacándome de mis pensamientos, y dedicándome una sonrisa divertida—. Poder presenciar de primera mano ese nivel de incomodidad ha sido francamente entretenido.

—Cállate —espeté, incapaz de contener una sonrisita.

—De verdad. —Nick se dio la vuelta y empezó a alejarse de mí, gritando por encima del hombro mientras la multitud que pasaba a nuestro alrededor lo engullía—. De verdad que has hecho que este sea un día increíble, Emilie.

Puse los ojos en blanco y me dirigí a mi taquilla. Estaba tan perdida en mis pensamientos que, al principio, no escuché las risitas a mi espalda. Pero entonces algo me llamó la atención. Eché un vistazo a mi derecha y allí estaban Lauren, Nicole y Lallie, con otras cuatro chicas, de pie frente a las taquillas.

Riéndose, susurrando y mirándome directamente.

Caminé más rápido y suspiré aliviada cuando pasé por la puerta del aula del señor Bong. Estar de repente en el radar de esas tres no era algo que hubiese previsto que pasaría y, desde luego, no me gustaba ni un pelo.

Sin embargo, el alivio me duró poco, porque cuando llegué a mi mesa, Nick me estaba sonriendo, con la barbilla apoyada en la mano.

Tomé asiento y abrí la mochila. Saqué mi libro de texto y mi carpeta ignorándolo completamente.

—Ha sido raro, ¿verdad? —me preguntó.

Yo me limité a poner los ojos en blanco y abrí el libro, buscando el tema que estábamos dando.

—Primero me dices que me aleje y, después, vas y me arrastras a la excursión al Starbucks más incomoda del mundo.

No le respondí y él bajó un poco más la voz antes de seguir hablando.

—Sabes que te está poniendo los cuernos con ella, ¿verdad?

Lo miré de reojo mientras seguía pasando las páginas de mi libro de texto.

—¿Podemos volver a la rutina de no hablarnos?

—Creo que eso ya no es posible. —Nick estiró la mano hacia la mía y la atrapó, impidiéndome pasar otra página más—. Porque ya no somos dos desconocidos.

Esa era la guinda del pastel, ¿no? La guinda del pastel en mi intento por hacer de este día un día perfecto. Subí la mirada desde su mano hacia su rostro y suspiré.

—Pero podemos volver a serlo. Soy muy habladora, y tú *odias* a la gente que habla por los codos, y tú eres arisco, algo que *yo* odio. Así que podemos fingir que esta mañana no nos hemos chocado, y tú puedes volver a fingir que no sabes quién soy.

Mi respuesta le hizo esbozar una sonrisa, una que era, si soy sincera, tan radiante como el sol. Nick era tan introvertido que a veces ese detalle te hacía olvidar el hecho de que era increíblemente apuesto.

Pero cuando estaba frente a ti, y encima sonriéndote, era como si te metiesen un puñetazo en el estómago de lo atractivo que era.

Qué desperdicio de belleza en un imbécil.

—No creo que sea capaz de hacerlo —respondió, cruzándose de brazos y *mirándome* de verdad—. Y no me invitaste a tomar un café, técnicamente, me arrastraste.

El señor Bong entró en el aula y empezó a hablar, lo que me hizo pensar erróneamente que Nick se callaría y me dejaría en paz. Pero, al parecer, la buena suerte no estaba de mi parte ese día.

—¿Adivina sobre qué he estado investigando en la última clase?

—Shhh —le chité.

—Sobre la disfagia. —Se acercó un poco más a mí antes de seguir hablando—. Esa es la condición médica que provoca que la comida se te quede atascada en la garganta pero que no te asfixies.

Solté una carcajada.

—¿Qué demonios quieres?

—Nada.

—Nunca hablas conmigo en química, y ahora me dices que has estado buscando información sobre el problema de salud raro por el que pasé el año pasado. ¿Qué te traes entre manos?

Soltó una risita y se enderezó cuando el señor Bong se volvió hacia nosotros.

—Tan solo quería que supieses que lo he estado investigando y que *sí* que existe.

—Ya sé que existe, ¡*yo* lo tengo! Me pasó a mí.

—¿Emilie? —El señor Bong, y la clase al completo, se volvieron a mirarme. Porque sí… puede que lo hubiese dicho un poco alto.

—Lo siento —murmuré.

El señor Bong retomó su clase y, cuando me volví hacia Nick, él estaba sacudiendo la cabeza y estaba claro que intentaba contenerse y no echarse a reír. Yo negué con la cabeza, pero su expresión divertida me hizo imposible el no esbozar una pequeña sonrisa.

—Resumiendo… se han llevado mi coche.

Miré a Chris incrédula mientras él se ponía el abrigo y cerraba su taquilla. Para colmo, de todas las tragedias por las que había tenido que pasar ese día horrible, ¿encima Chris no tenía coche para llevarnos a casa?

—¿Y entonces...? —pregunté.

—Entonces tendremos que volver a casa andando, supongo, porque Rox ya se ha ido y mis padres están los dos en una reunión.

—Pff —gemí—. No me puedo creer que este día sea real.

—Acabo de mirar el tiempo y parece que la sensación térmica está justo por debajo de los diez grados, así que sí... nos vamos a congelar.

—¿Necesitáis que os lleve?

Cerré los ojos con fuerza al escuchar esa voz. *Pues claro* que Nick Stark estaba ahí. ¿Por qué no iba a estarlo? Ese día estaba por todas partes. Abrí la boca para soltarle el viejo y manido «No, gracias» pero Chris se me adelantó.

—¿De verdad? —soltó casi en un gritito.

Me volví justo a tiempo para ver cómo Nick se encogía de hombros.

—Claro. ¿Estáis listos ya o...? —le dijo a Chris.

—Yo tengo que hacer algo antes —lo interrumpí, lanzándole una mirada cómplice a Chris—. Tengo que, eh, llevar algo a la sala de reuniones norte, solo será un momento.

Chris puso los ojos en blanco, cuando se dio cuenta de lo que estaba tramando.

—Me quiero ir ya a casa ya, Em.

—Tengo que encontrar primero a Josh. Seré rápida. —Les hice un gesto para que supiesen que no tardaría mucho tiempo, me giré sobre mis talones y eché a caminar todo lo rápido que pude por el pasillo hacia la sala de reuniones, pero ellos me siguieron—. No tenéis por qué acompañarme, podemos quedar en el coche —les dije sin volverme.

—Nah, vamos contigo —repuso Nick, siguiéndome y lanzándome una mirada que dejaba claro que no iba a poder engañarlo.

—¿Es que no puedes ir luego a su casa? —Chris suspiró con dramatismo—. ¿Como cualquier persona normal el día de San Valentín? —añadió.

—Solo tengo que darle su regalo antes de irme. —Llegamos a la sala de reuniones, que era donde practicaban las simulaciones de juicios, y respiré hondo—. Dadme un minuto y estaré lista para que nos vayamos.

Chris puso los ojos en blanco. Sabía que estaba actuando como una persona desesperada, pero es que estaba muy, muy desesperada. Les hice un gesto para que se alejasen y me dejasen algo de espacio, pero no se movieron de sus sitios.

Vale.

Abrí la puerta de un tirón y me asomé al interior. Había gente sentada en varias mesas, hablando, y entrecerré los ojos buscando a Josh entre los alumnos. Estaba a punto de rendirme cuando localicé su cabeza, estaba sentado en una mesa al otro lado de la sala.

Por un momento me sorprendió la rabia que me invadió al ver su cabello rizado (la excursión con Macy todavía estaba demasiado reciente en mi memoria) pero iba decirle que le quería de una vez por todas, aunque acabase conmigo.

—¡Josh! —lo llamé en un susurro—. ¡Pssst! ¡Josh!

Él no me oyó, pero Owen Collins, uno de sus amigos que tenía futuro como profesor universitario, sí.

—Joshua, te llama tu novia —dijo, levantándose de su asiento.

Lo que hizo que todas y cada una de las miradas se volviesen hacia mí.

—¿Podemos irnos, por favor? —murmuró Chris a mi espalda.

—Un segundo —le pedí, al mismo tiempo que Josh cruzaba la sala hacia mí.

—Qué romántico —oí como murmuraba Nick, aunque sonaba como si creyese que esta situación era de todo menos eso.

Chris soltó una risita.

—Hola. Em. —Josh me miró fijamente—. ¿Qué pasa?

—Yo, eh, tengo tu regalo. —Le tendí el paquete envuelto y le dediqué una sonrisa—. Había pensado que podríamos hacer nuestro intercambio de regalos rápido antes de que me vaya.

—No tengo tu regalo aquí. —Josh echó una mirada a su espalda antes de seguir—. Y tengo que volver ahí.

—¿Pero no tienes que ir a trabajar después de esto? —Me pasé un mechón por detrás de la oreja, nerviosa por convencerlo, porque necesitaba desesperadamente que este día cambiase por completo para poder vivir un 15 de febrero por fin—. De verdad que quiero darte tu regalo *hoy*.

—¿Tan desesperada estás? —dijo Chris, y sabía que tenía razón, incluso cuando eché la pierna atrás para darle una patada en la entrepierna. Sabía que tenía razón, pero aun así tenía que intentarlo.

Quizás si le decía «te quiero» de una vez por todas eso lo cambiase todo.

—Escucha, Em —dijo Josh, sin preocuparse siquiera en ocultar que estaba molesto—. No sé qué está pasando, pero hablamos luego. *Tengo* que irme.

—Vale. Bueno, eh, solo quería decirte que te quie…

—Pollo. —Nick abrió la puerta de par en par, lo que me hizo tropezar, y apareció a mi lado—. Que quiere pollo y que había pensado que tú, su novio, probablemente deberías saberlo.

Josh nos miró a Nick y a mí alternativamente.

—¿Pero quién eres tú?

Nick le sonrió.

—Soy Nick.

Empujé a Nick para apartarlo de la puerta.

—No *quiero pollo*, quiero…

—Mira, tengo que irme, Em. Hablamos más tarde.

Se marchó y vi a Owen mirándome como si fuese una perdedora patética y acosadora. Que en parte lo era. Me volví y me encontré a Nick apoyado contra la pared y negando con la cabeza, y Chris me estaba mirando fijamente con la boca abierta.

—Sigo intentando decidir si he de abrazarte después de que te hayas humillado de esa manera, o si tengo que darte una patada en el culo.

—Por favor —le pedí, alejándome de la puerta del aula de juicio simulado y acercándome a él—. Dame una patada en el culo.

Chris me rodeó con sus brazos y yo escondí mi rostro en su sudadera.

—Vamos, Em —dijo, dándome palmaditas en la espalda durante cinco segundos—. Vámonos a casa antes de que nuestro chófer decida abandonarnos.

—*Sí* que tengo que irme ya —repuso Nick, y Chris le dio nuestras direcciones mientras recorríamos el pasillo y salíamos al aparcamiento.

Sí que me había humillado delante de todo el mundo. Sabía que estaba forzando las cosas, pero tenía razón. Tenía razón con respecto a Josh y al amor, y sobre cómo romper este bucle temporal.

La única ventaja era que probablemente mañana volvería a despertarme en el mismo día, ya que todos mis intentos por hacer que este día fuese perfecto habían resultado ser un desastre, así que al menos todo el mundo lo olvidaría y yo podría repetir este día de nuevo.

Nos montamos en la camioneta de Nick y nos abrochamos los cinturones, esta vez con Chris en el medio.

—¿Va todo bien, Em? —me preguntó mi amigo.

Me encogí de hombros y me abroché bien el cinturón de seguridad.

—Yo, eh, solo quería que tuviésemos un San Valentín memorable.

—Yo diría que lo has conseguido —repuso Nick, arrancando su camioneta y metiendo primera antes de salir de su plaza de aparcamiento.

—Cállate —espeté.

—No voy a decir nada malo de Joshua porque respeto que te guste, ¿pero no crees que ha sido un tanto… capullo contigo? —dijo Chris, volviéndose a mirarme—. Quiero decir, sí, te estás comportando un poco… rara, pero él ha sido un poco imbécil.

Me giré hacia Nick antes de responder a Chris.

—¿Quizás sea mejor que hablemos de esto más tarde...?

—Oh, venga ya, Emmer —repuso Chris, señalando a Nick—. Después de que haya tenido que presenciar esa patética muestra de estupidez romántica, yo diría que no estaría de más incluirle en esta conversación.

—¿Has hablado hoy con Alex? —le pregunté.

—Menudo cambio de tema más sutil —le dijo Chris a Nick, y después se volvió hacia mí—. Y claro que sí, yo no soy una zorrita indecisa como otras.

Chris llevaba meses detrás de Alex López. Eran amigos, ambos estaban en el equipo de campo a través y se llevaban bastante bien, pero a Chris le daba miedo echar a perder su amistad al pedirle salir. Había decidido que el día de San Valentín seria el día en el que le preguntaría a Alex si le apetecía tener una cita con él. El plan consistía en soltar la típica frasecita de «San Valentín es un día patético cuando estás soltero, así que como los dos lo estamos, ¿te apetece ir a comer una pizza y ver películas antiguas?».

Me quedé sin aliento.

—¿En serio lo has hecho?

Él me dedicó una pequeña sonrisa, como si compartiésemos un secreto.

—Me salió solo. Al principio no podía articular palabra, pero entonces dijo que se sentía un completo perdedor al no tener planes en el día de San Valentín y me lo dejó a tiro.

—¡Eso es genial! —Me reí al mismo tiempo que su cara adquiría una expresión tan radiante como el sol. Chris siempre estaba intentando fingir que nada le importaba, pero en el fondo era una de las personas más vulnerables que conocía—. ¿Qué te vas a poner?

—No. —Alzó una mano y negó con la cabeza—. No pienso empezar a estresarme con eso todavía. ¿Podemos tomarnos un momento e imaginarnos su adorable rostro? Como cuando Alex se pone serio con algo y no para de hablar de ese tema, la combinación de intensidad y la dulzura infantil de su rostro es demasiado para mí.

Yo asentí con la cabeza; tenía razón.

—Sé *exactamente* de qué estás hablando. El año pasado estábamos juntos en la clase de Gobierno de Estados Unidos del profesor Halleck, y después de que se enfadase con Ellie Green porque, bueno, porque estaba siendo muy Ellie ese día, estuve loca por él durante días. Adorable más intenso es igual a una bomba.

—¿Verdad? —Volvió a sonreír, radiante como el sol, y yo me alegré mucho por él. Chris llevaba siendo mi mejor amigo desde que los dos presentamos unos justificantes falsos en primero para librarnos de las clases de natación. Habíamos supuesto que nos dejarían saltarnos las clases y ya está, pero el entrenador Stroud nos hizo quedarnos de pie a un lado de la piscina y dar las brazadas en el aire. Sin tocar el agua.

Me habría muerto de la vergüenza si hubiese tenido que hacerlo sola, pero Chris hizo que pareciese que estábamos bailando. Me reí tanto ese día con sus bailes ridículos que ambos terminamos castigados.

Nos pasamos el resto del trayecto hasta la casa de Chris hablando de lo genial que es Alex López mientras Nick nos escuchaba en silencio. Estaba haciendo todo tipo de juicios internos sobre su silencio hasta que, cuando entró en la calle de Chris, lo rompió diciendo algo que no me esperaba.

—Tan solo asegúrate de que vea tu verdadero yo; así no tendrá ninguna oportunidad de escapar.

—¿Quién demonios eres, Nick Stark? —bromeó Chris—. Llevo sin hablar contigo desde segundo de primaria, desde que éramos unos lobatos en los Scouts, y ahora estás aquí, actuando como una especie de Cupido apuesto y malhumorado.

—Oh, cierra el pico.

Chris estalló en carcajadas, y yo también.

—No me puedo creer que ambos estuvieseis en los Scouts de pequeños.

—Te haré saber que, este de aquí, era el mejor anudador del equipo —repuso Chris, abriendo el bolsillo exterior de su mochila y sacando las llaves de su interior.

—De la manada —lo corrigió Nick, bajando la marcha a medida que nos acercábamos a casa de Chris.

—De la manada —repitió Chris, poniendo los ojos en blanco y negando con la cabeza como si no diese crédito.

»Gracias por traerme, Nick —dijo Chris cuando aparcamos frente a su casa. Abrí la puerta y me bajé del coche para que pudiese salir y me pregunté por qué Nick no me había llevado a mí primero a casa. Ahora le tocaría volver atrás, pero quizás tenía que ir a alguna parte que quedaba de camino o algo. Quizás tenía una novia más mayor que nosotros que vivía por mi calle e iba a recogerla. A pesar de que él había sido testigo de algunos de los momentos más vergonzosos de mi día de hoy, seguía siendo prácticamente un desconocido para mí.

Cuando me volví a montar en su camioneta y cerré la puerta, Chris me hizo un gesto para indicarme que bajase la ventanilla.

—¿Estás segura de que estás bien? —me preguntó, haciendo una mueca que dejaba claro que estaba preocupado por mí—. Hoy has actuado con Josh como si *no* fueses tú.

—Es solo que… no lo sé. Creía que hoy sería el día de San Valentín perfecto, pero quizás he forzado las cosas.

—¿Tú crees? —dijo Chris.

—Quería decirle que lo quería, pero entonces Nick…

—NO —soltó Chris.

—… lo arruinó.

—No creo que fuese *yo* quien lo arruinase —repuso Nick, con las manos todavía en el volante.

—¿Estás de broma, no? —dijo Chris—. ¿Le ibas a decir que lo querías?

¿Por qué lo decía como si estuviese loca?

—Lo digo totalmente en serio.

Abrió los ojos como platos mientras negaba con la cabeza una y otra vez.

—No, no, no. Em, no lo quieres.

—Sí que lo quiero…

—¿Cuánto tiempo lleváis saliendo? ¿No crees que es un poco pronto?

—En realidad hoy hacemos tres meses.

—Tres meses. —Su mirada se dirigió hacia Nick y después volvió hacia mí—. ¿Hoy?

—Síp.

Enarcó las cejas todo lo que pudo.

—¿No crees que es demasiado oportuno?

—¿Qué quieres decir?

—Vale. Mira, señorita planificadora. Señorita de las listas de tareas —dijo—. Desde que te conozco has estado obsesionada con que todo encaje en unos pequeños puntos que puedas después marcar como completados.

—¿Y qué tiene eso de malo?

—Nada. —Me miró con dulzura—. Creo que tu necesidad obsesiva de controlarlo todo es adorable. ¿Pero no crees que decirle a alguien que lo quieres en vuestro aniversario de tres meses, que encima cae en un día dedicado al amor, es como demasiado perfecto y oportuno?

Noté cómo se me sonrojaban las mejillas con violencia. No quería seguir hablando de esto.

—¿Es que no tienes que irte a casa ya?

—Vale, me callo —repuso—. Si sigues queriendo decirle que lo quieres hasta quedarte sin aliento, llámalo luego por teléfono.

Puse los ojos en blanco y me despedí de él con un gesto de la mano antes de que se girase sobre sus pasos y corriese hacia su casa. Nick arrancó el coche y metió la marcha atrás.

—Sabes que en realidad no lo quieres, ¿no? —dijo metiendo primera.

—¿Qué? —dije, observando su perfil—. ¿Y cómo lo sabes *tú*?

—¿Cómo es posible que *tú* no lo sepas? —me rebatió.

—No pienso hablar de esto contigo —repuse, enfadada. Gracias a Dios vivía cerca de Chris y ya casi habíamos llegado a mi casa.

—Bueno, pues deberías hablar de esto con *alguien*. —Me miró de reojo—. Le ibas a decir que lo querías pero hace solo unas horas estabas escondida detrás de unas macetas para comprobar que no te estaba poniendo los cuernos.

—Eso no es lo que estaba haciendo…

—Y una mierda —dijo.

—No lo es —mentí—. Solo lo estaba esperando.

Nick frenó frente a mi casa y aparcó el coche junto a la acerca. Lo puso en punto muerto, tiró del freno de mano y se volvió a mirarme.

—Incluso aunque eso fuese cierto, que ambos sabemos que no lo es, el ambiente entre tu «novio» y tú era de lo más incómodo y educado. Era tenso y raro. Por Dios, eso no es amor.

—¿Y a ti por qué te importa? —solté, casi llorando. Estaba cansada de repetir este día, de pensar en Josh y en Macy, de Nick actuando como si supiese algo de mí o de mi relación.

Su rostro estaba totalmente ilegible.

—No me importa.

Pero… ¿de verdad no le importaba? Me miraba tan serio que me hizo sentir un cosquilleo en el estómago.

—Bien —repuse, colgándome la mochila—. Gracias por traerme.

—No hay de qué, a tu servicio.

Una vez dentro me fui directa a mi habitación, con la esperanza de poder evitar por completo el tener que hablar con mi padre sobre su ascenso. Por desgracia subió justo detrás de mí y me dio las «buenas noticias» mientras le hacía cosquillas a Joel en mi cama, una perfecta muestra de amor paternal que me pareció terriblemente deprimente.

Por si fuera poco, Lisa y él estuvieron hablando de Texas toda la cena. Las cosas que harían cuando estuviesen allí, la urbanización donde querían comprar una casa, los restaurantes que les apetecía visitar, las atracciones turísticas que más les podrían gustar a los chicos. Al parecer, la cena de San Valentín de esa noche estaba patrocinada por una agencia de viajes de Texas.

Para cuando me fui a dormir, estaba totalmente agotada. Josh no me había llamado ni me había enviado ni un mísero mensaje, así que me quedé de pie frente a la ventana de mi dormitorio y le pedí un deseo a una estrella, tal y como hacía cuando tenía siete años y deseaba que mis padres salvasen su matrimonio.

—Estrella, estrellita, la primera que he visto esta noche. Deseo, deseo, deseo que me concedas lo que más quiero. —Fijé la mirada en la estrella más brillante del firmamento, entrecerré los ojos, y seguí con mi deseo—. Deseo tener el día de San Valentín perfecto para que este bucle termine.

Me metí en la cama, esperanzada pero consciente de la realidad.

No había logrado tener un día perfecto, ni siquiera uno decente.

Pero quizás solo tenía que arreglar una cosa. Quiero decir, técnicamente había evitado que Josh me pusiese los cuernos, así que eso tenía que valer para algo, ¿no?

Sin embargo, al arroparme, me vino a la cabeza una imagen mía en su asiento delantero, apretujada entre él, Macy y Nick mientras mis botas apestaban a Fritos.

Sí, creo que haber arreglado ese detalle no iba a ser suficiente.

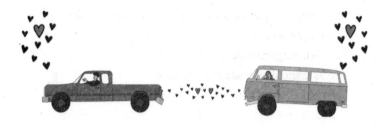

CONFESIÓN N.º 9

En primero de secundaria pasé por una fase en la que pedía un taxi para ir a cualquier parte de la ciudad, solo para tener algo que hacer cuando ya no podía soportar más el estar sola.

OTRO DÍA DE SAN VALENTÍN

Cuando me desperté a la mañana siguiente con esa horrible canción me di cuenta de que no tenía ni idea de qué hacer a continuación. Seguía pensando que necesitaba cambiar las cosas, arreglarlas, pero no lograba averiguar qué era exactamente lo que tenía que cambiar. Me hice una lista de tareas nueva.

Lista de tareas pendientes – 14 de febrero (otra vez)
Tomar una ruta distinta para ir al instituto
Convencer a la señora Bowen de que no me pueden quitar
la beca
Asegurarme de que Josh y Macy no se puedan besar
Convencer a papá de que no se quiere mudar a Texas

Traté de seguir un camino distinto para ir al instituto. Tuve que pasar por una infinidad de vecindarios y, aun así, me las apañé para chocar con Nick. En esta ocasión justo cuando se incorporaba a la carretera delante de mí en Edgewood Boulevard.

Se acercó a mi puerta corriendo y la abrió de un tirón.

—Oye, ¿estás bien?

Salí de la furgoneta de un salto.

—Has salido de la nada justo delante.

Nick enarcó las cejas.

—¿Lo siento?

—Deberías, podríamos haber evitado todo esto. —Estaba disfrutando de ser yo la borde por una vez—. La información de tu seguro, por favor.

Entrecerró los ojos, incrédulo.

—Tú primero, ya que has sido *tú* la que se ha chocado *conmigo*.

—Vale. —Me acerqué a mi coche y saqué la tarjeta con la información del seguro mientras él iba a buscar la suya. En cuanto las hubimos intercambiado, observé su tarjeta y le dije—: Stark. ¿Nick Stark?

Él no me respondió, se limitó a mirarme como si ya estuviese molesto por algo que aún no había dicho.

—¿Vas a clase de química con el señor Bong? —le pregunté.

Entrecerró los ojos un poco más.

—¿Sí...?

—Ah, he reconocido tu nombre. ¿Tienes clase a cuarta, verdad?

—Síp.

—Anda, el mundo es un pañuelo. —Señalé mi capó—. De ahí está saliendo mucho humo, seguro que ahora estalla en llamas. Será mejor que nos alejemos.

Esta vez fui yo la que llamó a los servicios de emergencias mientras él observaba su teléfono, y en esta ocasión llevaba puestos unos vaqueros, botas, mi chaquetón de borrego y un gorro, así que no tuvo que ir a buscar su vieja chaqueta para tendérmela. Sí que se ofreció a llevarme al instituto, pero en esta ocasión sí que tenía el plan perfecto para mantener la paz.

—Gracias por llevarme —le dije mientras me abrochaba el cinturón.

—No hay de qué —respondió.

Y entonces saqué mi nuevo libro de la mochila, lo abrí por la página que había dejado con la esquina doblada y me puse a leer. Seguro que sería la copiloto perfecta para Nick si me ponía a leer durante todo el trayecto y no decía ni una palabra, ¿verdad? Arrancó la camioneta y yo me puse a leer, pero solo conseguí avanzar dos frases antes de que él rompiese el silencio.

—¿De verdad te vas a poner a leer a Rebecca DeVos en mi coche?

Alcé la mirada hacia a él, dividida entre la sorpresa de que conociese a la autora y el enfado por el tonito asqueado que había usado al formular la pregunta.

—¿Sí…?

—Es una de las autoras más sobrevaloradas de toda la literatura estadounidense. Se dedicó a llenar su prosa con tantas florituras en sus descripciones que es complicado incluso descifrar la trama de sus historias. —Señaló mi libro para puntuar su argumento—. Ese libro es de los peores. No sé si en algún momento llegué a averiguar cómo era realmente el personaje principal porque tuve que utilizar un diccionario y un tesauro para descifrar siquiera los malditos colores de los que estaba hablando.

—Déjame adivinar. —Examiné los objetos que tenía repartidos por el salpicadero de su vieja camioneta y volví a pensar en lo misterioso que era Nick. Incluso después de un par de días conociéndolo, seguía sin tener sentido para mí—. Eres fan de Raymond Carver.

—Me gusta su trabajo —replicó, bajando un poco la música—, pero hay bastantes escritores más que DeVos y Carver. Te podría decir al menos veinte cuyas prosas están llenas de bastantes más florituras que la de Carver pero son menos… exageradas que las de DeVos.

Yo también. En realidad no me estaba gustando el libro y estaba completamente de acuerdo con lo que decía. Algo que me seguía sorprendiendo.

—Dina Marbury es pelirroja, por cierto, con la tez pálida e impecable y ojos azules.

Técnicamente «sus ojos eran del mismo color que el cielo más brillante de verano, sin nubes y cerúleos, y refulgían con la impecabilidad de las joyas lucidas por reyes, reinas y el puñado de sus amantes que salpicaban la faz de la Tierra», pero decir que eran *azules* debería servir.

—Sabía que se suponía que tenía que adorarla, pero entre tú y yo, me alegré cuando se ahogó en el océano.

—*Nick.* —Cerré el libro de golpe—. Que aún no había llegado a esa parte, ¿en serio me acabas de destripar el final?

Él soltó una risita.

—Oh, mierda, lo siento.

—En realidad no importa. —Metí el libro en mi mochila, que la había dejado a mis pies—. Para ser sincera, probablemente no iba a terminármelo.

—¿Ves? —Puso el intermitente y bajó la marcha cuando llegó a la esquina—. Te he hecho un favor.

Puse los ojos en blanco.

—¿De verdad se ahoga en el océano? Vaya, eso me suena mucho a…

—¿*El despertar*? —Me miró de reojo mientras se detenía su camioneta por completo.

—¡Sí! Quiero decir, es un final de libro de estos que no se deberían copiar de ninguna manera, ¿no?

—Exacto. —Nick me dedicó algo parecido a una sonrisa, pero solo con su mirada, antes de volverse de nuevo hacia la carretera y acelerar cuando el semáforo se puso en verde—. Como si creyese que podía robar el gran final de Edna Pontellier y que nadie se daría cuenta.

Nos pasamos el resto del camino hablando de libros y fue entonces, cuando estábamos entrando en el instituto, que me percaté de que, por primera vez en todos estos días de San Valentín, nos habíamos llevado bien. Me sentía como si por fin hubiese hecho algo bien en este nuevo comienzo hasta que Nick abrió la boca de nuevo, estropeándolo todo.

—¿A qué viene esa sonrisa?

Lo miré, tenía la nariz arrugada y el ceño fruncido.

—¿Qué? —repuse.

—Eso. Estábamos hablando como dos personas normales y, de repente, has empezado a sonreír como una psicópata.

—No he sonreído como una psicópata.

—Sí que lo has hecho. —Sacudió la cabeza, incrédulo—. Como una a la que le encanta ver los desfiles por la televisión y ponerles jerséis a los gatos.

Entrecerré los ojos.

—A todo el mundo le gustan los gatos con jersey.

—Lo que tú digas. Me tengo que ir. —Lo dijo como si yo le hubiese pedido que se quedase conmigo o algo así. Cosa que no había hecho.

—En realidad, *yo* me tengo que ir —repliqué.

—Eso es lo que he dicho —repuso Nick.

—No, tú has dicho que *tú* te tenías que ir, como si te hubiese pedido que me acompañases a clase o algo así cuando, en realidad, soy *yo* la que se tiene que ir.

Él enarcó las cejas.

—¿Estás bien?

—Estupendamente —murmuré, negando con la cabeza.

Después de eso, traté de cambiar las cosas con el orientador cuando me hicieron llamar y expuse mi caso con madurez. Les expliqué todos los motivos por los que deberían hacerme un hueco en su programa de verano y ellos se limitaron a sonreír y a decirme educadamente que no era posible otorgar una plaza más.

Luego intenté esperar a Josh junto a su coche con su regalo. Una gran parte de mí se preguntaba por qué lo estaba intentando llegados a este punto. Si Macy y él sentían algo el uno por el otro, ¿de verdad *quería* salvar nuestra relación? Pero otra parte de mí sabía que tenía razón en todo y que esta era mi oportunidad para tomar las riendas de mi vida y del tiempo, y asegurarme de que Macy no arruinase nuestra relación en esta ocasión.

Me encaramé al diminuto capó de su coche, con su regalo en la mano y esperé pacientemente. Me morí de frío pero esperé. Cuando los dos por fin salieron del instituto, Macy me vio, porque se detuvo y le dijo algo a Josh. Antes de que pudiese verme, le agarró de la manga y tiró de él de nuevo hacia el interior del instituto.

¿Perdón?

Cuando me bajé del capó para seguirlo, se me quedó enganchado el pantalón en una junta del capó y se me rajó, así que ahora también me moría de ganas de apuñalar a Macy. Recorrí el pasillo, todavía congelada, pero ahora también estaba triste y frustrada porque me di cuenta de que las cosas no volverían a ser como antes.

¿Y si me quedaba atascada en este día para siempre?

Mientras tanto, en la clase de química, Nick decidió que era el momento perfecto para discutir conmigo el hecho de que me había puesto un jersey rojo el día de San Valentín.

—Simplemente, adorable.

—¿Qué?

Señaló mi jersey con un lápiz.

—Tu atuendo, es simplemente perfecto para el día de hoy, parece sacado de una película romántica, súper adorable.

—No me lo he puesto por eso. —Bajé la mirada hacia mi jersey—. Es solo un jersey rojo.

—¿En serio?

—Sí, en serio.

Me dirigió una mirada que dejaba claro que no le estaba engañando con mi respuesta.

—¿Y cómo explicas entonces la pulsera de corazones y los pendientes a juego que llevas?

Puse los ojos en blanco y negué con la cabeza. Iba a responderle de forma tajante pero, por algún extraño motivo, en esta ocasión ya no pude contener más las lágrimas.

—¿Es que no tienes nada mejor que hacer que analizar mis elecciones de vestimenta?

Nick se acercó un poco más hacia mí y me observó atentamente.

—¿Estás llorando?

—NO —respondí, casi gritando, pero las lágrimas me traicionaron, escapándose de mis párpados.

—Oh, mierda, no. —Tragó con fuerza—. No, no... lo siento, solo estaba quedándome contigo.

—No importa —respondí, moqueando—. No estoy llorando.

—Sí, sí estás llorando —susurró, observándome con seriedad por una vez—. Por favor, por favor, para.

—Vale, *estoy* llorando. —Volví a moquear, tratando de mantener la poca compostura que me quedaba—. Pero no es por ti.

—¿Me lo prometes?

Puse los ojos en blanco y me limpié las lágrimas con el dorso de la mano.

—*Sí.*

Respiré hondo, tratando de calmarme. Yo *nunca* lloraba. Pero la idea de haberme quedado atrapada en este purgatorio horrible en el día de San Valentín para siempre me estaba carcomiendo por dentro. ¿Es que nunca podría envejecer? ¿Ni tener la oportunidad de convertirme en periodista? ¿O ver crecer a los mellizos? Me venía demasiado grande.

—¿Cómo puedo hacer que dejes de llorar? —me preguntó Nick, que parecía estar tan incómodo con esta situación que era casi hasta cómico—. De verdad.

—Estoy bien —respondí, moqueando, pasándome los dedos índice por las pestañas inferiores. Respiré hondo y me convencí de que podría solucionarlo todo—. Ya está.

—Pero... —Me dedicó la sonrisita más dulce que había visto en mi vida—. ¿Estás segura?

Asentí y no pude evitar devolverle la sonrisa.

—Estoy bien.

—Aleluya —suspiró Nick, como si estuviese de verdad aliviado—. Porque el mero hecho de pensar en ser amable contigo durante el resto de la clase de química me agota.

Solté una pequeña carcajada al tiempo que negaba con la cabeza.

—¿De verdad te parece tan duro?

Él se encogió de hombros.

—No es que sea duro, es que prefiero ver cómo parpadeas rápido y te ofendes ante todo lo que te diga.

Otro día que se repite, otro ojo perdido por ponerlo demasiadas veces en blanco en presencia de Nick Stark.

Terminé ese día con otro intento fallido de convencer a mi padre de que no se mudase.

En esa ocasión le dije que no podía dejar a la abuela —viuda y sola— atrás y mudarse al otro lado del país. ¿Qué haría ella? Se sentiría tan sola, ¿verdad? Sabía que adoraba a su madre, así que estaba segura de que mi argumento haría tambalear su resolución.

Pero entonces me sonrió cuando se lo comenté.

—Ella quiere venirse con nosotros, Emmie, pregúntaselo. Está *encantada* con el clima cálido y los vaqueros —me dijo.

—¿De verdad?

—¿Te sorprende? —me preguntó, todavía sonriendo.

—Bueno, lo de los vaqueros no me sorprende, no.

Así que no solo no logré convencerlo, sino que descubrí la peor de las noticias: también perdería a la abuela Max. Ella ni siquiera había mencionado esa posibilidad cuando hablamos sobre el tema en mi primer día de San Valentín, pero también es cierto que yo había sido un mar de lágrimas, así que no podía culparla.

Volví a pedirle un deseo a una estrella antes de irme a dormir, pero estaba empezando a perder la esperanza de que un maldito orbe brillante en el firmamento tuviese algún interés por echarme una mano.

Después de eso me obsesioné con cambiar los desenlaces. De cualquier forma que pudiera. En cuanto a la beca perdida intenté varias cosas:

—No presentarme en la oficina cuando me llamaron.

—Presentarme y suplicarles que tuviesen piedad.

—Fingir echarme a llorar con una historieta que me inventé absurdamente detallada sobre que el último deseo de mi abuelo (moribundo) era verme en ese programa.

Intentar sobornar a la señora Bowen.

Ninguno de esos intentos dio un resultado distinto al original. Con Macy y Josh intenté:

—Esperarles sentada en mi furgoneta y tocar el claxon frenéticamente cada vez que sus rostros se acercaban en el interior su coche pequeño y patético.

—Mandarle un mensaje a Josh contándole que había oído un rumor de que Macy tenía un herpes horrible y estomatitis (no fue mi mejor momento).

—Lanzar una pelota de béisbol al parabrisas de Josh cuando él y *Mace* estuvieran instalados en el interior de su ridículo coche. Sí que acerté el tiro y la pelota terminó rompiendo el cristal, pero la lancé demasiado tarde y sus labios se rozaron justo antes de que la pelota lo rompiese, así que todo fue en vano. Y encima tuve que esconderme detrás de un coche y escabullirme corriendo hacia las puertas del instituto como un marine en medio de un asedio.

Nada estaba funcionando.

En cuanto a la situación con mi furgoneta y el accidente, intenté:

—Llevarme el coche de mi padre en vez del mío al instituto, pero me seguí chocando con Nick.

—Ir al instituto con Chris en su coche, pero esta vez fue él quien se chocó con Nick. E, ironías de la vida, aun así me tocó irme en el coche del tipo borde al instituto porque Chris acabó en el hospital para que revisasen que su cuello no había sufrido daños.

Intenté también ir caminando al instituto, pero incluso *así* terminé en el coche de Nick. No me lo podía creer, pero su camioneta estaba aparcada junto a la acera de la calle de la urbanización de Hickory Oaks que llevaba a nuestro instituto, supuse que vivía en la casa junto a la que estaba aparcada. Tenía el capó levantado, pero estaba trasteando en su interior. Intenté pasar junto a él haciendo el menor ruido posible, pero justo cuando pensaba que me había librado por primera vez, le oí llamarme.

—Perdona, oye. ¿Puedes echarme una mano un segundo?

Lo miré y me llevé la mano al pecho.

—¿Yo?

—Sí.

—Eh, no te ofendas, pero solo soy una chica de dieciséis años y no creo que sea muy seguro que ayude a desconocidos. ¿Puedo llamar a alguien para que…?

—No soy un desconocido, estamos en la misma clase de química.

¿Qué?

¿Así que sí que sabía que era su compañera de laboratorio? ¿Se había estado quedando conmigo en todas y cada una de las veces que nos habíamos encontrado antes?

—¿Estás seguro? —le dije—. Quiero decir, sí que me resultas algo familiar pero…

—Sí, estoy seguro, nos sentamos a la misma mesa. ¿Qué dices, me ayudas?

Me bajé de la acera y me acerqué a él, intentando no sonreír al sentirme un tanto triunfante porque me hubiese reconocido.

—¿Qué necesitas que haga?

Tenía el cabello un poco revuelto por el viento, pero sus ojos eran del azul más intenso en contraste con el negro de su chaqueta. Siempre había pensado que eran marrones, pero al verlos de cerca recordé la prosa florida de DeVos; sí que había dado en el clavo con el tono exacto de azul con esa descripción suya de un cielo azul de verano sin nubes en el horizonte.

—Necesito que arranques mi camioneta mientras le echo líquido de arranque a esta cosa, está congelada —me dijo, interrumpiendo mis pensamientos sobre sus preciosas córneas—. ¿Alguna vez has conducido un coche con marchas?

Me metí las manos en los bolsillos y escondí un poco más el cuello en mi abrigo de borrego.

—No, pero sé cómo arrancar un coche con embrague.

—Perfecto. ¿Te importa?

Su olor; a jabón, a su colonia o no sé qué era, me golpeó de lleno e hizo que cualquier otro pensamiento quedase relegado a un segundo plano.

—Voy —respondí.

Rodeé su camioneta y me subí por el lado del conductor, aunque tuve que acercarme un poco el asiento para poder llegar al pedal del embrague. Dejé la puerta abierta, esperando a que me diese la señal.

—Ya —ordenó, y yo giré la llave para arrancar el motor.

Esa vieja camioneta no quería arrancar, pero Nick debía de saber lo que estaba haciendo porque, de repente, el motor rugió, cobrando vida. Revolucioné un poco el motor para despertarlo del todo antes de oír cómo Nick me gritaba:

—¿Puedes ponerlo en punto muerto y dejarlo arrancado?

—Claro. —Me resultaba familiar y reconfortante estar aquí sentada. Solía ayudar a mi padre cuando se ponía a arreglar su viejo Porche haciendo exactamente lo mismo, solo que por aquel entonces yo tenía doce años. Puse la camioneta en punto muerto y me bajé de un salto.

Nick cerró el capó de un golpe y se acercó al lado del conductor.

—Muchas gracias —me dijo—. Ella odia el frío.

—¿Ella?

—La camioneta.

Puse los ojos en blanco y esa sensación cálida que había sentido por Nick se esfumó de un plumazo.

—Odio que hagáis eso.

—¿El qué? —Me observó interesado, aunque no ofendido por mi comentario—. ¿El qué es lo que odias?

—Cuando los hombres sentís la necesidad de hablar de vuestros amados vehículos en femenino.

Mi comentario le sacó una sonrisa de sabelotodo, una que me había acostumbrado a ver dibujada en su rostro a lo largo de nuestra relación en todos estos días repetitivos.

—¿Y eso por qué?

—Es muy sexista. Apesta a patriarcado y a hombres cosificando a las mujeres porque sí. Como si dijeses: «Me gusta tanto esta preciosa obra de metal que me pone a mil. Como una mujer».

—Era la camioneta de mi hermano, que conste, y fue él quien la llamó «Betty» porque solía ser de nuestra tía abuela Betty. Y también tenemos una perra que se llama Betty —repuso, sin que su sonrisa decayese en ningún momento.

—Vale —dije, encogiéndome de hombros—. Supongo que acabo de quedar como una feminista lunática.

—Supones bien.

—Sí, supongo. —Puse los ojos en blanco y me sentí, de repente... fuera de mí—. Técnicamente, estoy empezando a pensar que soy una lunática, a secas.

Él se cruzó de brazos.

—¿Estás bien?

—¡No, no estoy bien! —suspiré, gruñí y me pregunté cuántas veces más tendría que hacerme esa misma pregunta antes de que muriese prematuramente por la frustración de estar atrapada en este maldito bucle temporal. Sacudí las manos, tratando de liberar tensiones, y volví a probar a recitar mi mantra: «Eres mejor que esto», pero no sirvió de nada, por lo que gruñí y grité—: ¡En realidad estoy HECHA UNA MIERDA y me está pasando algo RARO, pero es TAN RARO que ni siquiera puedo hablar de ello con nadie!

—Vaya. —Las comisuras de sus labios se elevaron un poco más todavía y después... se rio, ¡a carcajadas!—. Debe ser algo *muy* raro para hacer que alguien como *tú* colapse *de ese modo*.

—No te haces una idea —suspiré.

Eso le hizo volverse a reír; *por Dios* era un chico apuesto y no estaba siendo un auténtico imbécil conmigo.

—¿Quieres montar? —me preguntó—. Quiero decir, ¿quieres que te lleve al instituto? Iba hacia allí de todos modos y si pretendías ir andando, probablemente así llegarás antes. Y mucho más calentita.

¿Quién demonios era esta persona agradable y encantadora?

—Me encantaría. Gracias —respondí, metiéndome un mechón por detrás de la oreja.

Recogí mi mochila de donde la había dejado y me monté en su camioneta, demasiado nerviosa de repente. Lo que me resultaba algo extraño, porque tenía la sensación de haberme subido a esa camioneta al menos veinte veces, y no me había puesto nerviosa en ninguna de las otras ocasiones. Por supuesto, Nick había sido un imbécil en todas y cada una de ellas, el Nick amable era nuevo.

—¿Siempre vas caminando al instituto? —Nick se montó en el asiento del conductor y pisó el embrague—. Me sorprende no haberte visto antes por aquí.

—No —dije, abrochándome el cinturón—. Hoy ha sido, mm, una especie de experimento.

—¿Y cuál han sido tus conclusiones...?

Me erguí en el asiento y me atreví a volverme hacia a Nick, que estaba esperando a que le respondiese con una expresión divertida dibujada en su rostro.

—Mis resultados no fueron concluyentes porque alguien me obligó a dejar de lado el experimento para hacer de buena samaritana y a ayudarle con su coche averiado.

—Una pena por el experimento, pero el tipo parece bastante guay.

Eso me hizo reír, incapaz de contener una carcajada.

—Puede que sea guay, pero sé de buena tinta que en realidad es un ermitaño gruñón que ni siquiera habla con su compañera de laboratorio en clase de química.

—*Sabía* que me habías reconocido —dijo, señalándome con el dedo y sonriendo de oreja a oreja, no me podía creer lo irónico que estaba siendo este día—. Señorita «yo no hablo con desconocidos».

—Nunca se es demasiado precavido —respondí entre risas.

—Pues claro —repuso Nick, devolviendo la mirada a la carretera.

—¿Has terminado de leer lo que nos mandaron para hoy? —le pregunté, al mismo tiempo que me preguntaba cómo alguien podía oler tan bien y, a la vez, tener un aroma tan sutil. No se parecía en nada a la colonia cara que usaba Josh, que me gustaba, que conste, sino que, más bien, olía como a jabón fresco o a suavizante. Podría quedarme respirando ese olor a limpio para siempre sin cansarme jamás—. A mí se me ha olvidado, así que voy a tener que ponerme a empollar en la clase anterior como una loca.

—No he hecho la tarea de lectura, pero nunca las hago. —Puso el intermitente, giró a la izquierda y entró en el aparcamiento de los alumnos de penúltimo año—. Siempre espero hasta la noche de antes del examen para leer todas las cosas que nos puedan entrar, como cualquier alumno de instituto normal.

—¿Me estás llamando anormal?

Se metió en una plaza de aparcamiento que había libre en la primera fila.

—Te estoy llamando única —respondió.

Debí de poner alguna mueca porque Nick me dedicó una sonrisa mientras aparcaba la camioneta.

—¿Qué? Lo decía como un cumplido —me dijo.

Cuando apagó el motor, me desabroché el cinturón y abrí la puerta.

—Lo sé… eso es lo que me parece raro.

Él echó el freno de mano, se metió las llaves de la camioneta en el bolsillo y tomó su mochila, que había dejado entre nuestros asientos.

—¿Por qué te parece raro? Nunca te he insultado.

Bueno, sí que me había insultado unas cuantas veces en el interior de esta misma camioneta pero, de momento, ese día, estaba siendo un maldito sol.

—Bueno, no —respondí, en cambio, antes de bajarme de un salto de su camioneta.

Él se acercó a mi puerta y nos dirigimos hacia el instituto juntos. No dijo nada más, y yo tampoco, pero su aroma se me quedó metido en la nariz. Me sentía a gusto y algo se revolvió en mi interior, chapoteando como la nieve que estábamos pisando.

Cuando entramos en el edificio y yo señalé hacia un lado porque tenía que ir a buscar a Chris, él se detuvo. Y bajó su mirada hacia la mía, con sus ojos *ridículamente* azules.

—No sé qué es exactamente eso tan terrible con lo que estás teniendo que lidiar y de lo que no puedes hablar con nadie, pero te daré un consejo que nunca falla: que les den.

Tragué saliva con fuerza y me olvidé de cómo hablar, porque unos ojos azules me observaban directamente, haciéndome estremecer, y me fijé en sus preciosos labios. Intenté formar una respuesta a tientas, tratando de encontrar las palabras.

—Yo, eh, realmente no… —tartamudeé.

Él estiró una mano hacia mí, tiró ligeramente de un mechón rebelde que se me había escapado de la coleta y dijo:

—Que les den, Emilie.

Y después se marchó.

Seguí con mi día como si nada, y cuando me pidieron que fuese a dirección, como todos los días, escogí ir y decirles la verdad.

—¿Puedo serle sincera? —pregunté, mirando fijamente a la señora Bowen—. Esto echa por tierra todos mis planes, contaba con esta beca para mis solicitudes. ¿Hay algún otro programa que pudiese tener una vacante a la que me pueda postular?

Esperaba escuchar el mismo rechazo tajante de todos los días, pero ella, en cambio, ladeó la cabeza y apretó los labios. Empezó a hablar con el señor Kessler sobre un programa que no conocía y después salió del despacho para hacer una llamada.

—¿Conoce ese otro programa? —le pregunté al señor Kessler.

Él asintió.

—Lo conozco. Es muy, muy bueno y seguro que queda muy bien en tus solicitudes para la universidad.

—¿Cree que tengo posibilidades de que me elijan? —Algo parecido a la esperanza bulló en mi interior.

Él se encogió de hombros y me dedicó una sonrisa alentadora.

—Todo es posible.

La señora Bowen volvió a entrar en ese momento pero dijo que no había sido capaz de ponerse en contacto con la persona con la que esperaba poder hablar de este tema. Me dijo que «investigaría un poco más» y se pondría en contacto conmigo y, por la forma en la que lo dijo, supe que lo decía en serio.

Antes de marcharse volvió a disculparse, salvo que en esta ocasión añadió:

—Hallaremos el modo de arreglar esto, Emilie. Te lo prometo.

Las cosas estaban empezando a salir bien, por lo que me permití ser optimista, quizás tenía una oportunidad de pasar al 15 de febrero.

Después de clase tomé la decisión adulta de ni siquiera acercarme a la salida que daba al aparcamiento, por donde había visto salir a Josh y a Macy en innumerables ocasiones. Esperaba que el universo se pusiese a mi favor ese día y evitara que se besasen pero, al menos de esa forma, no tendría que verlos si lo hacían.

Sería como ese dicho sobre lo que sucede cuando un árbol se cae en medio de un bosque; si yo no estaba allí para verlo, ¿de verdad había pasado?

Quiero decir, sí, si me imaginaba la escena, si me los imaginaba a ellos, se me seguía revolviendo el estómago y me seguía sintiendo como una idiota, pero tenía que alejar esa imagen de mi mente fuese como fuese y conseguir mi día perfecto si es que quería recuperar mi vida.

Fui meticulosa con todo lo que hacía, dando lo mejor de mí para ser incluso más amable con todo el mundo o atender más que nunca en cada una de mis clases. Incluso sonreí a Lauren, Lallie y Nicole cuando pasaron junto a mí en el pasillo.

Y cuando entré en la clase de química, Nick ya estaba sentado a nuestra mesa. Respiré hondo, por algún motivo en el que no quería indagar, estaba nerviosa, cuando me acerqué a mi sitio.

Él alzó la mirada cuando dejé caer mi mochila junto a la mesa.

—Hola —me saludó, esbozando una sonrisa—. Eres tú.

—*Soy* yo —respondí, tomando asiento.

Notaba las mejillas sonrojadas mientras intercambiábamos una mirada que decía algo así como «hola, te conozco de esta mañana». Sus ojos recorrieron mi rostro antes de que siguiese hablando.

—Gracias por echarme una mano esta mañana.

Yo me encogí de hombros.

—Gracias de nuevo por traerme.

—Escuchad —dijo el señor Bong al entrar en el aula, con la mirada fija en su teléfono al acercarse a su mesa—. Hoy toca examen sorpresa, así que necesito que todos los que estáis sentados a la derecha de vuestras mesas os mováis al asiento justo de detrás.

Bong siempre nos obligaba a cambiar de sitio para los exámenes porque parecía pensar que copiábamos siempre y cuando nos encontrásemos con nuestro compinche, mejor llamado, nuestro compañero de laboratorio. Como yo era la que se sentaba a la derecha, recogí mi mochila.

—Espera. —Nick tomó su teléfono de encima de la mesa, donde lo había dejado al verme llegar—. Dame tu número y te mando un mensaje.

Sentí cómo se me abría la boca involuntariamente e intenté que no se notase mi sorpresa, pero Nick me estaba pidiendo que le diese mi número de teléfono. *¿Qué estaba pasando?* Nick Stark me estaba pidiendo mi número y yo quería dárselo. Solté una risita ahogada, nerviosa.

—¿Para qué lo quieres exactamente? —le pregunté.

—Lo averiguarás cuando te mande un mensaje. Ahora, tu número, por favor —se limitó a responder.

Se lo dije y él guardó mi número en su teléfono.

Entonces la pantalla del mío se encendió.

Nick: Adivina quién soy.

Sonreí y tomé asiento en la mesa de detrás antes de responder.

Yo: ¿Mi compañero de laboratorio borde…?

Nick: Soy el chico guay que te ha traído al instituto en su camioneta.

Ese comentario me hizo sonreír.

> Yo: Ah. ESE chico.

Nick: ¿Quieres que luego te lleve a casa?

Jadeé. Literalmente, jadeé. Porque... Dios mío: ¿Nick Stark me estaba invitando a salir o algo así? ¿Qué estaba pasando ese día? ¿Quién era este chico?

¿Qué demonios estaba pasando?

> Yo: Ya tengo a quien me lleve luego a casa,
> ¡pero MUCHAS gracias igualmente!

Cuando pulsé el botón de enviar una sensación extraña se asentó en mi pecho. Era algo parecido al... arrepentimiento.

Pero estaba a punto de, probablemente, escapar por fin de estos catorce de febrero, y no podía arriesgarme. Tenía que hacer que el resto del día también fuese perfecto, y eso incluía pasar el día de San Valentín con mi novio.

Nick: ¿Así que, si Betty no arranca, no estarás
disponible para echarme una mano?

¿Por qué me sentía decepcionada por no estar disponible para echarle una mano?

> Yo: Pero estoy segura de que hay un montón
> de desconocidos a los que les puedes pedir que te
> ayuden a arrancar tu camioneta.

Nick: Nosotros no somos dos desconocidos,
¿te acuerdas?

Alcé la mirada hacia él y me encontré con que Nick ya me estaba mirando fijamente, con una ceja enarcada y una sonrisa de satisfacción dibujada en su rostro. Me sentí un poco mareada al responderle:

Yo: Ah, sí, cierto.

El señor Bong empezó a repartir los exámenes y no pudimos hablar o enviarnos mensajes durante el resto de la clase. Lo que era bueno; tenía que centrarme. En cuanto entregué mi examen, salí del aula escopetada, sin atreverme a mirar hacia Nick.

Seguí siendo la persona más amable, feliz y positiva del mundo durante el resto del día, y cuando salí corriendo para encontrarme con Josh junto a su taquilla después de las clases, él se volvió hacia mí y me dedicó una enorme sonrisa.

—Gracias a Dios, gracias *a Dios*. —Se inclinó hacia mí y pegó su frente con la mía—. Es el día de San Valentín y no había visto a la Emmie de mi corazón en todo el día. ¿Dónde demonios te has estado escondiendo?

Lo miré, devolviéndole la sonrisa, pero una pequeña parte de mí se estaba preguntando si habría besado a Macy. Y si no lo había hecho, ¿lo habría querido hacer? ¿Habían hablado y coqueteado mientras iban a comprar los cafés? Josh tenía el mismo aspecto de siempre, pero algo dentro de mí se sentía diferente al mirarlo.

Aparté ese pensamiento de un manotazo.

—En ninguna parte —le dije en cambio—. ¿Tienes tiempo para abrir mi regalo antes de entrar en el club de juicio simulado?

—Solo si tú tienes tiempo para abrir el mío —repuso, dándose la vuelta para abrir su taquilla.

Su comentario me hizo sonreír.

—*Supongo* que puedo sacar un ratito.

El primer paquete que me tendió tenía forma rectangular, estaba claro que eran unos bombones. Rasgué el papel de regalo y le dediqué una sonrisa enorme.

—Mi cena favorita, gracias.

—Pues claro —dijo, llevándose ambas manos al pecho, sobre el corazón—. Dulces para la chica más dulce.

—Y *del* chico más dulce —añadí, sonriendo ampliamente porque era un gesto romántico y también había dicho las palabras perfectas para el día de San Valentín. No quería adelantarme a los acontecimientos, pero parecía que por fin estaba haciendo las cosas bien.

—Ahora esto, mi bomboncito —me dijo, tendiéndome una pequeña cajita cuadrada.

Solté una risita, presa de su sonrisa y de la felicidad de estar abriendo regalos. Abrí la cajita blanca que me tendía, y dentro había una pulsera de plata. Alcé la mirada hacia él, que me miraba expectante.

Esperé a que me diese alguna explicación, pero después de pasarme dos segundos sonriéndole anonadada, solté un gritito de emoción.

—Por Dios, Josh, me encanta, ¡muchas gracias!

Insistió en ponérmela y yo no dije nada, temiendo ya el sarpullido que me saldría en la muñeca en cuestión de unas horas. Porque le había contado a Josh, la semana pasada además, toda una historia sobre cómo la plata hacía que me saliese un sarpullido. Sí, la gente a veces se olvidaba de esa clase de cosas, pero había sido una historia muy larga que incluía incluso un viajecito a Urgencias y él había comentado que, si hubiésemos estado saliendo en ese momento, se las habría apañado para meter una pizza de contrabando en mi habitación del hospital.

Entonces, ¿por qué me había comprado una joya de plata?

Me obligué a apartar ese pensamiento por el bien de lograr tener un día perfecto y lo observé abrir la correa para su reloj que le había comprado. Le encantó, ya sabía que le encantaría, y eso le hizo darme un abrazo y después besarme apasionadamente, sin importarle que estuviésemos en medio del pasillo del instituto.

Cuando se apartó y me miró, sonreí. Me aclaré la garganta. Después respiré hondo y le miré fijamente a esos ojos marrones.

—Te quie… —empecé a decir.

—¡Todavía no! —me cortó, levantando un dedo—. Ni una palabra más hasta que escuches mi poema.

Cerré la boca, un tanto sorprendida. ¿Es que sabía lo que le iba a decir? Me estaba sonriendo de oreja a oreja, así que supuse que no.

Me leyó el poema que me había escrito, diciendo que yo era la rima perfecta para todos sus poemas y me envolvió en un gran abrazo. Todo era precioso, como su poema, y después fui hacia el coche de Chris con una sonrisa en los labios. «El amor no es lo que es, sino lo que no es. Mis oídos no se alegran cuando ella no habla; mis dedos la echan de menos cuando su piel está ausente».

No había podido decirle que lo quería, pero no me importaba. Había usado la palabra «amor» en el poema que me había escrito, así que era como si él hubiese sido el primero en decir «te quiero», y todavía se lo podría decir cuando me llamase por teléfono esa noche.

Cuando salí al aparcamiento, el viento frío me golpeó de lleno, y oí el claxon antes de ver a Chris. Ese listillo bobalicón estaba tocando el claxon al son de «We Will Rock You» y, para cuando llegué a su coche, estaba llorando de la risa.

—¿Puedes ir más lenta? —me gritó por la ventanilla.

—Estoy segura de que sí —le respondí, también a gritos, y me reí aún más cuando, al intentar abrir la puerta, me di cuenta de que tenía el pestillo echado—. ¡Déjame subir!

—Vale —dijo, desbloqueando el pestillo—. Pero solo porque necesito diez pavos para la gasolina.

—Típico. —Me subí en su coche, cerré la puerta a mi espalda y, al cerrarla de golpe, vi a Nick Stark unas plazas más allá, trasteando con el motor de su camioneta. Bajé la ventanilla y le grité—. ¿Necesitas ayuda?

Él alzó la mirada del motor de su coche hacia mi rostro y yo sentí cómo el frío me abandonaba al momento. Y me dedicó esa media sonrisa sarcástica tan suya.

—No te ofendas —me respondió, también gritando—, pero solo soy un chico de dieciséis años. No creo que sea muy seguro que hable con desconocidos.

Solté una carcajada al mismo tiempo que le respondía también en un grito.

—No somos dos desconocidos, Nick Stark.

Ensanchó esa media sonrisa, sonriéndome de oreja a oreja ante mi comentario.

—Es cierto, somos compañeros.

Me volví a reír a carcajadas y escuché cómo Chris soltaba un ruidito exasperado.

—Ahora en serio, ¿necesitas ayuda? ¿O que te llevemos? —le pregunté, ignorando a Chris.

—¿Qué soy ahora, tu Uber personal? —murmuró Chris.

—No, pero gracias igualmente —respondió Nick—. Ya arranca, así que estoy bien.

—Bueno, muy bien, entonces. —¿Por qué me sentía decepcionada?—. Nos vemos.

Me lanzó una mirada que se quedó suspendida, congelada, en el tiempo antes de que la vida volviese a ir a toda velocidad.

—Hola, cariño. —Mi padre salió de la cocina con un trapo colgado del hombro—. ¿Qué tal el instituto?

Sonreí y dejé mi mochila en el suelo. Ya me había quitado la pulsera de Josh de camino a casa y la había metido en un bolsillo de mi mochila para no tener que pensar en ella.

—Bien —respondí—. Oye, ¿puedo hablar contigo un momento?

—Tengo que remover la salsa, pero claro.

Lo seguí al interior de la cocina y me subí a uno de los taburetes que había junto a la isla de la cocina. Estaba haciendo espaguetis con albóndigas, la receta de la abuela Max, y olía increíble.

—¿Qué pasa?

Alargué la mano y me hice con una de las manzanas que había en el frutero.

—Mamá me ha contado lo del ascenso. —Era mentira, por supuesto, pero quería adelantarme a los acontecimientos.

—Dios, ¿me estás tomando el pelo? —Mi padre dejó caer los hombros, parecía enfadado—. Le dije que quería ser yo quien hablase contigo primero...

—No, no es culpa suya —dije, antes de darle un mordisco a la manzana—. Estaba hablando con ella, malinterpretó algo que dije y pensó que ya lo sabía.

—Oh. —Cerró la boca de golpe y siguió removiendo la salsa, sumido en sus pensamientos. Mi padre era uno de esos padres que seguían manteniendo ese tipo de actitud que les hacía parecer más jóvenes, como si no se le hubiese caído nada de pelo y no hubiese ganado algunos kilitos de más todavía. Aun así, sí que tenía alguna que otra cana aquí y allá, que dejaba claro que no era tan joven como parecía.

—Sí, oh. ¿Puedo serte sincera? Quiero que os podáis mudar a la ciudad de vuestros sueños, o a donde sea. De verdad que sí. Pero —repuse, tratando de reunir el valor necesario para decirlo sin que se me malinterpretase—, odio la idea de que te alejes de mí. Quiero a mamá, lo prometo, pero me siento *en casa* cuando estoy contigo.

Se me quebró la voz al final y solo quería aclararle que estaba *bien* y que no tenía que preocuparse por mí, pero me obligué a no decirlo porque no era cierto. Bajé la mirada hacia la piel roja de mi manzana.

—Vaya. Voy a serte sincero con esto, Em, no esperaba que te sintieses así. —Alcé la mirada al mismo tiempo que él se llevaba una mano a la nuca, frotándosela incómodo—. Creo que supuse que no te importaría.

—¿Que no me importaría que te mudases al otro lado del país? —Pestañeé rápidamente, porque llorar nunca servía para nada. Todavía no me podía creer que me hubiese echado a llorar como un bebé delante de Nick en clase de química, aunque él no tuviese ni idea del porqué—. ¿Cómo podría no importarme? Eres mi *padre*. Los chicos son mis *hermanos*. Esta es mi casa.

Él dejó de remover la salsa.

—Pero siempre que estás con tu madre pareces tan feliz. Supongo que...

—Supusiste. Lo supusiste. —Las palabras me supieron amargas, y había tantas otras cosas que podría haber añadido, pero no quería arruinar ese día perfecto—. Quiero a mamá, pero *tú* eres mi hogar.

Mi padre tragó saliva con fuerza y me fijé en que respiraba entrecortadamente.

—Oh, Em... lo siento mucho —dijo.

Yo negué con la cabeza y luché por mantener a raya el llanto.

—No lo sientas. No lo sabías porque yo nunca te había dicho nada. —*Nunca había querido ser un incordio*—. Y tampoco quiero que no te mudes por mí. Es solo que, no sé... pensé que quizás podríamos encontrar otras opciones para hacer que esto funcione.

Él rodeó la isleta y se sentó en el taburete junto al mío. Me confesó que le había estado carcomiendo por dentro el pensar que no iba a poder verme todos los días y me prometió que nos sentaríamos, él, Lisa y yo, y hallaríamos juntos una solución para que esto funcionase.

Cuando me fui a dormir en mi cuarto esa noche, tenía ganas de saltar de alegría. Me sentía mucho más cerca de mi padre de lo que me había sentido en años, mi coche no había terminado en el desguace, todavía cabía la posibilidad de que me aceptasen en un programa de verano y Josh y yo habíamos tenido el día de San Valentín perfecto.

Me metí en la cama y pensé en la pulsera de plata. En realidad, *era* muy bonita, y parecía cara. ¿Por qué me importaba tanto que se hubiese olvidado de lo de mi alergia?

Me vibró el teléfono y alargué la mano hacia la mesilla, donde lo había dejado cargando. Creía que sería Josh quien me hubiese escrito, pero era Nick Stark.

Nick: Te has dejado el bálsamo labial en mi camioneta.

Yo: ¿Qué?

Nick: Acabo de llegar a casa y cuando he sacado la
mochila me he encontrado tu bálsamo labial a los pies
del asiento, justo debajo.

Tenía que estar hablando de mi cacao de Burt's Bees, que llevaba
todo el día buscando como una loca.

Nick: Te lo llevo mañana a clase de química,
pero quería que lo supieses.

Yo: Gracias. ¿Qué tal te ha ido el examen?

Nick: Lo he clavado.

Yo: Vaya, alguien se lo tiene muy creído.

Nick: Culpable. La química se me da de lujo.

Yo: Así que era verdad eso de que ERES un tío guay.

Nick: Lo sé. Pero dime, ¿tu novio te ha regalado flores
por San Valentín?

Yo: En realidad me ha regalado bombones y una pulsera.

Nick: ¿Así que ahora tienes puestas tus joyas mientras
te hinchas a chocolate?

Ese comentario me hizo reír antes de responderle.

Yo: Me he dejado los bombones en el coche de mi
amigo y el brazalete me ha sacado un sarpullido, así que
me temo que no.

Nick: Hostia, ¿te ha regalado una pulsera de esas que
te dejan el brazo verde?

Suspiré y empecé a escribirle mi respuesta pero, antes incluso de comprender del todo qué estaba haciendo, le di al botón de llamar.

—¿Hola?

—La pulsera no me ha puesto el brazo verde. Me da alergia la plata.

—Lo primero, ¿de verdad existe esa alergia? —preguntó—. Y lo segundo, apuesto a que le hubiera encantado que le hubieses comentado ese pequeño detalle antes de que se gastase sus ahorros en tus regalitos.

—*Sí* que existe esa alergia, a mí me da alergia la plata. —Tomé el refresco que había dejado en mi mesilla de noche—. Y *sí* que se lo había contado. Debe de habérsele olvidado.

—A ver si me aclaro. —Su voz sonaba grave y áspera, como si acabase de despertarse—. Le contaste a Josh Sutton, quien probablemente es el chico más inteligente de nuestro instituto, que te da alergia la plata. Y aun así te compró un collar de plata como regalo de San Valentín.

—Una pulsera.

—Lo que sea. Está claro que intenta matarte.

Su comentario me hizo soltar una sonora carcajada, aunque también tuviese ganas de estrangularle por hacerme dudar de Josh.

—Eso no es verdad.

—¿Estás segura? —Juro que podía oír cómo sonreía por su tono de voz, grave y tranquilo—. Quiero decir, nunca se es demasiado precavido.

—Ya había oído eso antes. —Carraspeé para aclararme la garganta y no podía creerme que de verdad estuviese hablando por teléfono con Nick Stark. Que *yo* lo había *llamado*—. Y dime, ¿dónde has estado toda la noche?

—Guau. Atrás, acosadora.

—Oh, cállate —repuse, soltando otra carcajada—. ¿Estabas trabajando?

—Así es.

—¿Y…? ¿Dónde trabajas?

—¿Me debería preocupar lo interesada que estás en mis idas y venidas?

—En absoluto. —En ese momento me acordé de lo que pensaba de las charlas triviales—. Solo estaba pensando que quizás podías conseguirme un buen descuento en alguno de mis sitios favoritos. En la librería, la cafetería, la pizzería… cualquiera me vale. Me gusta tener contactos.

—Entonces… —Ahora sonaba mucho más despierto—. ¿Lo que me estás queriendo decir es que quieres usar el hecho de que nos conocemos para tu beneficio personal?

—Exactamente. —Esbocé una sonrisa enorme, sola en mi dormitorio—. Aunque no hacía falta que lo dijeses como si fuese una mercenaria o algo así.

—Bueno, siento decepcionarte, pero trabajo en 402 Ink. Un estudio de tatuajes.

¿Trabajaba en un estudio de tatuajes?

Todo el mundo sabía que se había empezado a tatuar el año pasado, cuando teníamos dieciséis años, algo que le hacía parecer un chico malo y salvaje, ya que la edad legal en la que te puedes hacer un tatuaje sin el permiso de un adulto es a los dieciocho años. ¿Pero trabajar allí? Eso sí que le daba el estatus de chico malo a ojos de la sociedad.

—No estoy decepcionada —dije, imaginándome la sonrisa engreída que tendría dibujada en su rostro en esos momentos—. Estaba pensando en llenarme los dos brazos de tatuajes la semana que viene, así que esta es mi oportunidad perfecta.

—Sí, ya.

—Que sí. No me conoces de nada.

—Creo que sí que te conozco.

Asentí con la cabeza, aunque él no pudiese verme.

—¿Y de qué te encargas exactamente? —le pregunté.

—De cualquier cosa, menos de tatuar. Responder llamadas, llevar las redes sociales y la página web, gestionar la caja registradora… soy su chico de los recados, básicamente.

—Oh. —Me dejé caer sobre la almohada y me arropé hasta los hombros—. Eso parece bastante interesante, la verdad.

—Ya, claro. —Sonaba como si estuviese andando—. ¿Y qué hay de ti? ¿En qué trabajas? —me preguntó.

—Trabajo en Hex Coffee.

—¿En serio? Ja, me sorprende no haberte visto nunca allí.

—¿Sueles ir mucho?

—No. En realidad odio el café.

Eso me hizo soltar una risita incrédula.

—Pues claro que sí.

—Soy más de té.

—¿Ya me estás intentando engañar otra vez?

—Te juro que me tomo unas cuatro o cinco tazas de Sleepytime cada día.

—*Tienes* que estar de broma.

—Te lo juro por Dios.

Intenté imaginármelo tomándose una taza de té y, francamente, era una imagen demasiado adorable. Se daba un aire a Jess Mariano cuando hablaba de libros, y que le gustase el té solo hacía que se le pareciese incluso aún más.

—Yo odio el té —repuse.

—¿Por qué no me extraña?

—¿No vas a intentar convencerme de que estoy equivocada? —A Josh le encantaba el té y siempre estaba intentando que lo probase—. A los que os gusta el té soléis ser super insistentes para que el resto lo probemos también, y siempre andáis jurando que si probamos el té tal y como vosotros lo tomáis, nos terminará encantando.

—¿Por qué habría de importarme lo que te guste beber?

—No… no tengo ni idea.

—Escucha, tengo que colgar. No me apetecía que te volvieses loca buscando tu queridísimo bálsamo labial, por eso te he escrito.

—Estaba a punto de perder la cabeza por completo por ese mismo motivo, así que tu llamada ha sido más que bien recibida.

—Me dabas esa impresión.

—Lo sé.

Soltó una carcajada ante mi comentario.

—Lamento que hayas tenido unos regalos de San Valentín tan terribles, por cierto.

—No importa. —Eso me hizo volver a reír—. ¿Qué le habrías comprado tú a tu novia?

—A mi novia... por favor, no tengo tiempo para esas cosas.

—¿Pero si la tuvieses...?

No sabía por qué, pero quería saber su respuesta.

—¿Si la tuviese? No sé, desde luego no una caja de bombones y un choque anafiláctico, eso seguro.

Su comentario me hizo soltar otra sonora carcajada.

—Vamos —le dije entre risas—. Ahora en serio.

—Vale. —Soltó un gruñido al otro lado de la línea—. Eh, algo que le importase, supongo. Quiero decir, si fuese una chica a la que le encanta leer, como a ti, creo que intentaría encontrar una edición especial de su libro favorito o algo así.

—Oh. —Ni siquiera iba a permitir que mi mente se fuese por esos derroteros, que barajase todas las posibilidades de regalos fantásticos que podría hacer.

—Pero hace poco alguien me dijo que soy una persona un poco arisca, así que los regalos y las celebraciones que tienen que ver con el amor no son lo mío.

—Ah. —Recordé lo que había pasado esa misma mañana en su coche—. Una pena que seas una persona tan arisca, pero la chica sí que parece una chica con estilo.

Eso le hizo soltar una encantadora carcajada ronca que me recorrió la piel y me llegó hasta la punta de los dedos de los pies.

—Buenas noches, Emilie Hornby.

—Buenas noches, Nick Stark.

Acababa de colgar la llamada cuando me llegó un mensaje.

Josh: Saludos, mi dulce San Valentín.

Me sentí culpable al responderle.

Yo: Saludos.

Josh: Estamos hasta arriba, así que no puedo llamarte
hasta el descanso, pero quería saludarte rápidamente,
por si te quedabas dormida.

Yo: Lo mismo te digo.

Josh: ¿Llevas puesta tu pulsera?

Yo: No, ya estoy metida en la cama.

Josh: Me acordé de que te gustaban las cosas
brillantes y me recordó a tu sonrisa.

No me gustaban especialmente las cosas brillantes, no era una
chica que adorase las joyas, ¿y cómo iba a recordarle una pulsera de
plata a mi sonrisa? ¿A qué sonrisa? ¿A mi sonrisa de sexto de primaria,
cuando tenía puesta la ortodoncia y tenía que ponerme un casco para
dormir?

Todavía podía oír la voz de Nick Stark diciendo: «Algo que le
importase».

Le respondí:

Yo: Ohhhhh. <3 Pero el poema
fue el mejor regalo de todos.

Josh: Qué cursi. 😊 Tengo que irme. Hasta luego, Emmie, pastelito.

Yo: Hasta luego.

Volví a poner el teléfono a cargar, apagué la luz y me acomodé en la almohada. Sí que había *tenido* un gran día de San Valentín con Josh: poesía y joyas incluidas, ¿qué más podía pedir una chica? Había sido el día perfecto que tanto había querido, incluso antes de entrar en este maldito bucle temporal de San Valentín.

El novio perfecto, que cumplía todos y cada uno de los puntos que debía cumplir y que tenía apuntados en mi agenda.

Entonces, ¿por qué no me sentía más... no sé... *enamorada* al pensar en él? Por lo que había pasado con Macy, por supuesto, pero no del todo. Josh había escrito un poema sobre mí, pero, por algún extraño motivo, la idea de Nick Stark contándome lo que le compraría a una novia hipotética por San Valentín me parecía un detalle mucho más bonito que un poema.

Deseché esa idea rápidamente. No sabía nada sobre Nick Stark; más allá de lo que le gustaba leer, la música que le gustaba escuchar, cómo olía, dónde trabajaba, cómo sonaba su risa cuando estaba adormilado al otro lado de la línea..., y probablemente era el imbécil que siempre había pensado que era.

Josh era el chico perfecto para mí, solo estaba cansada.

Esa noche no le pedí ningún deseo a una estrella. El día había sido casi perfecto (objetivamente hablando), por lo que no necesitaba que la galaxia me echase una mano.

Me las apaño sola, Vía Láctea.

Esa noche, me quedé dormida sin darme cuenta de que, al haber estado hablando con Nick por teléfono, me había olvidado de decirle a Josh que lo quería.

CONFESIÓN N.º 10

Cuando tenía tres años solía perseguir a Billy Tubbs por todo el vecindario y, si lo atrapaba, lo tiraba al suelo y le mordía por toda la espalda. Mi padre dice que se echaba a llorar cada vez que me veía.

DE NUEVO, OTRO MALDITO DÍA DE SAN VALENTÍN

Me sonó la alarma y lancé el teléfono al otro lado de la habitación.

—¡Nooooooooooooooooooooooo!

«Walking on Sunshine» siguió sonando por los altavoces incluso después de que mi teléfono se hubiese estrellado contra la pared y aterrizado en alguna parte de mi cuarto a oscuras, pero en vez de levantarme para ir a buscarlo, escondí el rostro en la almohada y solté un grito con todas mis fuerzas, hasta quedarme sin aliento.

Estaba en el infierno.

¿Cómo era posible que el día que acababa de pasar no hubiese cambiado el curso de los acontecimientos?

Tomé mi bata y me metí en el baño para ducharme. *De nuevo.* Abrí el grifo y me metí bajo el chorro, sabiendo lo que venía a continuación. Conté hasta cinco y entonces…

—Em, ¿terminas ya?

Bingo. Lisa iba a hablar con la boca pegada al quicio de la puerta y a decirme que mi hermano pequeño necesitaba usar el baño.

—Acabo de entrar —grité, justo como había hecho todos los otros días.

—Joel necesita hacer caca. Urgentemente.

—Hay otro baño arriba. —Me eché el champú en la palma de la mano y me froté la cabeza. Sabía exactamente qué es lo que iba a responder, pero por algún extraño motivo me parecía importante seguir con el juego.

—Lo está usando tu padre.

—Échale un cubo de agua helada y saldrá corriendo —respondí esta vez, en cambio.

Se hizo el silencio unos minutos, antes de que Lisa respondiese en un murmullo contra la madera.

—¿En serio no vas a salir?

Me lo pensé por un segundo antes de contestar.

—Creo que no. Lo siento.

Guau. Me froté el cabello con más fuerza y fue entonces cuando caí en algo muy importante

Tenía. Inmunidad.

Sí, estar atrapada en ese purgatorio eterno de San Valentín era lo peor, pero lo que no había considerado hasta ese momento era que podía hacer lo que me viniese en gana sin tener que enfrentarme a las consecuencias de mis actos.

Podía usar lo que me había dicho Nick Stark como mi propio mantra personal para ese día.

«Que les den».

Me di una ducha extremadamente larga para empezar a tomarme esa frase en serio y, para cuando salí y me sequé, tuve una idea brillante.

Podía decir lo que me apeteciese, a quien me apeteciese, y nada importaría al día siguiente. Me podían castigar, echar del colegio, o incluso arrestar, porque a la mañana siguiente seguiría despertándome en mi cama, en casa de mi padre, caminando sobre un maldito rayo de sol[3], y nadie recordaría lo que había hecho el día anterior.

Que empezasen los juegos.

Salí de la ducha y fui directa a por mi agenda.

Lista de tareas pendientes – 14 de febrero: DÍA SIN CONSECUENCIAS
LO QUE ME DE LA MALDITA GANA

En vez de salir corriendo para despejar el baño cuanto antes, como siempre solía hacer, arrastré una banqueta frente al tocador. Subí el volumen de mi teléfono y puse el nuevo álbum de Volbeat a todo volumen, tomándome todo el tiempo del mundo para pintarme el delineado perfecto. Me maquillé hasta estar impecable, y me alisé el pelo para hacerme la coleta alta *perfecta*.

—Nada mal, Em. —Observé mi reflejo. *Interesante*. Al parecer, si te pasas una hora entera cuidando tu aspecto, al final terminabas de lo más guapa. Me eché hacia delante, apoyando mis labios pintados de rojo en el espejo y dejando la marca perfecta de mis labios en el cristal.

A continuación, me acerqué al armario y rebusqué en su interior, sabiendo exactamente lo que me iba a poner para ir a clase. Tenía los pantalones negros de cuero más *mooooonos* del mundo, pero nunca había tenido las agallas necesarias para ponérmelos para ir al instituto porque me quedaban muy apretados, pero MUY apretados.

Y tampoco eran nada yo. O, al menos, no pegaban en absoluto con la yo que todo el mundo creía que era. Pero me hacían un culo impresionante, así que me los pensaba poner y que le diesen al resto.

Los conjunté con el jersey de cachemira más suave que tenía y unas botas de ante que solo me había puesto una vez en toda mi vida.

---

3. N. de la T.: Hace referencia al nombre de la canción «Walking on Sunshine» con la que Emilie se despierta todos los días.

Bajé las escaleras dando saltitos con la mochila a la espalda, tarareando una canción, sabiendo que hoy estaba destinado a ser uno de los mejores días de mi vida.

Había oído marcharse a mi padre mientras me planchaba el pelo, así que solo quedaban Lisa y los mellizos en casa. Entré en la cocina y fui directa a por el último pedazo de pastel de chocolate.

Los mellizos estaban sentados en sus tronas, metiéndose trozos de tortitas en la boca con las manos y con una pinta increíblemente adorable. Me reí cuando Logan empujó su tacita, lanzándola fuera de la trona, y la vi aterrizar en el suelo.

Pequeño diablillo.

Lisa la recogió y la volvió a dejar en la bandeja de la trona. Se le notaba tensa, así que supe que estaba enfadadísima porque me hubiese negado a salir de la ducha para que Joel pudiese usar el baño.

Pero no me importaba, hoy no.

Normalmente hacía todo lo posible por ser la invitada perfecta. Hacía un gran esfuerzo —constantemente— para que mi padre y Lisa se olvidasen de lo muchísimo más sencilla que sería su vida si solo fuesen ellos cuatro.

Hoy, sin embargo, había decidido mandarlo todo a la mierda. A la mierda la culpa y el hacerse invisible. Tomé un tenedor y me comí la tarta de chocolate directamente del molde y, cuando terminé, lo lancé al fregadero sin siquiera enjuagarlo antes.

—Oye, Lisa. —Me volví hacia ella y le dediqué la mejor de mis sonrisas—. ¿Mi padre sigue guardando las llaves del Porche en su mesa de trabajo del trastero?

—¿Por qué? —Se cruzó de brazos y observó el molde que había dejado en el fregadero. Que, para ser sincera, a mí también me estaba molestando el haberlo dejado ahí. El lavavajillas estaba *justo* al lado del fregadero; ¿por qué alguien dejaría un plato en el fregadero teniendo el lavavajillas al lado?

Me obligué a dejar de pensar en ello.

—Llego tarde a clase y necesito algo un poco más rápido que mi furgoneta. —En el Día Sin Consecuencias, al que a partir de ese momento me referiría como DSC, conducir un Porche era mucho mejor que llegar en furgoneta.

Sin molestarme en esperar a que me respondiese, salí corriendo hacia el trastero y abrí el cajón de un tirón.

—Genial, las tiene aquí.

—Espera un momento. ¿Te ha dicho tu padre que podías tomar prestado su coche?

Jamás me lo prestaría. Amaba ese coche. Lo adoraba. Lo limpiaría con la lengua si eso garantizase proteger la brillante pintura negra para siempre. Mi padre había comprado ese viejo Porche en un desguace cuando yo solo era una niña, y se había pasado innumerables horas arreglándolo con el tío Mick. No parecía un coche tan, tan guay, pero era rápido y elegante.

Y tampoco era una furgoneta Astro.

—No te preocupes. Vosotros pasad un buen día, ¿vale?

—Emilie, no te vas a llevar el coche, ¿me has oído?

Ladeé la cabeza e hice una mueca.

—Te he oído, cariño, pero me temo que *sí* que me voy a llevar el coche. Hasta lueguito.

Me marché y cerré la puerta a mi espalda, casi esperando a que saliese corriendo detrás de mí. *¿Hasta lueguito?* Me reí al darme cuenta de lo que acababa de hacer y decir.

Tararé una canción mientras abría la puerta del garaje y me subía al Porche antes de que Lisa pudiese detenerme. El bebé ronroneó cuando lo arranqué, me subí las gafas de aviador y salí quemando rueda del garaje, mucho más rápido de lo que se tarda en decir «Esta perra lo tiene todo».

Increíble. Pisé el acelerador y volé por la calle Harrison, abrazando la calzada, estirando las piernas y haciendo todas esas cosas típicas de coches increíbles que hacían los coches increíbles de los anuncios de la tele.

Traducción: Iba como una bala.

Atrás quedaron los días de San Valentín que empezaban conmigo sentada en una furgoneta de mierda y con accidentes de tráfico. Atrás quedaban los días de San Valentín en los que terminaba llorando en los baños del instituto. Atrás quedaban los interminables días en los que tenía que tomar prestada la chaqueta vieja de Nick Stark. Este nuevo y mejorado día de San Valentín empezaba con coches rápidos y Metallica sonando a todo trapo por los altavoces, y estaba *desafiando* al universo a que se interpusiese en mi camino.

Esta vez no.

Eché un vistazo por el espejo retrovisor justo cuando un coche de policía se incorporaba a la carretera detrás de mí y encendía las luces. Se me revolvió el estómago por un momento, hasta que recordé que hoy no había consecuencias. Técnicamente, si me diese la gana, podría iniciar una persecución a toda velocidad por la carretera que terminaría saliendo en todos los canales de noticias del país, pero eso me metería en más problemas de los que me interesaba.

Sobre todo porque sí que *quería* llegar al instituto. Tenía muchas cosas que hacer ese día. Aparqué en el arcén, busqué mi carnet de conducir y los papeles del coche, antes de bajar la ventanilla.

Cuando el policía se acercó a mí parecía cabreado.

—El carnet de conducir y los papeles del coche, por favor.

—Sé que iba rápido, por cierto, y lo siento —respondí, entregándole lo que me había pedido.

—Ibas a ciento cincuenta en una carretera de setenta.

Ups.

—Lo siento mucho.

—Vas a necesitar algo más que una disculpa para salir de esta, señorita. Ahora vuelvo.

Volvió a su coche y yo subí un poco el volumen de la radio. Empecé a cantar «Blackened», mi selección de música para el DSC no era para nada aleatoria, y luego me entretuve saludando a todas las personas que se me quedaban mirando boquiabiertas al pasar.

¿Era esto lo que se sentía al ser una rebelde? Porque me gustaba. Seguía riéndome incontrolablemente para mis adentros, cuando pensé en lo descabellado que era el hecho de que me hubiesen detenido cuando iba conduciendo el coche que le había robado a mi padre a más del doble de la velocidad permitida.

¿Quién demonios era esta Emilie?

Empecé a ponerme nerviosa cuando el agente de policía tardó en volver y, sobre todo, cuando apareció la grúa, pero me tuve que recordar que hoy nada me importaba. Nada importaba. Lo que quiera que sucediese, mañana volvería a despertarme, libre y sin consecuencias.

Finalmente, el agente volvió a acercarse a mi ventanilla. Me devolvió los papeles del coche y la tarjeta del seguro, pero se quedó con mi carnet de conducir.

—Se te impone una citación judicial por conducción temeraria. Tendrás que ir a juicio por esto. Ibas tan por encima del límite de velocidad permitido que no puedes pagar esta multa sin pasar antes ante un juez. ¿Lo has entendido?

Asentí y entrecerré los ojos porque el sol brillaba con fuerza justo detrás de su cabeza.

—Tu coche queda incautado por el exceso de velocidad. Aquí tienes un panfleto con toda la información sobre cuánto tiempo quedará en posesión del Estado y cómo podrás recuperarlo una vez haya pasado ese periodo de tiempo.

—¿Mi coche va a ir a la cárcel?

—Mejor que si fueses tú la que terminase entre rejas, ¿no crees?

—Por supuesto. —Terminar en la cárcel estropearía todos mis planes del DSC.

—Tu permiso de conducir también queda revocado hasta después del juicio. En ese momento, el juez decidirá si lo puedes recuperar o no.

—Guau, hoy no estáis para jueguecitos, ¿eh?

El agente se quitó las gafas de sol y me observó con el ceño fruncido, como si no pudiese creer lo descarada que estaba siendo.

—Jovencita, esto es muy serio.

—Lo sé. Solo estaba bromeando, ya sabe, para intentar aligerar el ambiente.

—¿Tienes a alguien que pueda venir a recogerte?

Mis padres eran pésimos a la hora de responder a mis llamadas y, de todas formas, tampoco estaba de humor como para soportar sus broncas aguafiestas esta mañana, así que llamarlos no era una opción.

—Mis padres están los dos en reunión esta mañana, así que sé que no podrán responder si los llamo. Tengo una tarea muy importante que entregar en la primera clase, así que tampoco me la puedo saltar. ¿Podría dejarme en el instituto Hazelwood cuando hayamos terminado con esto?

CONFESIÓN N.º 11

Llevo años soñando despierta con pelearme a puñetazo limpio con Khloe Kardashian. Estoy segura de que podría ganarle.

El agente de policía me dejó en el instituto con una mirada que dejaba claro que estaba tan impresionado por lo que había hecho como indignado. En cuanto entré al instituto fui directa a la taquilla de Josh. Si no podía encontrar un modo de evitar que este día se repitiese para siempre, al menos podía dejarlo por haber besado a Macy y sentir que tenía algún tipo de control sobre mi vida romántica. Me había tenido que saltar la primera clase, pero tuve la suerte de llegar justo en el descanso, así que lo más probable es que estuviese en su taquilla.

En ese momento, me vibró el teléfono.

Papá: Llámame AHORA MISMO.

Así que Lisa le había contado lo del coche.

O quizás había sido la policía.

Me volví hacia el pasillo norte y... vaya. Ahí estaba.

Josh estaba de pie junto a su taquilla, riéndose con Noah, y la estampa casi me robó el aliento. Estaba tan *Josh* en ese momento. Guapo y divertido, y el chico que debería haber sido perfecto para mí.

Me había leído a Sylvia Plath en voz alta sentados en una manta sobre el césped, por el amor de Dios. ¿Cómo era posible que no fuese el indicado para mí?

—¡Emmie! —Su mirada fue a parar directa a mi rostro, y noté cómo se me encendían las mejillas, como siempre me pasaba con él. Josh me sonrió de oreja a oreja, una sonrisa que me dejaba claro que sabía perfectamente el efecto que tenía en mí—. ¡Ven aquí!

Me acerqué a su taquilla y antes de que tuviese la oportunidad de decirle públicamente «vete a la mierda», tal y como había planeado, enredó sus largos dedos alrededor de mi cintura y me acercó a su pecho.

—Aquí estás. —Dejó caer su frente contra la mía, y yo me quedé profunda y tranquilamente atrapada por su voz—. La chica más guapa de todo el instituto.

—Yo, eh...

—¿Quieres que te de tu regalo de San Valentín ahora? —Se alejó un poco y me metió un mechón detrás de la oreja—. Hoy estás impresionante, por cierto.

—Gracias —respondí, en vez de abrir la boca para darle calabazas.

—Señorita Hornby. Señor Sutton. Por favor, váyanse a clase. —La señora Radke, la profesora de literatura, nos miraba mal desde detrás de sus gafas metálicas, con los brazos cruzados.

Josh me dedicó una sonrisa divertida.

—Has perdido tu oportunidad. ¿Nos vemos en el almuerzo?

Asentí y él me dio un pico antes de girarse y caminar en la otra dirección.

—En marcha, señorita Hornby.

—Emilie, tengo una nota aquí que dice que la están esperando en el despacho de orientación.

—Vale. —Me levanté de mi pupitre y me acerqué al señor Smith, mi profesor de cálculo. El hombre era un palillo andante, así que clavé la mirada en la pizarra inteligente a su espalda—. Gracias —añadí.

El DSC había ido perdiendo fuelle desde que había visto a Josh junto a su taquilla; la sonrisa que me había dedicado no era una sonrisa propia de alguien que estaba harto de mí y que iba a dejarme por estar con Macy. Quizás *no me había* equivocado del todo.

¿No?

Estaba cerrando la mano en torno al pomo del despacho del orientador cuando oí una risita que provenía de la tienda de golosinas. Eché un vistazo a mi espalda en esa dirección y, por supuesto, esa risita melódica pertenecía a Macy Goldman. Se estaba riendo en el pasillo, echándose el pelo por encima del hombro como una supermodelo y con la mirada fija en...

Oh.

Incluso después de todos los días repetitivos en los que había tenido que verlos besarse una y otra vez, sentí cómo se me caía el alma a los pies al ver a Josh sentado en el suelo junto a Noah, sonriendo a Macy. Le estaba sonriendo de *ese* modo. De ese mismo modo enamorado en el que me había sonreído a mí.

Por primera vez, desde ese primer día de San Valentín que los había visto besarse, no estaba dolida o triste, estaba enfadada. Lívida, en realidad. Tan cabreada que tenía ganas de darle una patada o quizás de asestarle un puñetazo a algo. Apreté los dientes con fuerza y entré en dirección. Ni siquiera me molesté en hablar con la señora Svoboda, sino que entré directa en el despacho de Kessler.

—Y aquí la tenemos.

Entré en su despacho, pero no tomé asiento. Ni siquiera lo miré tampoco. Me limité a cruzarme de brazos y bufé, taladrando con la mirada a la mujer que estaba a punto de arrancarme de las manos el verano que había planeado, como si ella fuese la única responsable de todo lo que me había ido mal en la vida. No lo era, pero había tenido la mala suerte de estar presente cuando toda la mierda había estallado.

—Si estás aquí para decirme que ha habido un error y que en realidad no me han dado la beca del programa de verano, no te molestes. Necesito esa beca para mis solicitudes de la universidad, y no, no estoy usando el verbo «necesitar» a la ligera, así que *no* me la vas a arrebatar —siseé, y la mujer me observó como si le diese un poco de miedo—. Solo porque tengas a alguien en tu equipo que no sepa contar no significa que yo tenga que perder mi única oportunidad de ganar un Pulitzer.

—Emilie. —El señor Kessler ladeó la cabeza—. ¿Por qué no te sientas?

—No puedo. —Alcé una mano para que se callase—. Tengo otro sitio al que ir, pero vosotros vais a tener que volver a poneros a contar los puntos y a arreglar esto.

La mujer se aclaró la garganta y me observó confundida.

—¿Cómo demonios has sabido lo que iba a decir?

Me encogí de hombros.

—Llámalo intuición. Probablemente esa es una cualidad que me convertiría en una periodista excepcional, ¿no crees?

Dicho eso, me marché. ¿Qué más me quedaba por decir?

Y me sentí bien *haciendo algo* por fin. En vez de permitir que mi vida me arrastrase consigo, estaba tomando las riendas. Para bien o para mal, este día se trataba de mí y de cómo podía sacarle todo el partido a mi vida de mierda.

Porque nada importaba.

La señora Svoboda ya no estaba sentada a su mesa. Su escritorio estaba vacío, su silla también, y el micrófono que estaba conectado con la megafonía del instituto totalmente desatendido.

Ah.

Eché un vistazo a mi alrededor. Nick Stark estaba sentado en una silla de la sala de espera, con la mirada fija en la pantalla de su teléfono. Qué ironía. Observé su apuesto rostro y, de repente, me asaltó cierta añoranza. Porque habíamos pasado un día increíble ayer, y habíamos estado hablando por teléfono hacía tan solo unas horas, su voz había sido la última que había escuchado antes de quedarme dormida y, sin embargo, él no se acordaba de nada de eso. Volvíamos a ser básicamente dos desconocidos, aunque yo supiese qué es lo que le compraría a su hipotética novia por el día de San Valentín.

Y aunque supiese que olía como la pastilla de jabón más limpia del mundo.

Céntrate, Em.

Todas las puertas de los despachos de dirección estaban cerradas, y la enfermera estaba distraída hablando por teléfono.

No podía hacerlo.

¿No?

Rodeé el escritorio, me senté en la silla de Svoboda y me eché hacia delante. El corazón me latía a toda velocidad cuando apreté el botón para abrir el micrófono.

—A-atención estudiantes de Hazelwood. Me gustaría anunciar que Josh Sutton es un auténtico imbécil. —Me reí. De verdad. Solté una risita y mis labios se curvaron hasta formar una enorme sonrisa mientras me ponía cómoda en la silla—. Os habla Emilie Hornby, y este es mi mensaje para decirte que te dejo, Josh, porque me das asco.

Nick levantó la mirada de golpe y me observó como si no se pudiese creer del todo lo que estaba escuchando, y yo me encogí de hombros porque en realidad tampoco me podía creer lo que estaba haciendo.

—Me das tanto asco, sí, tú, pedante con un coche estúpido, y *no* quiero que seas mi cita de San Valentín. —Solté el botón y después lo volví a pulsar porque tenía algo que añadir—. Ah, sí, y es patético que te refieras a tu grupo de amigos como «los Bardos», como si fueseis personajes sacados de *El club de los poetas muertos*[4] o algo así, más quisierais. Em, *cambio y corto.*

Oí la risa profunda de Nick al levantarme de un salto y rodear el escritorio tan rápido como pude. Salí de dirección justo cuando sonó el timbre, así que tuve la suerte de que la marabunta de estudiantes que

---

4. N. de la T.: En Hispanoamérica se conoce como *La sociedad de los poetas muertos.*

salían de sus clases y llenaban los pasillos me engullese por completo. Estaba segura de que me llamarían después a dirección pero, por suerte, ya me habría ido del instituto para entonces.

Macy, Noah y Josh ya no estaban en la tienda de golosinas.

Caminé hacia mi siguiente clase con la cabeza bien alta y una sonrisa enorme que no pude contener. Sabía que la mayoría de la gente con la que me cruzaba ni siquiera sabían quién era, pero aun así saludé a todos mis compañeros asintiendo levemente con la cabeza, como si fuese la protagonista de mi propia película.

En mi cabeza sonaba «Sabotage» de los Beastie Boys mientras caminaba por los pasillos pavoneándome hacia la clase de química.

Estaba a punto de llegar al aula cuando me crucé con Lallie, Lauren y Nicole.

Estaban de pie frente a unas taquillas hablando en voz alta de todo lo que estaba mal en el atuendo de Isla Keller, mientras la propia Isla no tenía ni idea de que la estaban criticando. Estaba sacando un libro de su taquilla, sin hacer absolutamente nada para merecer que se estuviesen metiendo con ella de ese modo.

—En serio, ¿por qué alguien se pondría unos zapatos tan horrendos? —dijo Lallie.

—Oh. Por. Dios. —Lauren Dreyer se sacó el chupachups de la boca y lo utilizó para apuntar directamente a los zapatos de Isla antes de volver a metérselo en ese horrendo orificio de su rostro—. Son tan feos.

—¿Qué mierda os pasa? —les pregunté, casi en un grito, que sorprendió tanto a ellas como a mí.

Entonces, las tres se volvieron a mirarme.

—¿Qué? —preguntó Lallie.

—¿Por qué sois tan brujas? —les pregunté, el corazón me iba a mil y vi que todo el mundo se había detenido a mirarnos.

—Eh, no soy yo la que se ha portado como una auténtica imbécil por megafonía —repuso Nicole, entrecerrando los ojos al mirarme, como si fuese una auténtica reina del mal.

—Sí, Emilie —se mofó Lallie—. ¿En serio?

Ahora bien, normalmente me habría asustado y se me habría revuelto el estómago si esas chicas se volviesen en mi contra en medio del pasillo. Pero a la Emilie del DSC no le importaba nada.

—Te das cuenta de que en realidad no has preguntado nada, ¿verdad, *Lalz*? ¿O es que te crees tan por encima de los demás que ya ni siquiera sabes decir más de tres palabras seguidas con sentido?

Eso hizo que Nicole soltase un gritito ahogado, así que la señalé antes de seguir hablando.

—Y ni siquiera empieces a hablar de mí, Nicole. Te he visto ser horrible con todo el mundo desde segundo de primaria, por lo que asumamos que estas a punto de soltarme algún comentario de mierda, así que ahórratelo, de ese modo ni tú pierdes aliento, ni yo pierdo mi tiempo contigo.

Lallie y Lauren se estaban preparando para replicar, lo sabía por sus expresiones de sus rostros con demasiado autobronceador, y no estaba por la labor de aguantarlas ni un minuto más.

—¿Os dais cuenta de que todo el mundo, de verdad, *to-do-el-mundo* en este instituto, que no sale con alguna de vosotras, os odia? Dadle una vuelta a eso. Sois el blanco de un millón de burlas, ¿lo sabíais? Siempre las hacemos por lo bajini porque nos dais miedo, pero sois el hazmerreír del ochenta por ciento de este instituto.

Entonces alargué la mano hacia el palo del chupachups que Lauren seguía chupeteando y tiré de él, sacándoselo de la boca. Casi me eché a reír por su expresión sorprendida, pero fui capaz de mantener el rostro serio mientras lo dejaba caer al suelo y me alejaba, con «Sabotage» sonando a todo volumen en mi cabeza mientras me marchaba flotando por el pasillo.

Cuando llegué a la clase de química, me fui directa a mi pupitre. Nick entró en el aula un minuto más tarde, pero no me dijo ni una palabra. Simplemente enarcó una ceja y tomó asiento a mi lado.

—¿Qué coche tiene?

—¿Qué? —Abrí la mochila—. ¿Quién?

—Josh. Has dicho que tenía un coche estúpido, ¿te acuerdas?

—Ah. —Eso me hizo sonreír porque Josh pensaba que esa cosa era el mejor vehículo que había recorrido la Tierra jamás—. Un MG de 1959.

—Auch —repuso, recompensándome por saberlo con una de sus sonrisas pícaras.

Observé cómo se le movía la nuez al tragar, y me sorprendió lo apuesto que era. Cabello oscuro, unos ojos ridículamente azules, unos pómulos preciosos y unas pestañas larguísimas y oscuras. Y su cuerpo parecía estar fuerte y musculado. Estaba bastante segura de que si corría hacia él a toda velocidad, terminaría rebotando en su pecho en vez de derribarlo.

El señor Bong entró en el aula y empezó con su clase de inmediato. Yo no tenía los apuntes, pero al parecer tampoco iba a necesitarlos. Así que en vez de sacar mi cuaderno, saqué mi teléfono.

Papá: Está claro que no piensas devolverme la llamada, así que estás castigada sin teléfono cuando llegues a casa. ¿Dónde está mi coche?

Sabía que debería sentirme aunque fuese un poco mal por haberme llevado a su bebé, sobre todo después del momento tan agradable que habíamos compartido anoche, aunque en realidad, para él, ese momento jamás hubiese ocurrido, pero había algo en su mensaje que me enfadaba. Cualquier otro día, habría tenido que esperar horas y horas a que mi madre o él se dignasen siquiera a responder cualquiera de mis mensajes, incluso aunque les estuviese haciendo una pregunta tonta. Cuando tuve una reacción alérgica por haberme comido un anacardo en el campamento de verano, y necesitaba saber a qué hospital con servicio de Urgencias podía ir con nuestro seguro, tardaron, los dos (y para aquel entonces ya no vivían juntos), más de una hora en responder.

Y, en cambio, cuando era yo la que tardaba una hora en responderle a lo de su coche, se volvía loco de preocupación.

El teléfono me vibró en la mano.

Aliento apestoso: ¿Puedes venir hoy? Bock ha llamado
para decir que estaba enfermo y como te di el sábado
libre, me lo debes. 😉

Agh. Trabajo.

Miré de reojo el perfil de Nick y me acordé de las reglas del DSC
antes de responder.

> Yo: No voy a ir hoy NI DE BROMA, porque no me
> apetece. Pero gracias, Paulie.

Volví a guardar mi teléfono. Sin embargo, en vez de tomar notas
o prestar atención, me quedé mirando fijamente a Nick.

Pero cuando él se volvió a mirarme y me atrapó con las manos
en la masa, en vez de apartar la mirada como normalmente habría
hecho, apoyé la cabeza sobre la palma de la mano y le sonreí. *Sin
consecuencias.* Él frunció el ceño como si no comprendiese qué me
estaba pasando, lo que me hizo ensanchar la sonrisa.

Se volvió de nuevo a mirar hacia Bong, y yo seguí comiéndome-
lo con los ojos.

—*¿Qué estás haciendo?* —murmuró entre dientes cinco segundos
después, sin volverse a mirarme.

—Tan solo te estoy mirando.

—Sí, ya lo veo. —Escribió algo en su cuaderno antes de seguir
hablando—. ¿Pero por qué?

Me mordí el labio inferior y pensé «Qué más da» antes de responderle.

—Es que eres muy, muy atractivo.

Él siguió mirando al frente, evitando volverse hacia mí.

—¿De verdad lo piensas?

Bong dejó de hablar y nos taladró con la mirada.

—Señor Stark, ¿le importaría contarnos qué es eso tan importante de lo que tienen que hablar que no puede esperar a que acabe la
clase?

—Yo se lo cuento —dije, levantando la mano—. Le estaba contando a Nick, aquí presente, que creo que es muy atractivo, y le iba a preguntar si le apetecía quedar más tarde conmigo, teniendo en cuenta que ahora estoy soltera.

Sabía que Nick podía ser de lo más borde, así que había muchas posibilidades de que me echase la bronca por lo que acababa de soltar delante de todo el mundo. Pero no me importaba, porque era el DSC. En ese momento se volvió hacia mí y me miró con los ojos abiertos como platos.

—No es el momento ni... ni... —tartamudeó Bong.

—Por supuesto que sí —respondió Nick.

Oí un par de risitas a nuestra espalda y Nick me dedicó una sonrisa que ya me resultaba de lo más familiar.

—Señor Star...

—¿Te apetece que nos vayamos ya? —Estaba hablando entre risas porque me era humanamente imposible contenerme.

—Suficiente. —El rostro del señor Bong se estaba poniendo muy rojo al taladrarnos con la mirada—. No sé qué demonios te ha poseído hoy, Emilie, pero no pienso permitir...

—Vámonos —dijo Nick, agarrando su mochila y poniéndose en pie mientras se la colgaba al hombro.

—Siéntese, señor Stark —ordenó Bong.

—Perfecto. —Le estaba sonriendo a Nick de oreja a oreja mientras agarraba mi mochila y los dos salíamos del aula. Toda la clase se nos quedó mirando fijamente con la boca abierta, sorprendidos, y juro por Dios que sentí cómo una corriente eléctrica me recorría entera, empezando por las puntas de los dedos, cuando sentí cómo su mano rodeaba a la mía y tiraba de mí para dirigirnos fuera del aula.

—Pasad por dirección a la que os marchéis —gritó Bong a nuestra espalda.

En cuanto la puerta se hubo cerrado tras nosotros, Nick se volvió a mirarme.

—¿Conduzco yo? —preguntó.

Como si irse en medio de clase montando una escena fuese de lo más normal, y nuestra mayor preocupación fuese quién conducía.

Asentí con la cabeza.

—Sí, por favor.

Eso lo hizo sonreír.

—Vámonos.

Tiró de mi mano y la rodeó con fuerza, mientras corríamos hacia una de las entradas laterales.

—Salgamos de aquí antes de que Bong haga que los de seguridad nos persigan.

Salimos corriendo por el pasillo y no pude contener la risa. Qué cosa tan absurda y salvaje para estar haciéndola a las diez y media de la mañana. Respiré profundamente el aire fresco al salir, y una brisa gélida y los rayos del sol nos golpearon de lleno. Nick siguió tirando de mí en dirección a su camioneta.

Y, mientras corríamos por el pavimento lleno de nieve, me sentí mágica y maravillosamente distinta a mí misma. Era la protagonista aventurera de una película, un personaje que había sido creado única y exclusivamente para ser sencilla, inesperada y totalmente impredecible.

—Aquí estamos. —Se detuvo junto a Betty y me abrió la puerta del copiloto, mirándome fijamente—. ¿Sigues queriendo hacer esto?

Le devolví la mirada y supe en ese mismo instante que haría todo lo que él quisiera si me miraba de ese modo. Era tan cliché, pero sus ojos tenían un brillo especial, un destello travieso, cuando se divertía, y yo me había vuelto adicta a esa mirada.

—Siempre y cuando tengas una chaqueta en esa camioneta tuya que me puedas prestar, me apunto.

Sus ojos se entrecerraron al ensanchar aún más la sonrisa.

—Parece que hoy es tu día de suerte.

Mientras Nick rodeaba la camioneta para subirse en el asiento del conductor, yo me subí en el del copiloto y estiré la mano hacia los asientos traseros en busca de la chaqueta. Cuando metí los brazos en las mangas hechas de ese pesado material, me asaltó una sensación tan familiar que era como si esa chaqueta me perteneciese.

Nick se subió a la camioneta y me miró pestañeando, incrédulo. Sonrió y señaló hacia los asientos traseros.

—Sí, eh, la chaqueta está ahí atrás. Toda tuya.

Ese comentario me hizo reír todavía más y, mientras él arrancaba la camioneta, yo me solté la coleta, me sacudí el pelo y me pasé los dedos por los mechones, apartándomelos del rostro. Saqué las Ray-Ban que sabía que tenía guardadas en la guantera y me las puse, deslizándomelas por el tabique de la nariz al mismo tiempo que apoyaba los pies en el salpicadero.

—¿Cómoda? —Parecía tanto divertido como sorprendido por lo que estaba haciendo, así que crucé un tobillo por encima del otro y los brazos bajo el pecho.

—Mucho más cómoda de lo que he estado en mucho tiempo —respondí, reclinándome en el asiento.

Él me observó por un segundo, con esa sonrisa secreta suya dibujada en los labios, antes de sacudir levemente la cabeza.

—Bueno, ¿a dónde vamos? —me preguntó.

—Al centro.

—Al centro se ha dicho. —Metió primera y salimos del aparcamiento del instituto—. Abróchate el cinturón.

Quería chillar, con una energía salvaje recorriéndome entera, envolviéndome en la emoción de estar viviendo el momento; mi momento. En el momento que me diese la gana estar viviendo, si es que eso tenía algún sentido. Me hice con el control de su radio y fui cambiando de emisora en emisora, buscando hasta que oí las primeras notas de esa ridícula canción.

De «Thong Song».

—Oh, Dios mío, ¿te acuerdas de esta canción? —Miré a Nick como un resorte y él me dedicó una mirada que dejaba claro que sí que se acordaba y que se lamentaba todos los días por no poder olvidarla—. Cántala, vamos. «She had dumps like a truck, truck, truck».

—Que Dios me ayude —murmuró.

—«Guys like what, what, what» —seguí cantando.

—Mátame —dijo Nick, pero siguió sonriendo en contra de su voluntad mientras yo cantaba a gritos el resto de la canción, sin que me importase nada ni nadie más allá de lo que me hacía feliz.

Cuando la canción terminó, él volvió a bajar el volumen antes de preguntarme calmado:

—¿Hay algún sitio en particular al que quieras ir?

—Bueno, me quiero hacer un tatuaje, eso sin duda. Más allá de eso, me apunto a lo que sea.

Él entrecerró los ojos y me miró como si acabase de confesarle que en realidad era un extraterrestre.

—*¿Qué?*

Me siguió observando sin decir nada, por lo que tuve que repetir la pregunta.

—*¿Qué?* ¿Conoces algún estudio de tatuajes que esté bien?

Obviamente, ya sabía que sí, porque él mismo me había hablado de su trabajo la noche anterior por teléfono. Pero él no lo sabía, y yo no quería parecer una acosadora.

—¿Por qué asumes que conozco alguno? —dijo.

—He visto tu tatuaje.

Él mantuvo la mirada fija en la carretera antes de responder.

—Quizás me lo hice yo mismo.

—Nop. Lo tienes en el brazo derecho, y eres diestro. Sería imposible. Vuelve a intentarlo.

—Vale, acosadora. —Se volvió un segundo a mirarme—. Quizás me lo hicieron en un reformatorio.

—Eso es un poquito más creíble.

—Qué bien.

—Pero sigo sin creérmelo. ¿Te lo hiciste en Mooshie's?

Él negó con la cabeza.

—No

—¿Qué? ¿Es demasiado guay para ti?

—Más bien es porque sigue demasiado las modas.

—¿Y entonces...? ¿A *dónde* fuiste?

—A 402 Ink.

—Vale. —Sonreí de oreja a oreja, porque ya lo sabía—. ¿Qué dices? ¿Me llevas?

—¿Sabes que tienes que pedir cita antes, no? —Tenía la mano derecha relajada sobre el volante, el codo izquierdo apoyado en el marco de la ventanilla, y manejaba el volante con solo un par de dedos. Con la seguridad de alguien que se notaba que sabía lo que hacía, de alguien guay, como había dicho él—. Como en todos los estudios de tatuajes. Lo más probable es que no puedan atenderte hoy sin cita previa.

—¿De verdad? ¿No conoces a nadie que trabaje allí? —*¿Algún compañero de trabajo?*—. ¿Nadie que te deba un favor?

—Que tenga un tatuaje no significa que tenga un séquito de tatuadores a mi disposición para hacerme favores.

—«Un séquito de tatuadores». Buen nombre de grupo. Me lo pido.

Mi comentario le sacó una sonrisa.

—Me gusta. Supongo que tú serías la cantante del grupo, ¿no?

—¿Estás de broma? Canto fatal. Me pido ser la que toca la pandereta.

—Cobarde.

—No, llamarle «cobarde» no le sirve de nada a tu amiga para que le consigas una cita para hacerse un tatuaje hoy.

—Ah, así que ahora somos amigos.

Bajé el parasol, saqué mi pintalabios de la mochila y me lo volví a aplicar.

—Sí. Somos amigos, Nick Stark. Asúmelo.

Nick puso el intermitente y se incorporó a la autopista.

—Si eres mi amiga, dime tres cosas que sepas sobre mí.

—Mm, veamos. Tres cosas. —Ahora bien, si fuese sincera, probablemente podría llenar unas cuantas páginas con todas las cosas que sabía sobre él gracias al bucle temporal de San Valentín. Pero fingí pensármelo mucho antes de responder—: En primer lugar, sé que tienes una camioneta.

—¿No me digas, Hornby?

—Vale. —Volví a subir el parasol antes de seguir—. Mmm. Para empezar, no tomas apuntes en química pero siempre sacas mejores notas que yo.

—Pero serás entrometida... céntrate en tus apuntes.

Estaba sonriendo de oreja a oreja cuando volví a guardar el pintalabios en la mochila.

—Número dos, siempre hueles a jabón —dije.

Me dedicó una mirada de reojo.

—Eso se llama ducharse.

Puse los ojos en blanco ante su respuesta.

—No, me refiero a que hueles a *jabón*, jabón. Como si estuvieses hecho de Irish Spring o algún otro jabón fresco del estilo.

Nick soltó una risita.

—Mira que eres rarita —repuso.

—No lo soy. Y número tres. Mmmm. —Lo miré—. Eres menos imbécil de lo que siempre había pensado. —Me salió más sincero de lo que pretendía, un enorme cambio con respecto a mi tono bromista anterior, y me hizo sonrojarme y bajar la mirada hacia mis rodillas.

—Bueno, supongo que eso es algo bueno —dijo, volviéndose ligeramente hacia mí con una pequeña sonrisa dibujada en los labios, al mismo tiempo que ponía el intermitente para cambiar de carril—. ¿No?

—Sí. —Carraspeé para aclararme la garganta—. Entonces, ¿qué dices? ¿Me vas a echar una mano?

—No abren hasta después de la hora de la comida, pero sí, supongo —dijo, con la mirada fija en la carretera.

—¿De verdad? —chillé, y me dio igual—. ¡Sí!

Él se limitó a negar con la cabeza y a pisar un poco el acelerador.

—Vale, Nick —dije, desesperada por saberlo todo de él—, juguemos a algo.

—No.

—Yo te hago una pregunta —expuse, calmada, intentando no echarme a reír al darme cuenta de que, aunque no se había girado a mirarme, las comisuras de sus ojos estaban arrugadas—, y tú me respondes.

—Nop.

—Oh, vamos, será divertido. Como si estuviésemos jugando a Verdad o Reto, solo que en este caso son todo verdades y nada de guarradas. —Apagué la radio—. Y luego puedes ser tú quien me haga las preguntas, si quieres.

Me volvió a mirar de reojo, como si le aburriese.

—Creo que paso.

No me importó su negativa, por lo que me volví hacia él y le sonreí de oreja a oreja.

—Pregunta número uno —dije—. Si tuvieses que competir por ley en algún deporte o si no arriesgarte a que te asesinasen en un pelotón de fusilamiento, ¿qué deporte elegirías?

Ni siquiera me miró al responder.

—Atletismo.

—¿De verdad? —Ladeé la cabeza y examiné sus vaqueros desgastados y su chaqueta negra—. No te imagino practicando atletismo.

—Siguiente pregunta.

—Eh, no, el objetivo de este juego es que pueda conocerte mejor. ¿Corres?

—Sí.

—*¿En serio?* —No podía imaginármelo. Quiero decir, sí que parecía estar en forma, pero era demasiado intenso como para que le gustase correr—. ¿Sales a correr?

Nick entrecerró un poco los ojos.

—¿Cómo demonios iba a correr si no saliese a correr?

—Y yo que sé. —La verdad que no lo sabía—. Bueno, ¿y qué música escuchas cuando corres?

—Este juego es una mierda —murmuró, saliendo en dirección a la avenida St. Mary.

—¿Metallica?

Él se volvió a mirarme un segundo.

—A veces.

—¿Qué más? —Necesitaba más información al respecto—. ¿Y sales a correr todos los días?

Se detuvo en el semáforo antes de volverse con todo el cuerpo hacia mí y mirarme fijamente, con ese tipo de mirada que te atrapaba por completo y con la que dejabas de ser consciente de nada más que no fuese Nick Stark.

—Me levanto a las seis de la mañana todos los días y salgo a correr ocho kilómetros. ¿Me toca ya?

Parpadeé rápidamente. ¿A las seis de la mañana? ¿*Ocho* kilómetros?

—Todavía no. —Carraspeé—. Vale, esta es una pregunta hipotética. ¿Por qué un chico fingiría no reconocer a una chica a la que conoce del instituto?

—¿Qué? Menuda pregunta más tonta.

—Para ti, quizás, pero no para mí. —Solté una risita sin poder contenerme, sabiendo que probablemente estaba sonando como una loca—. Solo necesito la perspectiva masculina para esa situación hipotética. Si a un chico le presentan a una chica que ya conoce, pero finge *no* conocerla, bueno… ¿por qué dirías que es?

Nick me miró fijamente.

—Diría que es porque, o bien no le cae bien y quiere evitar la conversación a toda costa, o porque siente algo por ella y está intentando hacerse el guay.

—Vale. —La idea de que Nick *sintiese algo* por mí me hizo estremecer. ¿Podía ser? ¿Nick Stark se había fijado en mí… y *le había gustado*… antes de que todo este bucle infernal empezase?

Aunque también cabía la posibilidad de que *no* le hubiese caído bien. Pensé en la Em que solía ser en el instituto, la que Nick veía en clase. ¿A mí me habría caído bien si me hubiese conocido entonces?

Decidí que no me importaba cuál fuese la respuesta, una conclusión muy poco propia de mí, la verdad.

—Has pasado la prueba —dije, siguiendo con el juego—. Una pregunta hipotética más y te toca.

—Gracias a Dios.

—¿Verdad? —Le dediqué una sonrisa enorme e intenté pensar el mejor modo de formular mi pregunta (sin parecer una loca)—. Vale. Si empezases a revivir el mismo día una y otra vez, como si estuvieses atrapado en un bucle temporal, ¿se lo contarías a alguien?

—Ni de broma.

Me sentí un poco decepcionada por su respuesta.

—¿En serio?

—No habría ningún modo de contarlo sin sonar como un loco.

—Oh. Cierto.

Nick me echó un vistazo, examinándome el rostro.

—¿Es que esa no es la respuesta que esperabas o algo así?

—Nah. —Negué con la cabeza—. No hay respuestas incorrectas para las preguntas hipotéticas.

—Vale, me toca.

—Pero acabo de empezar a hacerte preguntas.

—Me da igual. —Bajó la mirada hacia mi jersey—. ¿Por qué no te vistes así siempre?

—¿Qué? —Me crucé de brazos sobre el pecho—. ¿De verdad quieres hablar de cómo me visto? No seas esa clase de chico, por favor.

—No lo soy —dijo, señalando mi cuerpo con la cabeza—. Pero normalmente te vistes como una chica recién salida de una hermandad que clasifica su ropa por colores y por días, y que espera en secreto casarse con un senador. Lo que llevas hoy es real, como si no estuvieses intentando ser una publicidad andante de Ralph Lauren.

—Vale, dos cosas —repuse entre risas—. Lo primero, ese es cien por cien el aspecto que quiero conseguir. O el que *quería* conseguir.

—Vaya sorpresa.

—Y en segundo lugar, tienes razón con lo de la ropa que llevo hoy, me siento mucho más yo misma con ella. —Bajé la mirada hacia mis pantalones de cuero y pasé un dedo por las costuras exteriores—. Hoy es un día Em-céntrico, en el que solo pienso ponerme lo que me dé la gana. Y hoy me apetecía llevar unos pantalones de cuero.

—Bueno...

—Nop, me toca. ¿Por qué eres tan antisocial?

Él frunció el ceño.

—No lo soy.

—Nunca habías hablado conmigo en clase de química hasta hoy.

—O más bien hasta que el día de San Valentín empezó a repetirse.

—Tú tampoco habías hablado nunca conmigo.

—Pero… eso era por la energía que desprendías.

—¿Mi *energía*? —dijo, como si estuviese siendo ridícula, y frunciendo el ceño todavía más.

—Desprendes un aura muy fuerte que dice: «No me molestes». Siguiente pregunta. —Era el DSC, así que el orgullo no me importaba ni un pelo—. ¿Te gusta alguien, románticamente hablando, en este momento?

Su ceño fruncido desapareció.

—¿Estaría aquí sembrando el caos contigo en la 402 si fuese así?

—Probablemente no, pero tenía que asegurarme.

—¿Por qué? —Una lenta sonrisa engreída se dibujó en sus labios y su mirada adquirió ese brillo pícaro cuando se volvió hacia mí—. ¿Tienes planes para mí, Hornby?

Su pregunta me hizo sonrojarme con violencia, pero seguí manteniendo la actitud de que nada me importaba.

—Hoy, cualquier cosa es posible —respondí.

—Vale, me toca.

Se metió en el aparcamiento del Antiguo Mercado, bajó la ventanilla y le dio al botón para sacar un ticket de la máquina expendedora.

—¿Cuál es tu película favorita de todos los tiempos? No la que le sueles decir a la gente que es tu favorita, sino tu favorita *de verdad*.

Su pregunta me hizo sonreír, porque me quedó claro en ese momento que Nick me entendía a la perfección.

—Suelo decir que es *La lista de Schindler*, pero en realidad es *Titanic*.

—Oh, Emilie. —Me miró horrorizado—. Haces bien en mentir entonces. Sepulta esa confesión en lo más profundo de tu asquerosa alma para siempre.

—¿Cuál es *tu* película favorita? —le pregunté.

Puso la camioneta en punto muerto y apagó el motor.

—*Snatch: cerdos y diamantes*. ¿La has visto?

—No veo porno.

—Deja de tener la mente tan sucia —replicó, regañándome, mientras sus ojos cerúleos (gracias, DeVos) se entrecerraban al mismo tiempo que sus labios dibujaban una sonrisa—. Salen Guy Ritchie y Brad Pitt, idiota.

Se bajó de la camioneta, que rodeó para acercarse a mi lado, y no pude evitarlo, le dediqué una sonrisa tan enorme como si fuese una niña de tres años que acaba de conocer en persona a Elsa de *Frozen*.

Nick frunció el ceño, confuso.

—¿Por qué me sonríes así?

Yo me encogí de hombros.

—Porque creo que me gustas.

—Oh, ¿eso *crees*? —soltó, dedicándome una sonrisa burlona que causó estragos en mi interior—. ¿Me has sacado de clase de química a rastras y no estabas segura?

Me volví a encoger de hombros.

—El jurado aún no se ha pronunciado. Te lo haré saber cuándo lo sepa.

Empecé a caminar, tirando de él para que me siguiese, pero su mano me detuvo. Su aliento formó una nube de vaho a su alrededor mientras me sonreía con picardía.

—No sabías que tenías que llevar guantes o un abrigo en pleno febrero en Nebraska, no sabes una mierda, Emilie Hornby.

Antes de que me diese cuenta de lo que estaba haciendo, me soltó la mano, se quitó sus enormes guantes y me los puso. Me quedaban gigantescos, pero estaban calentitos. Después me rodeó la cabeza y agarró la capucha de la chaqueta que le había robado.

—Eres como una niña pequeña —murmuró, sonriéndome de oreja a oreja al mismo tiempo que su rostro se cernía sobre el mío—. Puede que así ya no te mueras de frío.

—¿Sabes?, si esto fuese una película, ahora te estaría mirando fijamente a los labios. Así. —Dejé que mi mirada vagase por su rostro, hasta detenerse en sus labios—. Y tú me besarías.

—¿Ah, sí? —Su voz sonaba grave y sentí como si su mirada fuesen mariposas en la boca del estómago mientras la clavaba en mis labios.

—Sí —respondí, sin aliento.

—Bueno, entonces, menos mal que no estamos en una película.

Auch. Alcé la mirada hacia sus ojos de nuevo.

—¿No te gustaría besarme? —jadeé.

Nick se quedó en silencio por unos segundos, y ese intenso instante se cernió sobre nosotros mientras nuestras respiraciones se entremezclaban y formaban una nube de vaho frente a nuestros rostros. Su mirada era solemne, tan seria.

—No me gustarían las complicaciones que conllevaría el besarte —respondió en un susurro.

—¿Por qué estás tan triste? —le pregunté.

No había pretendido decirlo en voz alta, ni siquiera me había dado cuenta de que había tenido la pregunta en la punta de la lengua todo este tiempo, pero jamás había deseado nada con más ahínco que saber la respuesta a esa pregunta en ese mismo instante.

Se le tensó la mandíbula por un segundo, antes de que volviese a relajarla, y su mirada atormentada se quedó clavada en la mía. Sentí que quería responderme con sinceridad, pero se quedó completamente helado, y antes de que pudiese hacerlo, algo en la forma en la que tragó con fuerza me hizo querer protegerlo de tener que darme una respuesta.

—Olvídalo, no tienes que responder. —Tiré de su manga y reemprendimos nuestro camino para salir del aparcamiento—. Tengo un millón de preguntas más que hacerte.

—Maravilloso.

—Cuéntame tu historia. —Necesitaba saber hasta el más mínimo detalle sobre su vida que no fuese algo triste—. ¿Creciste aquí? ¿Quién es tu mejor amigo? ¿Tienes hermanos o hermanas? ¿Tienes mascotas? Bueno, alguna mascota aparte de Betty, claro.

Me miró extrañado.

—¿Cómo sabes cómo se llama mi perra?

Mierda.

—Me lo dijiste tú cuando... eh... en realidad, no me acuerdo, pero recuerdo que me lo contaste.

Buena respuesta, imbécil.

Por suerte, se lo tragó.

—Esa es nuestra única mascota. ¿Y tú?

Me subí sus Ray-Ban un poco más.

—Mi madre y su marido tienen un puggle llamado Potasio, y ni siquiera me acuerdo de por qué le llamaron de esa forma tan ridícula en primer lugar. Es muy mono, pero no tenemos una relación demasiado cercana.

Eso lo hizo sonreír burlonamente.

—Mi padre y su esposa tienen un gato, Big Al, que es increíble, pero suele mearse en la alfombra de paja que tienen en la lavandería, así que sin duda tiene sus problemitas.

Empujó la puerta del Zen Coffee para abrirla y la sostuvo mientras yo me colaba en su interior.

—También tengo dos hermanos pequeños por parte de padre. Mierda, eso suena a familia totalmente disfuncional, ¿no?

—No —respondió, pero entonces enarcó una ceja antes de añadir—: Bueno, puede que un poco.

Me dirigió una mirada divertida que me derritió por dentro mientras nos poníamos a la cola.

—Se suponía que eras tú quien tenía que responder a las preguntas —dije—. Así que dime, ¿hermanos o hermanas?

—¿Siempre eres tan cotilla?

—Nop, solo en el DSC.

—Deberíamos hablar de ese DSC tuyo. —Su mirada bajó por mi cuerpo durante unos brevísimos instantes mientras me desabrochaba su enorme chaqueta, y la mera idea de que estuviese interesado en mi cuerpo hizo que el corazón me fuese a mil.

»¿Por qué estás haciendo esto? —me preguntó.

—No me creerías si te lo contase. —Lo miré fijamente a la cara, un rostro que conocía demasiado bien—. Digamos que es por un experimento social —repuse—. ¿Qué ocurriría si me pasase un día entero haciendo lo que me diese la gana, sin que me importasen las consecuencias?

Nick se encogió de hombros.

—Te lo pasarías muy bien hoy, pero mañana sería una pesadilla.

—Y por eso —dije, bajando un poco la voz—, me niego a pensar en el mañana.

Avanzamos un poco en la cola, y Nick parecía estar completamente perdido en sus pensamientos. Probablemente estaría pensando que estaba como una regadera; quiero decir, yo lo pensaría si estuviese en su lugar. Ni siquiera me dirigió una mirada mientras esperábamos, lo que me hizo temer que fuese a abandonarme a mi suerte. Que se hubiese dado cuenta de que mi locura no valía la pena y se largase, que me dejase sola en el centro.

Cuando llegó nuestro turno de pedir, el camarero me miró, esperando que le dijese lo que íbamos a pedir.

—¿Podrías ponerme un americano, grande? Y el caballero aquí presente se tomará… un té Sleepytime grande?

Lo miré al mismo tiempo que él ponía los ojos en blanco.

—Un té verde, grande también, por favor —dijo.

Me reí porque era evidente que le molestaba que hubiese acertado, y no volvimos a mediar palabra hasta que recogimos nuestras bebidas y salimos fuera de la cafetería. Empezamos a caminar sin siquiera discutir hacia dónde íbamos, y estaba empezando a sentir cómo el calor de mi vaso de cartón se filtraba en el interior de los guantes de Nick cuando rompió el silencio.

—Para que conste, creo que tu idea del DSC es horrible, porque mañana *tendrás* que afrontar las consecuencias.

—No… —dije, echándole un vistazo rápido.

—Pero aun así quiero hacerlo.

Me detuve, llevándome mi vaso a los labios y me quedé completamente helada.

—*¿De verdad?*

—Pienso demasiado, y también odio el día de San Valentín —dijo, sin volverse a mirarme—, así que, tal y como yo lo veo, cometer alguna locura a tu lado durante unas horas puede que me dé un respiro.

—Ohhhh, qué bonito. —Le di un sorbo a mi bebida oscura y llena de cafeína.

—Pero no quieres robar un coche o algo así, ¿no?

Eso me hizo soltar una risita y atragantarme con el café. Levanté un dedo al toser para indicarle que me diese un momento.

—Ya he robado uno esta mañana —repuse.

Me miró con los ojos como platos al mismo tiempo que una persona pasaba corriendo a nuestro lado.

—Por favor, dime que estás de broma.

—Eh, ¿en parte...? —Le conté lo que había pasado con el coche de mi padre, cómo me habían detenido y cómo después había tenido que presenciar cómo se llevaban su preciado bebé en una grúa. Conseguí que se escandalizara con cada palabra, lo que para mí fue como una especie de victoria—. Así que no voy a terminar en la cárcel por haber robado un coche o algo así, pero sí que he empezado este día llevándome el coche de otra persona sin su permiso.

Me miró con los ojos entrecerrados, caminando de lado para no perder el contacto visual.

—Me sorprende que *tú*, la chica que siempre está leyendo en clase de química, en la cafetería, que siempre está rebuscando en su mochila, que está, por supuesto, *llena* de libros, esté cometiendo esta clase de locuras. Antes del día de hoy habría dicho que eras la primera en la lista para llevarte el título de «La más probable en terminar trabajando en una biblioteca».

—Esa es mi segunda opción —repuse, fascinada por el hecho de que supiese tantas cosas sobre mí después de haberse pasado tantos días fingiendo que no sabía ni quién era.

Nick pasó por alto lo que le había dicho y siguió hablando.

—Pero aquí estás, conduciendo temerariamente Porches, saltándote las clases y destruyendo a tu exnovio de la forma más pública que se te ha ocurrido. ¿Es que ha habido alguna gota que ha colmado el vaso o algo así?

La imagen de los labios de Josh contra los de Macy acudió a mi mente sin pretenderlo, y la alejé de un manotazo.

—¿Es que una chica no puede darle un girito a su vida de vez en cuando?

—Una chica loca, quizás.

—Bueno, entonces, soy esa clase de chica. —Probablemente sí que lo fuese, en realidad, ya que la verdad *sí* que era un tanto locura.

—¿Así que tu padre va a matarte? —preguntó mientras rodeábamos un carrito de comida.

—Probablemente.

Nick frunció el ceño.

—¿Y por qué parece que no te preocupa?

Yo me encogí de hombros.

—Solo va a gritarme un rato y luego irá perdiendo fuelle. —En realidad no sería así, pero tampoco podía explicárselo.

—Está claro que tenemos padres muy distintos —dijo, negando con la cabeza—. Mi padre es superguay, pero me *destruiría* si hiciese algo así. Me da miedo solo pensar en lo que haría, y ni siquiera tiene un coche bueno que pudiese robarle.

Le di otro trago a mi café mientras esperábamos a que el semáforo se pusiese en verde.

—¿Tus padres siguen casados? —le pregunté.

Me fascinaba la gente cuyos padres seguían juntos. Me parecía algo surrealista y precioso, la idea de pasar toda la infancia con tus padres juntos, conviviendo en la misma casa.

—Sí —respondió, y juntos cruzamos el paso de cebra cuando el semáforo se puso en verde. Esperé a que añadiese algo más o a que me hablase sobre su familia, pero no dijo nada más.

—No me has llegado a responder a la pregunta de si tienes hermanos o hermanas. —Me incliné un poco a la izquierda y choqué mi hombro contra el suyo mientras cruzábamos la calle—. ¿Uno? ¿Dos? ¿Diez? ¿Tienes hermanos?

Le brilló la mirada, con los ojos irritados, y tensó la mandíbula al responder:

—¿De verdad tenemos que hacer lo de «Háblame de tu familia»?

—Oh. Eh, lo siento. —Se me derramó un poco de café en los guantes cuando me tropecé con una grieta que había en la acera.

—No importa.

Sí, claro que importaba. Clavé la mirada al frente y me pregunté si era posible sentirse más imbécil de lo que me sentía en esos momentos, porque su expresión me había dejado bastante claro lo molesta que le parecía. De repente, sentí un frío punzante en las mejillas, esforzándome por pensar algo, lo que fuera, para romper el silencio.

—Para.

Lo miré.

—¿Qué?

—Para de sentirte así, no estoy enfadado.

Su respuesta me hizo poner los ojos en blanco.

—¿Cómo puedes *saber* lo que estoy sintiendo?

—Bueno, has arrugado la nariz.

—¿Que la he arrugado?

Se encogió de hombros y señaló mi rostro con la mano libre.

—Ah, vale, eso lo explica todo.

—Señorita DSC. —Me agarró del codo con fuerza y me sacó de entre el tráfico, de modo que nos quedamos de pie frente a un escaparate de una tienda cerrada. Me observó con ese rostro tan apuesto suyo fijo en el mío, con su olor a jabón envolviéndome por completo—. Dime. ¿Qué locura propia de Ferris Bueller vamos a hacer primero?

CONFESIÓN N.º 12

Empecé a beber café cuando tenía once años. Mi madre se iba a trabajar cuando todavía quedaba café en la cafetera para una taza, todos los días, y como beber café me parecía algo propio de adultos, me lo tomaba.

Esa pregunta me devolvió de vuelta al presente. ¿Por qué me había preocupado por haberlo ofendido cuando era el DSC?

—En realidad, no tengo un plan en sí —dije, parpadeando—, pero deberíamos acercarnos al First Bank.

Él enarcó una ceja.

—¿Es que tienes dinero que invertir?

—No, quiero colarme y subir hasta el piso cuarenta. —Ahora fui yo la que lo agarré del codo y caminé tirando de él—. Escúchame.

Le empecé a contar todo lo que sabía y lo que quería descubrir mientras nos dirigíamos al rascacielos. El edificio del First Bank era el rascacielos más alto de la ciudad; con cuarenta y cinco plantas, para ser exactos. Mi tía Ellen solía trabajar allí y me había contado que, después de que lo abriesen, la gente solía reservar el balcón que había en la planta cuarenta para hacer pedidas de mano.

También sabía que eso era cierto porque fue allí donde mi joven y estúpido padre le pidió matrimonio a mi igualmente inmadura e impulsiva madre.

Pero ahora, si lo buscabas en Google, no salía nada. No había ninguna mención a dicho balcón y ninguna referencia a esas pedidas de mano.

Era como si jamás hubiese existido.

Había estado obsesionada con ese balcón desde que Ellen me habló de él cuando solo tenía diez años, y me fascinaba la idea de que, aunque fuese un lugar que tanta gente hubiese elegido para iniciar sus finales felices, lo hubiesen borrado del mapa como si jamás hubiese existido. Me parecía muy triste, y mi madre solía bromear diciendo que era como si el universo estuviese intentando corregir algunos errores. Todas esas parejas que habían subido hasta allí para su gran momento nunca podrían volver a visitar el lugar.

Jamás.

Yo, como buena niña precoz de diez años, incluso había llegado a llamar por teléfono a la secretaría del edificio pero, en lugar de explicarme por qué lo habían cerrado, me habían dicho que estaba equivocada. Y me había negado profusamente que hubiese existido tal cosa.

Pero yo sabía la verdad.

Así que siempre había querido colarme en el edificio y comprobar si existía con mis propios ojos. Esperaba que Nick pensase que era una mala idea, pero me escuchó atentamente. Asintió y alzó la mirada por la fachada del rascacielos a medida que nos acercábamos.

Y en vez de decirme que no, me dijo:

—Seguro que necesitamos algún tipo de identificación para poder pasar por el vestíbulo.

Me volví hacia él como un resorte, sorprendida de que estuviese considerando de verdad seguirme la corriente.

—Probablemente.

—¿Y bien? ¿Qué plan tenemos? —me preguntó.

—Mmmm. —Me mordí el labio inferior, deteniéndonos junto a las fuentes que había frente al edificio. *Piensa, Em, piensa*—. Podríamos hacer saltar la alarma de incendios.

—Nada que pueda terminar con nosotros entre rejas, señorita delincuente —repuso, y soltó una carcajada, barriéndome con la mirada y haciendo que me fuese imposible no sonreír.

—¿Quizás podamos sobornar a un guardia de seguridad? ¿Tienes algo de dinero encima?

Él se limitó a mirarme fijamente.

—¿Y bien? No es que *tú* estés…

—Tiene que haber alguna entrada lateral. —Tiró su vaso de cartón verde en una papelera cercana—. Una de esas salidas de emergencia que tienen casi todos los edificios.

—¿Y…?

—Y la encontramos y nos colamos. En cuanto alguien salga, entramos.

Parpadeé, sin poder creérmelo.

—Eso es una genialidad.

—No, es de sentido común.

—Vale. Entonces no te digo ningún cumplido, me retracto, lo revoco.

—No puedes revocar un cumplido.

—Sí, sí puedo.

—Nop. Mi ego ahora sabe que piensas que soy un genio, por mucho que quieras negarlo.

Su comentario me hizo soltar una carcajada.

—*No* creo que seas un genio. He dicho que esa *idea* era una genialidad.

—Lo mismo da que da lo mismo.

Puse los ojos en blanco y le di un sorbo a mi café.

—Espera… ¿Cómo es posible que ya te hayas terminado el té?

—No me lo he terminado. Estaba asqueroso y ya me había cansado de llevarlo en la mano.

—Pero *te lo acabas* de comprar.

—¿De verdad quieres ponerte a hablar de mi té o vamos a buscar esa puerta?

Tiré mi café a la papelera.

—Vamos a encontrar esa puerta.

Caminamos junto al edificio, comportándonos adrede como dos adolescentes cualquiera que están dando una vuelta por el centro, por si había alguna cámara. Nick, mientras tanto, me contó una historia ridícula sobre cómo una vez, cuando estaba trabajando en un campo de golf, se quedó atrapado en el interior del recogepelotas.

—Ni siquiera sé lo que es un *recogepelotas de golf* —dije, observando la fachada de piedra del edificio.

—Una máquina que recoge pelotas de golf.

Puse los ojos en blanco.

—¿No me digas? Lo que digo es que no logro imaginármelo.

—No tienes que imaginártelo —repuso él—. Tan solo tienes que saber que me quedé atrapado en el interior de uno durante una hora y que casi muero de calor ahí mismo.

—¿Es que no podías haber roto una ventana o algo así?

Nick negó con la cabeza antes de responder.

—A todos nos daba un miedo de muerte nuestro jefe, Matt, era un imbécil integral. Nunca lo hubiéramos pensado siquiera.

—¿Habrías preferido morir en un recogepelotas?

—Mira —dijo Nick en vez de responderme, señalando hacia la puerta que había en la parte trasera del edificio, pintada para que se mimetizase con el ladrillo y que apenas se diferenciaba.

—¿Crees que la gente la usa?

—No tengo ni idea —respondió.

La puerta se abrió.

Contuve el aliento y casi me arrollaron las tres mujeres que salieron de su interior. La mujer que iba en medio se disculpó al mismo tiempo que Nick se hizo a un lado y les sostuvo la puerta como si fuese todo un caballero.

Nada que ver con el compañero de laboratorio gruñón y silencioso que había tenido todo el año sentado a mi lado.

Pero en cuanto las mujeres nos dieron la espalda, se volvió a mirarme enarcando una ceja.

—¿Las damas primero...?

—Vamos allá.

Nos colamos en el interior del edificio y la puerta se cerró de un portazo a nuestra espalda.

Estábamos en una escalera. Y yo iba directa hacia la puerta que había en lo alto del primer tramo cuando Nick me detuvo.

—Espera —dijo.

Me quedé donde estaba.

—¿Qué pasa?

—No sabemos qué hay al otro lado de esa puerta. Pero sabemos que tenemos que subir hasta la planta cuarenta, así que...

Señaló con la cabeza hacia las escaleras.

—¿Así que quieres *subir* cuarenta pisos andando? —No quería dejarle claro lo *nada* en forma que estaba. Ni hablar—. No todos salimos a correr todas las mañanas.

—Podemos ir haciendo descansos cada dos pisos.

—No necesito tu compasión de deportista de élite.

Nick volvió a enarcar una ceja.

—¿Entonces quieres...?

Suspiré sonoramente y después solté un gruñido antes de acceder.

—Hagámoslo.

Subir los dos primeros pisos fueron pan comido, pero para cuando estábamos llegando al rellano del tercero ya me empezaban a doler los cuádriceps y noté cómo el sudor me empezaba a resbalar por la frente.

—¿Estás bien? —me preguntó Nick cuando nos detuvimos para hacer nuestro primer descanso.

—¿Y *tú*? —Intenté no jadear, pero estaba sin aliento—. Esto es pan comido. —Me di cuenta de que él no mostraba ninguna señal de agotamiento, aparte de un ligero rubor en las mejillas.

—¿De veras? —Me dedicó una mirada de recelo—. Lo siento —dijo—, ¿es que te he estado retrasando? ¿Quieres subir el siguiente tramo corriendo?

«PUES CLARO QUE NO». «No, gracias». «¿Es que estás mal de la cabeza?». Esas habrían sido las únicas respuestas correctas a su pregunta, pero mis labios no eran capaces de pronunciarlas. Lo que era extraño, porque no me consideraba una persona especialmente competitiva, sobre todo en el ámbito deportivo.

¿Pero el hecho de saber que él sabía perfectamente que no podría hacerlo? Eso me hizo responder lo impensable.

—¿Y qué me dices de los dos siguientes?

Sus labios se curvaron hasta formar una sonrisa de oreja a oreja antes de echar a correr escaleras arriba. Yo empecé a correr despacio, justo detrás de él, queriendo morirme en el interior de mis pantalones de cuero, y Nick aminoró la marcha inmediatamente para seguirme el ritmo. Miré a mi izquierda y allí estaba, sonriéndome con picardía, como si con esa sonrisa me quisiese dejar claro que se podía pasar todo el día subiendo escaleras a la carrera.

Yo le devolví la sonrisa aunque mi corazón estuviese latiendo acelerado y gritándome obscenidades mientras trataba de recordar qué es lo que se suponía que tendría que estar haciendo.

Subimos un tramo a la carrera, y después el siguiente, y seguimos corriendo cuando llegamos al tercero. Me empezaron a arder las piernas y, la verdad, subía los escalones corriendo a un ritmo mucho más lento que si fuese andando. Debía tener una mueca de dolor dibujada en el rostro, porque cuando llegamos al siguiente rellano, Nick se apiadó de mí.

—Espera. —Se detuvo y me alegré al ver que él también estaba jadeando. Sostuvo un dedo en alto mientras recobraba el aliento, algo que me pareció más que bien porque me pitaban tanto los oídos que no era capaz de oír nada.

»Bueno —jadeó—, todas las plantas de este edificio tienen ascensor.

—¿Sí...? —Me llevé las manos a la cabeza mientras mis pulmones aullaban de dolor.

—Salgamos de esta escalera. Piénsalo. Lo más probable es que podamos colarnos en un ascensor en una planta cualquiera de oficinas antes de que nadie se fije siquiera en nosotros.

—¿Estás seguro? —No quería seguir subiendo ni un escalón más, pero tampoco quería que nos atrapasen ahora que estábamos tan cerca.

—Segurísimo. ¿Confías en mí?

Asentí débilmente, todavía intentando recuperar el aliento, y eso lo hizo sonreír.

—Quedémonos aquí unos minutos más para no salir de repente de la escalera de emergencias jadeando y sudando como cerdos. Si no puede que sí que se fijen en nosotros.

De repente, una imagen de Nick estampándome contra la pared de la escalera y pegándome a su cuerpo me vino a la cabeza.

Socorro.

Me alegré cuando siguió hablando para distraerme.

—Igualmente, creo que me toca a mí hacerte una pregunta.

—No, me toca a mí. —Apoyé la espalda contra la pared—. Vamos a por la pregunta más importante. ¿Te has enamorado alguna vez?

Nick me miró como si creyese que acababa de hacerle la pregunta más absurda de todas.

—Rotundamente no.

—¿Ni siquiera has estado cerca? —No sabía por qué, pero su respuesta me sorprendía.

—Sí que he querido a algunas personas, claro, pero nunca he *estado enamorado*. Ni siquiera he estado cerca de enamorarme. —Bajó la mirada hacia sus manos y empezó a juguetear con la cremallera de su chaqueta—. ¿Y tú?

—Mmmm. —Me pasé un mechón rebelde por detrás de la oreja mientras lo pensaba—. Cuando me desperté el día de San Valentín creía que estaba enamorada. Pero aquí estoy ahora, unas horas más tarde, preguntándome si alguna vez quise a Josh en realidad.

Él alzó la mirada hacia mí.

—Quizá sea porque estás enfadada con él.

—Eso es lo raro. —Me detuve a pensarlo un momento, antes de seguir—. Sí, estoy enfadada porque besase a su exnovia, pero solo un poco. No estoy tan cabreada por eso como debería.

Ese pensamiento me hacía sentirme… no sé… arrepentida. ¿Alguna vez había sentido algo que no fuese del todo sincero?

Nick siguió jugueteando con su cremallera.

—Entonces... ¿por qué...?

—Me acabo de dar cuenta de esto, así que todavía no tengo la respuesta.

—Te entiendo. —Soltó la cremallera, se irguió, se acercó a la puerta y la abrió una rendija. Estuvo mirando a través de la abertura durante unos buenos veinte segundos antes de volver a cerrarla.

»Vale, no hay peligro a la vista. —Giró la cabeza para mirarme—. ¿Estás lista?

—¿Qué vamos a decir si nos...?

—No te preocupes, yo me encargo. —Me miró con los ojos entrecerrados antes de añadir—. ¿Confías en mí, verdad?

Era extraño lo mucho que confiaba en él.

—Sí.

—Pues vamos allá. Solo tenemos que fingir que sabemos lo que hacemos aquí.

—Vale.

Nick abrió la puerta y salimos juntos. Frente a nosotros había un pasillo enmoquetado, con oficinas a cada lado.

Oficinas con paredes de cristal.

Caminamos juntos por el pasillo y se volvió a guiñarme el ojo, lo que me hizo soltar una risita. Pasamos rápidamente por delante de un despacho tras otro, y una mujer trajeada nos dedicó una sonrisa al salir de su despacho y pasar a nuestro lado.

Cuando se alejó, nos sonreímos como dos locos porque, maldita sea, el plan estaba funcionando. Estábamos a punto de llegar a los ascensores.

—Disculpad.

Mierda. Seguimos caminando, con la mirada fija al frente cuando volvimos a escuchar la voz profunda de un adulto volviendo a llamarnos.

—Disculpadme. Eh, vosotros dos.

Nick se volvió para mirarlo, con la expresión dulce e inocente de un alumno ejemplar dibujada en su rostro. Yo lo observé anonadada, con el corazón latiéndome a toda velocidad.

—¿Sí? —preguntó.

—¿Os puedo ayudar en algo?

—En realidad sí, eso sería fantástico. ¿Puede indicarnos dónde están los ascensores? Estamos aquí para la orientación de unas prácticas y está claro que nos hemos equivocado de planta.

Vaya, buena esa, Nick.

Me volví hacia el hombre y me fijé en que nos estaba mirando con los ojos entrecerrados. Había pensado que la excusa de Nick era súper creíble, pero el hombre trajeado no parecía del todo convencido.

Le dediqué mi mejor sonrisa de buena estudiante.

—Están por aquí —repuso el hombre, señalando hacia un punto a nuestra espalda—, pero no os he visto salir de ningún ascensor.

—Eso es porque hemos subido por las escaleras —le dije, ensanchando la sonrisa—. Me encanta caminar, pero mi amigo aquí presente necesita hacer algo más de deporte. Por un momento incluso pensé que iba a vomitar mientras subíamos, por eso decidimos terminar de subir en ascensor.

Por fin, por fin, el hombre nos sonrió.

—No todo el mundo puede subir por esas escaleras.

Estiré la mano y pinché a Nick en el costado (que estaba increíblemente duro, que conste).

—Dígamelo a mí —repuse—. Por un momento pensé que iba a tener que cargar en brazos a este merenguito.

—Muchas gracias por su ayuda, señor. —Nick me apresó el dedo con el que lo estaba pinchando mientras el tipo se reía de nosotros—. Vamos —dijo, volviéndose hacia mí—, tenemos que correr si queremos llegar a tiempo.

Nos las apañamos para caminar tranquilos hasta los ascensores, pero en cuanto las puertas del ascensor se cerraron a nuestra espalda, no pude contener más la risa.

—¡Nick Stark, qué bien mientes! —dije entre risas, observando su amplia sonrisa.

Él se unió a mis carcajadas y se acercó un poco más a mí.

—Y tú eres una auténtica niñata, ¿qué soy un merenguito? Ya te vale…

Estaba sin aliento de tanto reír. Y él estaba justo *ahí*, con su rostro justo frente al mío mientras que su cuerpo me tenía encerrada entre él y la pared del ascensor, y en ese momento me di cuenta de que quería que me besase. Algo con respecto a lo que había descubierto sobre mis sentimientos hacia Josh me hizo sentir terriblemente libre para poder explorar lo que sentía por Nick Stark.

—Deberíamos subir hasta el piso treinta y nueve —dijo, con voz grave y en apenas un susurro, mientras sus ojos estaban clavados en los míos—, y después subir andando por las escaleras el tramo que nos queda.

Yo me limité a responder asintiendo con la cabeza al mismo tiempo que el ascensor empezaba a subir. Podía jurar que se estaba acercando a mi rostro poco a poco cuando…

El ascensor se detuvo con un pitido.

Nos separamos de un salto y miramos el número de planta en el que nos habíamos parado. Al parecer estábamos en la planta doce, y cada vez se subía más gente en el ascensor. Me eché el pelo atrás al mismo tiempo que las puertas se abrían y entraba un guardia de seguridad.

¿Qué probabilidades había de que pasase justo esto?

¿Y qué había estado a punto de pasar entre Nick y yo?

Le dediqué al guardia de seguridad una pequeña sonrisa educada y él me devolvió el gesto, pulsando el botón de la planta treinta y seis al mismo tiempo que las puertas del ascensor volvían a cerrarse a su espalda. Miré a Nick de reojo y me fijé en que él tenía la vista clavada al frente, como si no le afectase en absoluto la presencia de este intruso.

El ascensor retomó la subida y yo observé el panel iluminado que había sobre la puerta, en el que iban saliendo los números de las plantas uno tras otro a medida que las dejábamos atrás. Carraspeé y me mordí el labio inferior, con el silencio casi asfixiándome.

Cuando por fin llegamos a la planta treinta y seis, y el ascensor se detuvo de nuevo con el mismo sonidito, el guardia de seguridad me dedicó otra sonrisa educada.

—Que tenga un buen día —le dije cuando se abrieron las puertas.

—Vosotros también —repuso, dedicándome un asentimiento de cabeza.

En cuanto las puertas se cerraron de nuevo a su espalda, me volví para mirar a Nick. Él también me estaba mirando con una expresión indescifrable dibujada en su rostro, y yo le estaba suplicando a mi cerebro que no pensase demasiado en lo que estaba pasando entre nosotros. Por supuesto, el ascensor se detuvo y volvió a pitar cuando llegamos a la planta treinta y nueve.

—¿Lista para hacer esto de nuevo? —me preguntó.

Sonreí y le respondí algo en un murmullo, pero la verdad era que en esos momentos no era capaz de mantener una conversación de verdad. Necesitaba un minuto para tranquilizarme, porque tenía los nervios a flor de piel.

Las puertas del ascensor se abrieron y en esta planta había un vestíbulo con un mostrador en medio. Todo estaba en completo silencio, y la mirada que nos dirigió la mujer de aspecto severo que había tras el mostrador nos dejaba claro que no le hacía demasiada gracia vernos allí.

—¿Puedo ayudaros?

—¿Le importaría indicarnos dónde están las escaleras? —le preguntó Nick—. El tipo de orientación nos dijo que podíamos bajar por ellas si queríamos hacer algo de ejercicio, pero después nos metimos en el ascensor y casi se nos olvida. ¿Están por aquí? —preguntó, señalando hacia el otro extremo del pasillo, y yo me quedé asombrada por la compostura que estaba demostrando.

La mujer asintió.

—Seguidme.

Contuve el aliento al verla levantarse de su asiento y rodear el mostrador. Pero Nick se limitó a dedicarle la mejor de sus sonrisas y a seguirla, así que a mí no me quedó otra que seguirles yo también.

—¿Para qué orientación habéis venido? —nos preguntó.

—Para un programa de prácticas de Recursos Humanos. Para su nuevo programa de verano.

—Anda. —La mujer se volvió a mirar a Nick con el ceño frunci-do—. No sabía que tenían ese tipo de programas.

—Créame, creo que hemos sido una sorpresa para todos con los que nos hemos cruzado hoy.

La mujer se rio ante su comentario, antes de que Nick siguiese con su mentira.

—Pero me hace mucha ilusión empezar a trabajar en este edifi-cio. ¿Y usted? ¿Lleva mucho tiempo trabajando aquí?

Ella asintió con la cabeza.

—Desde hace quince años.

—¡Vaya! Eso es mucho tiempo.

—Solo para vosotros, porque sois muy jóvenes. —Nos sonrió y se volvió hacia mí—. Creedme, quince años no es nada cuando el tiempo vuela.

—¿Entonces usted ya trabajaba en el edificio cuando la gente solía subir a la planta de arriba a hacer las pedidas de mano? —Nick lo dijo restándole importancia, como si fuese algo que sabía todo el mundo—. ¿O ya habían dejado de hacerlas cuando usted entró a trabajar aquí?

—Oh, las seguían haciendo, pero solían ser por las tardes o los fines de semana, por lo que tampoco nos afectaba demasiado a los que trabajábamos aquí.

—¿Sabe por qué dejaron de hacerlas? —le preguntó Nick, sonan-do tan tranquilo que me dejó impresionada—. ¿Por qué dejó de ha-blarse del balcón?

—No tengo ni idea. Oí que un ejecutivo súper estirado se había cambiado a la oficina grande y lo había cerrado, pero solo es un ru-mor. —La mujer se detuvo y nos señaló una puerta que había al final del pasillo—. Allí están las escaleras, pero os lo advierto, aunque sea para bajar, siguen siendo *muchas* escaleras. Tened cuidado.

—Lo tendremos —dije, carraspeando—. Muchas gracias por todo.

—No hay problema.

Nick abrió la puerta de la escalera y yo me adentré en su interior, aunque él no tardó en seguirme. Por un segundo, cuando la puerta se cerró a nuestra espalda, me pregunté si iba a besarme.

—Ya casi hemos llegado —dijo, rompiendo el silencio y el momento—. Terminemos con esto, Hornby.

Subimos el último tramo de escaleras y yo no tenía ni idea de qué decir. Me temblaban un poco las manos, y un millón de preguntas me llenaban la cabeza.

Cuando llegamos al final, Nick abrió la puerta sin mediar palabra. Salimos al pasillo y a otra planta sumida en un silencio sepulcral. Parecía que en esa planta no había más que despachos super elegantes —probablemente para los ejecutivos— y al parecer nadie hacía ni un ruido allí arriba.

Ni un solo ruidito.

—Me pregunto dónde estará el balcón —susurré.

—Si tuviese que apostar —me respondió Nick también en un susurro—, diría que en alguno de los despachos que dan al este. ¿No harían un balcón que mirase al centro de la ciudad?

—Ahh, bien pensado.

Recorrimos el pasillo, examinando los despachos a ambos lados, tratando de ver algo que se pareciese un balcón por alguna parte esperándonos. Nos recorrimos toda la planta, sin éxito alguno.

Y fue entonces cuando Nick lo vio.

—Mira —dijo, y yo me volví en la dirección en la que me estaba indicando con la cabeza.

—No puede ser.

Una de las oficinas tenía las cortinas descorridas y había un balcón al otro lado de los cristales. Pero tendríamos que *atravesar* un despacho para llegar al balcón, porque solo las oficinas tenían puertas que daban al exterior.

—Sigamos andando, quizás haya una zona común por la que acceder.

Seguimos recorriendo el pasillo, pero cuando llegamos al final nos quedó claro que solo podríamos acceder al balcón a través de alguno de los despachos.

—Bueno, supongo que esto es todo —dije, con una tristeza irracional por tener que abandonar mi sueño—. Probablemente deberíamos irnos antes de que nos arresten.

En ese mismo instante se abrió la puerta de uno de los baños y salió otro guardia de seguridad de su interior. *Pues claro que sí.* Mientras se inclinaba hacia la fuente para beber agua, yo me volví hacia Nick y lo miré con los ojos abiertos como platos, asustada. Pero en vez de responderme, Nick se volvió hacia a algún punto a mi espalda. Iba a decirle que nos olvidásemos del asunto, cuando él dijo:

—¿Disculpe, señor?

Me di la vuelta para ver a quién le estaba hablando, al mismo tiempo que Nick pasaba a mi lado y se acercaba a la puerta de uno de los despachos elegantes. El tipo que había detrás del escritorio parecía alguien ocupado e importante, con aspecto de ejecutivo malhumorado, con su corbata perfectamente colocada y su reloj caro, pero alzó la mirada hacia Nick.

—¿Sí?

—¿Podría hablar con usted un momento? —Volvió la cabeza para mirarme y me guiñó un ojo, antes de seguir hablando con el tipo de aspecto malhumorado—. Ya veo que está ocupado, pero le juro que solo le robaré un minuto.

No tenía ni idea de qué estaba pasando cuando Nick entró en su despacho y cerró la puerta a su espalda. Solté una risita incomoda cuando el guardia de seguridad se enderezó y me hizo un leve asentimiento, y no tenía ni idea de qué narices le iba a responder si le daba por preguntarme dónde se suponía que debía estar o qué estaba haciendo en esa planta.

—¿Jerome? —El hombre que estaba en el despacho con Nick abrió la puerta y llamó al guardia de seguridad—. Oye, ¿podrías venir aquí un momento?

Nos habían atrapado seguro.

—Claro. —El guardia se acercó al despacho y, al entrar, cerró la puerta a su espalda. Yo eché un vistazo a mi alrededor, al pasillo completamente vacío, y solté una carcajada seca e incrédula, porque mi vida se había vuelto de lo más rara.

Podía ver a Nick en el interior del elegante despacho, hablando con los dos hombres. Un minuto más tarde, el guardia de seguridad y el ejecutivo se echaron a reír. *¿Pero qué mierda...?* Y en ese mismo instante la puerta volvió a abrirse.

—Vente, Em —me llamó Nick, con aspecto de niño rebelde y sonriéndome de oreja a oreja.

Yo parpadeé, incrédula, y me acerqué al despacho, sin tener ni idea de qué demonios estaba pasando en realidad. Cuando llegué junto a él, Nick me tomó de la mano y tiró de mí hacia el interior.

—Ahora les debo un favor a Bill y a Jerome —dijo.

—¿A quiénes?

—Hola, soy Bill —me saludó el ejecutivo, sonriéndome como si nos acabasen de invitar a tomar el té.

—Yo soy Jerome. Es un placer conocerte —me dijo el guardia, sonriéndome como si fuese una niña adorable.

—Encantada de conocerlos —murmuré, al mismo tiempo que Nick tiraba de mí. Tiró de mí hasta el escritorio de Bill, dejándolo a un lado, giró el pomo y abrió la puerta que daba al exterior.

—Jerome tiene que cerrar la puerta en diez minutos —nos dijo Bill al mismo tiempo que una corriente de aire frío entraba en el despacho.

—Solo necesitamos cinco minutos —repuso Nick, enredando sus dedos con fuerza con los míos y tirando de mí para que saliese al balcón. En cuanto la puerta se cerró tras nosotros, me quedé boquiabierta.

—Por. Dios. ¿Cómo lo has hecho? —jadeé, tirando de *él* para que se acercase más a la barandilla—. ¿Qué les has dicho?

Él me sonrió con picardía.

—¿A cuál te respondo antes?

—A las dos a la vez. Guau. —Nos adentramos un poco más en el balcón y las vistas de la ciudad desde allí eran impresionantes. Allí arriba reinaba el silencio, aunque seguía pudiendo oír los ruidos lejanos que llenaban las calles a nuestros pies, y comprendí perfectamente por qué era el lugar ideal para pedirle matrimonio a alguien.

—Solo les he explicado que estábamos en medio de una misión secreta para encontrar el escurridizo balcón. —Puso una cara un poco rara antes de añadir—: Supongo que es que son buena gente.

—Esto es increíble —jadeé, sin aliento, observando las vistas.

Intenté imaginarme a mis padres aquí arriba, jóvenes y todavía enamorados. ¿Mi padre estaría nervioso? ¿O preocupado porque mi madre pudiese decirle que no? ¿Ella había llorado de alegría antes de gritarle «¡una y mil veces sí!»? ¿Había apretado los dientes, enfadada porque él hubiese preparado una pedida tan pomposa y dramática?

Era una tontería, pero me sentía un tanto emocionada por estar justo donde todo había ocurrido.

—Sí. —Nick se pasó una mano por el cabello—. No me había imaginado que sería tan chulo —dijo.

—Cuarenta pisos de altitud es mucho más alto de lo que había imaginado —añadí, sin el valor suficiente como para acercarme hasta el borde, aunque había una barandilla que era casi imposible de sortear de lo alta que era—. Gracias por hacerlo posible.

—Es el DSC, Hornby, hoy no hay consecuencias.

Un movimiento me llamó la atención, y cuando me volví tuve que contener el aliento. Porque se había reunido un grupo de gente, como una pequeña multitud, en ese mismo balcón, justo en la puerta del despacho de Bill. Era como si todos los que trabajaban en esa planta, junto con sus asistentes, e incluso (*por Dios*) el guardia de seguridad, hubiesen salido al balcón y se hubiesen reunido para... ¿observarnos...?

—Nick, ¿qué le dijiste a Bill exactamente? —Cuando me di la vuelta para mirarlo, él tenía su mirada fija en mis labios, y casi me olvidé de lo que estaba ocurriendo a nuestro alrededor, pero logré retomar el hilo de mis pensamientos—. ¿Para que nos dejase salir al balcón?

Él se encogió de hombros, restándole importancia, antes de responderme.

—No te preocupes por...

—Porque hay una multitud reunida ahí detrás observándonos.

—¿Qué? —Nick echó un vistazo a su espalda—. Oh, mierda.

—Oh, mierda, ¿qué? Es que has...

—Le dije que quería salir aquí para pedirte que fueses al baile conmigo, una *prom-posición*.

—¿Una *prom-posición*? —No me podía creer que le hubiese dicho eso, pues *claro* que todos estaban aquí por eso. A los adultos les encantaban esa clase de tonterías—. *Nick*.

—Les diremos que ya te lo he preguntado y que has dicho que sí —repuso, sin inmutarse.

Esperé a que añadiese algo más, pero al parecer eso era todo.

—Eso no es una *prom-posición*.

Él me miró sorprendido.

—¿No lo es?

—*No*. —Puse los ojos en blanco y se lo expliqué—. Eso es pedirle a alguien que vaya al baile de graduación contigo. Una *prom-posición* es cuando alguien hace algo super ostentoso para convencer a la otra persona de que le diga que sí a ir al baile con ella. Como conseguir que un famoso te ayude, hacer una tarta, cantarle una serenata, pedírselo con un millón de pétalos de rosa, preparar un baile especial... ¿cómo es posible que no lo sepas?

Para ser justos, eso era lo que yo sabía, aunque quizás en otros sitios lo hiciesen de otro modo. Pero en mi ciudad, en nuestro instituto, eso es lo que significaba hacerle una *prom-posición* a alguien. Hacer algo grande, al nivel de una pedida de mano.

—¿Por qué alguien haría eso por el baile de graduación? —me preguntó, disgustado—. Solo es un baile.

—¿De verdad quieres que nos pongamos a discutir acerca de los fundamentos de una *prom-posición* en estos momentos? Esa multitud, y el guardia de seguridad, están esperando a que les demos un espectáculo.

Nick no dijo nada, pero sacó su teléfono del bolsillo y empezó a buscar algo.

Eché un vistazo a su espalda, hacia nuestro público, que nos seguía observando expectante.

—Eh, ¿Nick...?

—Espera un momento. —Siguió buscando algo en su teléfono un rato más, antes de volver a alzar la mirada hacia mí y sonreírme con picardía.

—Nick...

De su teléfono empezó a reproducirse una música a todo volumen. Pero antes de que pudiese preguntarle qué demonios estaba haciendo —¿había puesto «Cupid Shuffle»?— me pasó el teléfono.

Yo lo tomé y, acto seguido, él retrocedió cinco zancadas y empezó a bailar la *peor* versión del Cupid Shuffle que había visto jamás. Tenía esa sonrisa cursi dibujada en su rostro mientras bailaba una versión mucho más rígida y totalmente ridícula del baile.

—¿En serio? —le grité.

Me empecé a reír, no, a carcajearme, cuando él me gritó por encima de la música:

—Emily Hornby, ¿quieres bailar el Cupid Shuffle conmigo en el baile?

—Eh —le respondí también a gritos, entre risas incontrolables—. ¿Me estás queriendo decir que eres mi Cupido y que vas a bailar arrastrando los pies para que vaya contigo al baile?

—¡Sí! —Asintió enérgicamente, mientras arrastraba los pies *a la izquierda, a la izquierda, a la izquierda*—. ¡Eso es exactamente lo que estoy diciendo!

Y entonces se dejó caer al suelo, girando sobre sus manos, sin haberlo planeado.

—¿Cómo es posible que *tú* sepas bailar el Cupid Shuffle? —le pregunté, sabiendo, aunque sin estar segura del todo, que Nick Stark nunca, jamás, en toda su vida, había aprendido a bailar.

—He estado en alguna que otra boda, y además, la canción ya se encarga de decirte lo que tienes que hacer. Ahora, por favor, di que sí.

No podía ver nada a través de las lágrimas, y me dolía el estómago de tanto reírme.

—Primero, dime que me quieres.

Él negó con la cabeza.

—Me encanta tu pelo, y tus zapatos prácticos, pero eres como un grano en el culo. Por favor, di que irás al baile conmigo.

—¡Sí! —grité, dramáticamente, dando saltitos. Nuestro público estalló en aplausos—. ¡Sí, por supuesto que iré al baile contigo!

Nick me dedicó una mirada divertida.

—¡Baila conmigo, Emmie! —me pidió a gritos.

—Nah, creo que pa…

—¡Baila con él! —me gritó Jerome, dedicándome esa mirada de padre que no te daba otra opción más que hacer lo que te pedía—. Acaba con el sufrimiento de ese pobre chico.

—¿No se supone que para eso están las drogas?

Nick me agarró de la mano y yo me seguí riendo durante el resto de la canción mientras hacíamos juntos ese baile ridículo como si estuviésemos en medio de una boda con un pequeño ejército de ejecutivos a nuestra espalda.

—Ha sido una idea fantástica, Hornby —bromeó Nick mientras se deslizaba, arrastrando los pies *a la derecha, a la derecha*.

Yo me reí con ganas, mientras observaba el hermoso horizonte que teníamos en frente y al chico que bailaba a mi lado.

—Lo sé.

CONFESIÓN N.º 13

Besé a Chris Baker en la parte trasera de una autocaravana cuando teníamos doce años, y hoy todavía sigo sin poder oler la colonia de Polo sin recordar lo horribles que eran sus pantalones de deporte.

Había tres hombres en el interior del ascensor cuando las puertas se abrieron, vestidos de traje y con cortes de pelo caros. Nos metimos justo delante de ellos, de pie, en silencio uno al lado del otro, mientras el ascensor bajaba planta tras planta.

—Me pienso zampar un cubo de patatas rejilla —dijo uno de los hombres a nuestra espalda.

—Ojalá volviesen a abrir el Bernie's Pizza de aquí al lado. Me gusta el pollo frito, no me malinterpretéis, pero lleva mucho tiempo siendo la única opción.

—Bueno, pues vamos al Bernie's.

—Nah, hombre… No me apetece nada ir hasta allí, y la cafetería me hace el apaño.

Me volví hacia Nick para comprobar si él también pensaba que la forma en la que estaban hablando era ridícula, y por la forma en la que estaba apretando los labios supe que él también estaba conteniendo la risa.

—Nuestra parada —dijo uno de ellos cuando las puertas se abrieron, y los tres salieron del ascensor cuando nos hicimos a un lado.

Nick soltó un enorme suspiro, pero cuando las puertas del ascensor empezaron a cerrarse, estiró la mano para captar el sensor y estas volvieron a abrirse.

—Oye —dijo, enarcando una ceja del modo más adorable del mundo—. ¿Te apetece zamparte unas tiras de pollo en la cafetería?

Solté una risita.

—Ooh... ¿podemos?

Él se encogió de hombros.

—¿Y por qué no? Si nos echan ahora, ya habremos logrado igualmente nuestro objetivo.

Yo empecé a emocionarme.

—Mi madre *jamás* me dejó comer pollo frito cuando era pequeña, así que ahora es mi comida secreta favorita, una que solo consigo a escondidas. —Sabía que lo que estaba diciendo no tenía mucho sentido, pero no podía evitar divagar—. Ya sabes, cuando ella no está.

—¿A quién no le dejan comer pollo frito? —dijo, sonriendo, y las comisuras de sus ojos volvieron a arrugarse con su sonrisa—. Pobre y necesitada rata de biblioteca.

Eso me hizo reír.

—¿A que sí?

Nick extendió la mano hacia las puertas del ascensor.

—Entonces, vamos a por esas tiras de pollo.

En cuanto salimos del ascensor, nos rodearon los sonidos y olores típicos de la cafetería de una empresa. Seguimos la dirección por la que se habían alejado los tres hombres, y ¡zas!, justo a la vuelta de la esquina de donde estaban los ascensores, había una cafetería enorme.

Con mesas en medio de la sala y puestos de comida por todas partes. Todo parecía comida de cafetería como la que te podrías encontrar en cualquier parte, excepto por el puesto de Chachi's Chicken, donde se estaba formando una cola bastante grande.

—¿Pollo? —me preguntó Nick, pasando la mirada por la cafetería.

—Pollo —respondí.

Mientras esperábamos a la cola, me habló de cuando su hermana le pasó por encima del pie con el coche a un empleado del Chick-fil-A al pasar por el autoservicio, y yo estaba llorando de la risa para cuando nos quisimos sentar a una mesa a comernos la comida.

—No me puedo creer que encima echase marcha atrás —dije entre risas.

—Dijo que cuando lo oyó gritar, lo primero que pensó, como cualquier ser humano normal, era que le había pasado algo, y que su primer instinto fue dar marcha atrás para ver si podía ayudarlo.

—Tiene lógica —repuse.

—Supongo que sí —dijo Nick, mojando la tira de pollo frito en la salsa ranchera.

—Y dime. —Tomé el bote de kétchup que había en la mesa y me eché un poco en el plato—. Antes me has dicho que nunca te habías enamorado pero... ¿*sí* que crees en el amor verdadero, no?

—Vaya. —Nick ladeó la cabeza y frunció el ceño—. Sí que eres persistente. ¿Para qué se supone que debes saberlo, Hornby?

—Solo quiero conocer mejor a mi compañero del DSC. Ahora, si te da vergüenza, empiezo yo. —En la vida real jamás abordaría este tema de conversación, *por supuesto*, porque parecería patética y un tanto invasiva. Pero quería saber este tipo de cosas de él, así que me estaba aprovechando del hecho de que, mañana, este día no habría ocurrido. No importaba lo que pensase de mí hoy, porque él jamás lo recordaría.

Sin embargo, en cuanto me di cuenta de ese hecho, sentí cómo me invadía la tristeza. Me lo había pasado tan bien hoy que el hecho de que mañana tuviese que volver a empezar de cero y de que Nick no se acordase de nada... me parecía una tragedia.

—Vale. Bueno. Empiezo yo, aunque no se vea muy a menudo, creo al cien por cien en el amor verdadero. Creo que es algo que requiere trabajo y lógica, y no que sea cosa del destino, pero sí que estoy segura de que está ahí si lo buscas con el suficiente empeño.

Nick asintió, como si estuviese de acuerdo con mi argumento, y se limpió la grasa de las manos con una servilleta.

—¿Pero no te parece un concepto demasiado simplista? Es como un niño diciendo que cree en Papá Noel. Es decir, sí, es una idea fantástica, pero ¿es demasiado buena como para ser cierta? Probablemente.

Mojé una patata frita en el kétchup.

—Qué cínico.

—No soy cínico —dijo, mojando un manojo de patatas fritas en mi montañita de kétchup—. No es que no crea en el amor, es solo que no espero que baje por mi chimenea con un saco lleno de regalos.

—El amor no es como Papá Noel.

—¿Ah no? —me preguntó, alzando su vaso de refresco—. Lo esperas y deseas que aparezca, mirando de vez en cuando por si al destino le ha dado por dejarte al elegido en la puerta, al que te hará feliz para siempre.

Tomé una tira de pollo y le apunté con ella.

—No es lo mismo porque no dependes de la magia o de la imaginación.

—¿Has *visto* alguna vez una primera cita? —Le dio un sorbo a su bebida antes de seguir con su argumento—. Eso sí que es cosa de esa magia tuya y de la imaginación.

—¿Cómo se supone que vas a lograr la felicidad alguna vez, —le pregunté, mordiendo la tira de pollo antes de seguir hablando—, si piensas de ese modo?

Él me observó y se cruzó un brazo sobre el pecho.

—No estoy buscando «lograr la felicidad».

Deje de masticar. Por como lo había dicho, no parecía que lo dijese de broma.

—¿Eres de esos tipos que prefieren pasarse la vida taciturnos?

Nick frunció el ceño, como si mi pregunta le hubiese ofendido, como si le hubiese insultado.

—No.

—Entonces, ¿por qué no querrías ser feliz?

Él se encogió de hombros, antes de volver a darle un trago su refresco.

—No he dicho en ningún momento que no quiera ser feliz. Lo que he dicho es que no estoy *buscando* la felicidad. No es mi objetivo.

Me limpié la boca con la servilleta antes de volver a dejarla en mi bandeja.

—Pero...

—Quiero decir, ¿es que tú *siempre* eres feliz? —me preguntó, y yo me distraje momentáneamente con el movimiento de su nuez al tragar la Coca-Cola.

—Claro que no —repuse, colocando un dedo taponando mi pajita—. Pero me gustaría serlo. Quiero decir, el ser feliz *es*, en parte, la meta. De la vida, me refiero, ¿no?

—Bueno, sí, pero...

—Porque vivir es ser feliz por defecto. —Saqué la pajita de mi bebida, me la llevé a los labios, y cuando aparté el dedo, dejé que el refresco me cayese por su propio peso en la boca—. Estar contentos es la base. A veces no lo estamos, y a veces estamos eufóricos, pero ser feliz es lo normal.

—Estás tan equivocada... —Dejó su refresco a un lado y me observó más intensamente—. Existir es lo normal. La mera existencia, emocionalmente hablando, es la base. *La felicidad* es como, por ejemplo, una cosa flotante y líquida a la que es imposible aferrarse. Escurridiza como ninguna. A veces, si tienes suerte, logras atraparla, pero solo es cuestión de tiempo que se te vuelva a escurrir entre los dedos.

Yo negué con la cabeza, intentando entender cómo era posible que tuviese una perspectiva tan sombría de la vida.

—Eso es lo más deprimente que he oído nunca.

—No, no lo es.

—Sí, ciertamente lo es. —Dejé todo sobre la bandeja con un golpe sordo, harta de estar jugueteando inquieta, porque tenía que encontrar el modo de hacerle cambiar esa opinión tan ridícula—. Según tu teoría, siempre que eres feliz tienes que dormir con un ojo abierto, porque en cualquier momento puede desaparecer esa felicidad.

Nick soltó una carcajada de sorpresa y se frotó la mejilla.

—Algo así, sí.

—¿Quién te hizo daño, Stark? —bromeé, y lamenté haberlo preguntado en el mismo instante en el que su mirada se clavó en la mía. Porque, por Dios, esa mirada escondía mucha tristeza. Por un segundo, parecía un niño muy, muy triste.

Luego me dedicó una sonrisa traviesa, y esa tristeza desapareció tan rápido como había llegado.

—Más bien, ¿quién narices te inyectó polvo de hadas de la felicidad en vena a ti?

—No se trata de polvo de hadas de la felicidad, en absoluto. Sé que soy la única que se preocupa por mi felicidad, así que me aseguro de que sea mi prioridad. Deberías intentarlo, *en serio*, probar a ver la vida desde otra perspectiva.

Eso lo hizo sonreír.

—¿De verdad?

—Sí —dije, devolviéndole la sonrisa—. Piénsalo. En un día cualquiera podrías estar pensando: «Es una mierda tener que ir al instituto».

—Nunca pensaría algo así —dijo, completamente serio—, la educación es importante.

—Me has entendido. En un día cualquiera, cuando te sientas de todo menos optimista, intenta cambiar tu manera de pensar. En vez de pensar: «Es una mierda tener que ir al instituto», prueba a pensar: «Hace buen día, así que puede que después de clases pueda quedarme en mi camioneta, con el asiento reclinado, y leyendo un buen libro, con la brisa trayendo consigo el aroma de la primavera».

En ese momento estalló en carcajadas, riéndose en mi cara.

—¿Por qué pensaría jamás algo tan ridículo?

—¿Y qué tal algo como: «Al menos me puedo sentar con Emilie Hornby en clase de química, ¡ay, mamita!»?

—¿En serio? ¿Con ese comentario incluido? —dijo, recobrando ese brillo bromista y sarcástico en su mirada.

—¡Oh, vamos! Como si nunca hubieses pensado siquiera en decir «¡ay, mamita!».

—Te aseguro que no —repuso.

—Bueno, ¿y qué me dices de tus amigos, señor «Existir es lo Normal»? —Me apoyé en la mesa, deseosa de descubrir más cosas sobre él—. ¿Cómo es que no tienes tu grupito en el instituto o que no te hayas visto envuelto en ningún drama? A veces te veo por el instituto y parece que tienes amigos, pero nunca oigo nada sobre ti. Nunca te veo en ninguna fiesta, ni en los partidos de fútbol, ni en cualquier otro acto escolar...

—¿Y...?

—¿Y... cuál es la historia? ¿Sales por ahí con tus amigos y haces vida social o eres un ermitaño de verdad?

Nick echó un vistazo a mi espalda, como si estuviese observando a alguien o pensando en algo, y en parte esperaba que me diese una respuesta sabelotodo que no respondiese en absoluto a mi pregunta. Pero entonces me sorprendió.

—Solía salir con mis amigos mucho más de lo que salgo ahora. Pero, en algún punto del camino, dejó de importarme todo lo que tenía que ver con el instituto. Me parece tan... absurdo. No la parte de aprender, sino todo lo que rodea a las actividades.

Su mirada se clavó en la mía y me miró... como si pudiese ver a través de mí.

—A veces me intento obligar a participar para no ser tan «ermitaño», como has dicho tú tan felizmente, pero para mí todo eso carece de sentido.

—Oh. —No sabía qué contestar—. Bueno, quizás si...

—Te lo juro, Hornby, como me digas que tengo que ver el lado positivo otra vez, voy a perder los papeles.

Su respuesta me hizo sonreír.

—Bueno, tampoco te vendría mal, ya sabes.

Me dedicó una pequeña sonrisa ladeada.

—Creo que, en realidad, sí que me vendría mal.

CONFESIÓN N.º 14

Una vez escribí «Beth Mills apesta» en uno de los cubículos del baño del instituto después de que ella le dijese a todo el mundo que el campamento de verano al que había ido ese año en realidad era para enfermos de asma.

Tras salir de la cafetería del First Bank, Nick me llevó a caballito hasta el estudio de tatuajes y me dejó esconder la nariz congelada en su cuello sin quejarse; cuando por fin se detuvo, se irguió para dejarme bajar. El escaparate del 402 Ink era muy guay, porque estaba completamente vacío, a excepción de un cartel de neón rojo brillante que había en la parte baja del cristal.

Él abrió la puerta, empujándola, y yo lo seguí al interior.

—¿Tienes miedo? —me preguntó sin volverse a mirarme.

—En absoluto. Tráeme las agujas.

Atravesamos el vestíbulo, donde había dibujos de todo tipo de tatuajes colgados por las paredes y por el techo. Sí, estaba nerviosa, pero sobre todo estaba emocionada. Nunca había pensado en hacerme un tatuaje, ni siquiera sabía si habría tenido las agallas para hacerlo antes de entrar en este bucle temporal de San Valentín de pesadilla.

Ahora, sin embargo, sentía que era algo que *tenía* que hacer mientras pudiese, sin consecuencias. Me serviría, aunque fuese temporalmente, como recordatorio del día en el que —por primera vez en mi vida— hice lo que quería en vez de hacer lo que pensaba que *tenía que* hacer, en vez de hacer lo que todo el mundo esperaba que hiciese.

Ni siquiera pude asimilarlo todo antes de oír a Nick preguntar:

—¿Dante trabaja hoy?

Deslicé la mirada de la pared hacia él, que estaba de pie frente al mostrador de recepción.

—Así que *sí* que tienes un contacto.

Él se limitó a volverse a mirarme y guiñarme un ojo.

Siempre había pensado que guiñar el ojo era un gesto cursi, hasta ese día. Que Nick me guiñase el ojo me calentaba y me derretía por dentro.

El que supuse que sería Dante salió de la trastienda, y se dieron un apretón de manos amistoso mientras yo me paseaba por la sala, observando todos los dibujos.

—¿Qué posibilidades hay de que puedas hacerle un hueco a mi amiga Emilie ahora? —oí decir a Nick después de que se hubiesen pasado unos buenos diez minutos hablando en susurros.

—Claro. —Dante se volvió hacia mí entonces—. ¿Sabes lo que quieres hacerte? ¿Y tienes algún tipo de identificación?

Me saqué el carnet del bolsillo, me acerqué a él y me pasé una mano por el pelo, inquieta.

—Sí. Toma. Y solo me quiero hacer una frase de siete palabras. Le hice una captura de pantalla a una fuente que me gusta.

—¿Qué siete palabras? —Nick se metió las manos en los bolsillos y observó mi carnet con suspicacia.

—Nada que te incumba.

—Eso son cuatro —repuso Dante.

—Ten en cuenta que lo llevarás en la piel para siempre, Hornby —dijo Nick.

Ni siquiera sabía por qué, pero me encantaba cuando me llamaba por mi apellido.

—No me digas, Stark.

Pero lo que él no sabía era que mañana, cuando me despertase, volvería a ser 14 de febrero, y tendría la piel intacta y sin una gota de tinta.

Dante tuvo que irse a ayudar a otra persona que entró justo después de nosotros, y Nick me observó con suspicacia. Se acercó un poco más a mí para poder susurrarme al oído.

—¿Por qué tienes un carnet falso?

Me sonrojé con violencia por su pregunta.

—Yo no... quiero decir, no es... —tartamudeé.

—No voy a chivarme. —Me dio un codazo suave en el costado, y a mí se me llenó el estómago de mariposas revoloteando. Su voz grave me hizo estremecer—. No me puedo creer que Emily Hornby, amante de los libros, tenga un carnet falso. ¿Un carnet de la biblioteca falso? Quizás. ¿Pero un carnet de conducir falso? No tanto.

—Chris trabaja con un chico que compró una máquina para hacer carnets en el mercado negro y los primeros que hizo para practicar fueron los nuestros —dije, sintiéndome un poco menos ridícula.

Sus labios se abrieron hasta formar una O.

—¿Chris? ¿El Chris mega simpático que hace teatro?

—Síp.

Él sacudió la cabeza, incrédulo, pero incapaz de contener una sonrisa.

—¿Quién me iba a decir que vosotros, que parece que nunca habéis roto un plato, erais los más rebeldes de todos?

—¿Lista? —Dante estaba de vuelta y yo lo seguí hasta uno de los estudios, agradecida porque Nick se hubiese quedado a mi lado; sí que estaba un tanto nerviosa. Cuando le enseñé a Dante lo que quería hacerme, una frase de una de mis canciones favoritas, Nick se volvió hacia mí.

—¿Estás segura? Quiero decir, entiendo que hoy sientas que es el día para ser valiente, pero en unos años, o quizás incluso en unas horas, puede que te arrepientas de haberte tatuado eso.

—Créeme —le dije—, sé lo que hago.

En realidad no lo sabía o, al menos, no conocía todos los tecnicismos de un tatuaje. Empecé a ponerme nerviosa de verdad cuando Nick se sentó a mi lado, en una silla que había a mi izquierda, y Dante arrastró una banqueta hasta mi derecha. Después de que Dante me hubiese limpiado el antebrazo, me colocase el calco, y encendiese la máquina de tatuaje, descubrí rápidamente lo doloroso que era en realidad hacerse un tatuaje.

Quiero decir, sí, el dolor era relativo. Pero no era un dolor parecido a cuando te sacaban un diente o como si te estuviesen clavando un destornillador en la cara, sino, más bien, era como si alguien me estuviese clavando una aguja una y otra vez en el brazo, para después arrastrarla por mi piel.

Porque, en fin, eso *era* justo lo que estaban haciendo.

—Y bueno, chicos, ¿de qué os conocéis? —Sentí la necesidad de decir algo mientras Dante se inclinaba sobre mi antebrazo y me hacía el tatuaje, aunque era plenamente consciente de qué se conocían—. ¿Solo por los tatuajes de Nick?

—Eres una cotilla —me dijo Nick.

—Trabaja aquí —dijo Dante, sin alzar siquiera la mirada—. Stark es nuestro pequeño chico de los recados; ¿es que no te lo había contado?

Enarqué una ceja y le sonreí con picardía a Nick, y él negó con la cabeza, dedicándome una media sonrisa. Mirarlo me hizo recordar nuestro casi beso, y no sé si hice alguna mueca o no, pero él sí.

Apretó la mandíbula con fuerza y vi cómo su mirada cambiaba y se llenaba de calor en ese instante. Sentí como si un hilo invisible tirase de mí hacia él. Un hilo cargado con una corriente eléctrica que me recorría la piel y me hacía sentir mucho más que la aguja que en ese instante me rasgaba la piel. Tragué saliva con fuerza y pestañeé rápidamente.

¿Qué acababa de decirme Dante?

—No, eh, se olvidó de mencionar ese detalle.

—¿Qué pasa? ¿Te avergüenzas de nosotros, Nickie?

—Es que Em es una cotilla y no tiene por qué saber nada —repuso Nick.

—Lo que tú digas, Nickie —resoplé.

Dante debió de pensar que la situación era de lo más graciosa, pero yo no podía reírme porque Nick estaba mirándome *de ese modo* otra vez. La intensidad de su mirada me consumió por completo e hizo que no pudiese pensar en nada más que en él y que me quedase sin palabras, todo mientras Dante gruñía y murmuraba monosílabos al terminar mi tatuaje.

Cuando por fin lo hubo terminado, me lo enseñó y yo jadeé, pasándome los dedos con delicadeza sobre la piel de mi antebrazo recién tatuada.

—Vaya… es increíble.

«I had a marvelous time ruining everything».

Era precioso.

Dante salió del estudio para ir a buscar algo y Nick se quedó ahí de pie, antes de acercarse a mí lentamente y deslizar su mano por debajo de mi antebrazo para alzarlo hacia sus ojos. Contuve el aliento al mismo tiempo que él deslizaba su pulgar por debajo del tatuaje, con tantísima ternura…, pero estaba tan cerca que no lograba recordar qué aspecto tenía el mundo en realidad más allá de su rostro.

—Me gusta —repuso, sin dejar de acariciarme la piel con el pulgar. Parecía como si hablase de algo más que el tatuaje cuando su rostro se cernió sobre el mío, a solo un palmo de distancia.

—Déjame que te ponga esto en el brazo —dijo Dante, entrando en el estudio con un tubo de algún tipo de crema en una mano y un rollo de papel film en la otra—, y ya estarás lista.

Nick dio un paso atrás, y yo estaba demasiado anonadada cómo para hacer otra cosa que no fuese asentir lentamente con la cabeza e intentar ralentizar los latidos acelerados de mi corazón. Nick salió del estudio y Dante me explicó cómo curar el tatuaje mientras me extendía la crema por el brazo y cubría el tatuaje con el papel film. Apenas le presté atención porque sabía que el tatuaje habría desaparecido cuando me despertase mañana en otro 14 de febrero.

Cuando Dante me llevó de vuelta al vestíbulo, mi compañero del DSC me estaba esperando junto a la puerta, hablando con un tipo con el cabello negro en punta y con los dos brazos completamente tatuados. Noté cómo me sonrojaba con violencia cuando Nick se volvió a mirarme y seguí rápidamente a Dante hasta el mostrador.

Pagué y, cuando estaba firmando la factura, me hizo una pregunta que no esperaba.

—¿Cómo has conseguido que nuestro pequeño ermitaño salga a divertirse un poco?

—En realidad lo obligué a acompañarme. —Le tendí la factura de vuelta y él me dedicó una sonrisa cálida y amplia.

—Bueno, me alegro de que lo hicieses. Nickie ha tenido que crecer muy rápido desde que pasó lo del accidente, y también necesita aprender a divertirse un poco.

—¿Desde el accidente? —Eché un vistazo a mi espalda para asegurarme de que Nick estaba lo suficientemente lejos como para no escucharme—. ¿Nick tuvo un accidente?

—Nick no, Eric.

—¿Eric...?

—Su hermano. ¿Hoy hace un año del accidente?

Nick se acercó a nosotros y estiró las hojas del libro de modelos de tatuajes que había sobre el mostrador.

—¿Estás lista, Hornby? —No parecía haber escuchado nada, pero yo no pude evitar sentirme como si me hubiese entrometido en algo que él no quería que supiese.

Asentí y carraspeé.

—Listo, Stark.

Nick se despidió de sus amigos y yo les grité un «¡Gracias!» al salir del estudio.

—Por Dios, sí que hace frío —gruñó Nick, subiéndose la cremallera de su chaqueta.

Yo me abracé, con mi chaqueta, no *su* chaqueta, puesta, aferrándome a su calor.

—¿Te he dado ya las gracias por tu maravilloso abrigo?

—No hay de qué. —Nick se volvió a mirarme, y su mirada recorrió la chaqueta antes de dedicarme una mueca divertida.

Tragó con fuerza y apretó la mandíbula con el movimiento, y se quedó completamente callado un momento antes de carraspear para aclararse la garganta y seguir hablando—. Bueno, ¿a dónde vamos ahora?

Miré a mi izquierda y señalé una escalera que subía por la pared de un edificio de ladrillo que parecía achaparrado. La seguí hasta arriba con la mirada, y parecía que el edificio solo tenía unos pocos pisos de altura. Lo único que quería era distraer a Nick de lo que quiera que le hiciese poner una mueca triste, y cuando mezclabas ese objetivo con el hecho de que era el DSC, subir por una escalera hasta una azotea ajena te parecía una idea fantástica.

—Nop —repuso Nick.

—¿Porque ya hemos subido a un balcón?

—Porque si vamos a subirnos a una azotea, lo mínimo es que lo hagamos con una bebida caliente en la mano. —Pasó la mirada de la escalera hacia mí—. Además, conozco un lugar mejor. Sígueme. —Nick me agarró de la mano y me acercó a él al tiempo que recorríamos el paseo. Sus piernas eran mucho más largas que las mías, por lo que prácticamente me iba arrastrando por la acera.

—Ve un poco más despacio —le pedí entre risas.

—Hace demasiado frío como para ir más lento, Em. —Se detuvo en la acera y se dio la vuelta, dándome la espalda—. Sube.

—¿Otra vez? —le pregunté, casi sin aliento porque hubiese usado ese mote tan nuestro que me había puesto—. *Puedo* andar más rápido, no tienes por qué llevarme a caballito como si fuese una niña pequeña.

Nick me echó una mirada de reojo por encima del hombro.

—Nah, me gusta. Me mantiene calentito y me flipa tu perfume.

Compartimos una sonrisa divertida antes de que me subiese a su espalda, como si estuviésemos aceptando sin mediar palabra que nos atraíamos. Enredé mis brazos alrededor de su cuello al mismo tiempo que él enredaba los suyos alrededor de mis piernas, apretándolas a sus costados.

—Vamos allá —repuso.

Y salió caminando prácticamente a la carrera, a una velocidad a la que mis cortas piernecitas habrían tenido que ir corriendo. Por suerte, no nos encontramos con mucha gente por la calle, por lo que Nick no tuvo ningún problema para recorrerla con una pasajera pegada a su espalda.

—¿Todo bien por ahí atrás, Hornby?

—Peso más por momentos, ¿verdad?

—¿Cómo que por momentos?

—Anda, cállate.

Podía sentir el vibrar de su risa a través de su espalda, hecho que me hizo reír y apretar las piernas un poco más a sus costados, lo que le hizo carcajearse con más ganas. Avanzó otra manzana más conmigo subida a su espalda, y me dejó bajar cuando llegamos a un pequeño puesto de cafés que había en la esquina. El THRIVE COFFEE estaba en una encantadora caravana restaurada, hecha de madera brillante y acabados a la moda.

La persona que estaba trabajando nos miró a través de la ventanilla por la que se pedía y se dirigió directamente a Nick.

—Vi a tus padres ayer, y creo tu madre *todavía* está enfadada conmigo.

Nick sonrió de oreja a oreja.

—Destrozaste su coche —respondió—, ¿te sorprende?

El chico, cuya placa identificativa decía que se llamaba Tyler y que tenía aspecto de rondar los veinte años, se carcajeó y comenzó a contarme la historia sobre la vez en la que Nick le llevó al trabajo en el coche de su madre y se quedaron atrapados en la nieve. Al parecer, se suponía que Tyler le tenía que pisar poco a poco al acelerador mientras que Nick lo empujaba por detrás, pero Tyler pensó que tenía mucho más sentido darle gas a fondo y «sacar a esa maldita chatarra del banco de nieve», lo que terminó con el coche saliendo disparado de entre la nieve, deslizándose por el hielo y estrellándose contra un parquímetro.

Nick se estaba riendo a carcajadas.

—Ty salió del coche, les echó un vistazo a los daños, y después se enfadó por la que había liado el parquímetro.

Era increíble poder ver a Nick genuinamente feliz. En ese momento casi me invadió la desesperada necesidad de hacer cualquier cosa para que sonriese de ese modo todos los días.

—Esta es Emilie, por cierto —le dijo Nick a Ty, e intercambiamos un saludo.

—¿Y vosotros dos no deberíais estar en el instituto? —preguntó entonces Tyler.

—En realidad, sí, deberíamos —respondió Nick, volviéndose hacia mí sonriente—. Esta delincuente de aquí me ha convencido para que me saltara las clases con ella. Y ahora quiere que trepemos hasta la azotea de un edificio con este frío como si estuviésemos en una maldita película.

—Mola —repuso Tyler, asintiendo como si aprobase mis ideas—. ¿Entonces te la vas a llevar al T.J.'s, no?

Nick asintió.

—Sí, pero antes necesitamos algo calentito.

—¿Lo de siempre, hombretón?

—Que sean dos.

Tyler desapareció en el interior de la caravana para preparar nuestras bebidas, y yo me volví hacia Nick.

—¿Quién demonios *eres*, Nick Stark?

Él entrecerró los ojos y una brisa de viento helado se coló entre nosotros.

—¿Qué quieres decir? —me preguntó.

—Quiero decir que la gente de nuestra edad no suele tener vida, al menos, no más allá del instituto. Solemos quedar con nuestros amigos de clase y, quizás, como mucho, ir al centro comercial juntos. Pero aquí estás tú —repuse, señalando hacia el puesto de café y hacia los edificios del centro—. Con amigos adultos y una vida más allá del instituto. ¿Es que eres un agente secreto? ¿Y en realidad tienes cuarenta años?

Recorrió mi rostro con la mirada, antes de bajar la voz para responderme.

—Si te lo contase tendría que matarte —repuso en un susurro.

—Siempre dicen eso en las películas pero, *¿de verdad* tienen que matar a quien se lo cuentan? —dije, metiéndome un mechón rebelde detrás de la oreja para que el viento no me lo enredase—. ¿Es que no pueden decir «Te lo podría contar pero tendrías que prometerme que me guardarás el secreto para siempre»?

—Dos mocas grandes, con extra de chocolate y el doble de nata montada —anunció Tyler, apareciendo de nuevo en la ventanilla con dos vasos de cartón enormes.

Yo me volví de nuevo hacia Nick, a quien me acababa de quedar claro que le podía el dulce.

—Me acaba de salir una caries solo al escuchar ese pedido —le dije.

—¿Verdad? —Tyler tomó la tarjeta de crédito que Nick le tendía y empezaron a hablar de alguien a quien no conocía mientras Tyler se cobraba las bebidas, y yo me limité a observarlos. Nick parecía estar tan cómodo, tan *contento*, cuando estaba rodeado de sus amigos, y esa era una faceta suya que no había visto nunca antes. En el instituto siempre parecía que estaba intentando dejar atrás el día sin tener que hablar con nadie.

Este Nick era... tan distinto.

Cuando ya teníamos nuestras bebidas, Nick me llevó hasta un edificio de apartamentos sin número que había una manzana más allá. Al entrar, se negó a responder a ninguna de mis preguntas, y se limitó a caminar delante de mí. Después nos montamos en el ascensor y subimos hasta el último piso, recorrimos un largo pasillo y nos colamos en la sala de calderas, donde Nick señaló una escalera que había entre dos calderas oxidadas y que parecía conducir a una especie de jaula.

—Voy yo primero y abro la escotilla mientras tú me sujetas el vaso.

Parpadeé incrédula.

—Eh, ¿qué? ¿Qué escotilla?

—¿Confías en mí? —me preguntó, tendiéndome su bebida humeante y clavando su mirada en la mía.

Yo asentí y estiré la mano libre.

— Buena chica. —Me dio su vaso y después se volvió hacia la escalera que llevaba a saber dónde. Escuché cómo los escalones de metal resonaban bajo sus pisadas, y después lo único que podía oír eran unos ruidos de metal antes de que una ráfaga de viento helado soplase a mi alrededor y la sala de calderas se llenase de luz.

—Voy a bajar a por mi café —le escuché decir mientras bajaba—, así que no te pongas a intentar subir con las manos llenas.

Un segundo más tarde se bajó de un salto de la escalera y me robó su café.

—Deberías subir tu primero, así, si te tropiezas, estaré justo detrás de ti para amortiguarte la caída. ¿Crees que vas a poder subir por la escalera con solo una mano? Si no, dejo mi vaso aquí abajo, subo el tuyo y después vuelvo a bajar a por el mío.

—Vaya —dije, alzando la mirada—. Qué caballeroso.

Nick enarcó las cejas.

—Eso, o es que me encanta el culo que te hacen esos pantalones de cuero —repuso con picardía.

Si eso mismo lo hubiese dicho cualquier otra persona, le habría soltado un sopapo bien dado. Pero su sonrisa de medio lado me dejó claro que lo había dicho aposta porque sabía perfectamente que me molestaría su comentario. Por lo que puse los ojos en blanco y empecé a escalar.

Cuando llegué al final de la escalera y salí a la azotea, me golpeó una ráfaga heladora. Nick salió justo detrás de mí, y antes de que pudiese siquiera volverme para mirarlo, me dijo:

—Cierra los ojos.

Hice lo que me pedía.

—Creo que es una pésima idea estar con los ojos cerrados en una azotea —le dije.

—Lo sé, lo sé —repuso, y sentí cómo sus dedos se enredaban alrededor de mi mano libre y tiraba de mí para llevarme a alguna parte—. Pero prometo que no voy a matarte. Lo que pasa es que no quiero que veas nada hasta que estés en el sitio perfecto.

—Ya he visto la ciudad desde la planta cuarenta y dos de un rascacielos. Esto no puede ser tan distinto.

—No te haces una idea de lo distinto que es. —Le dejé que me llevase donde quisiese, tirando de mi mano, hasta que nos detuvimos. Sentí su aliento cálido contra mi mejilla cuando se inclinó hacia mí para susurrarme—. Vale, Emmie, abre los ojos.

CONFESIÓN N.º 15

Me apunté al equipo de baloncesto cuando tenía doce años porque creía que eso me haría ser más popular en el instituto. Llevaba puestas mis Chuck Taylor rosas y metí dos canastas en toda la temporada. No sirvió de nada.

Abrí los ojos y me quedé sin aliento al apreciar la belleza de lo que estaba viendo. Mientras que las vistas desde el rascacielos habían sido increíbles porque podías ver toda la ciudad desde arriba, las vistas desde esta azotea eran como si tu ciudad favorita te estuviese dando un abrazo fuerte. Estábamos justo en el corazón del Antiguo Mercado, justo encima, podíamos ver los coches de caballos y la gente paseando por las calles, y la enorme fuente que habían instalado justo el verano pasado.

Estábamos *en* el Antiguo Mercado, en vez de estar sobre él, pero éramos completamente invisibles.

Era impresionante.

—Esto es mágico —susurré.

—¿Verdad? —dijo Nick, oteando el horizonte—. Este es mi rincón favorito de la ciudad.

—De nuevo, ¿quién demonios *eres*? —Le di un sorbo al rico y decadente café con chocolate caliente y observé su mandíbula marcada—. ¿De qué conoces este sitio?

—Mi hermano vivía en este edificio —dijo, con la mirada todavía perdida en el horizonte—. Así que, cada vez que venía a verlo, subíamos aquí a pasar el rato.

—Qué suerte. Mis hermanos son muy pequeños todavía, y tampoco son mis hermanos *del todo*. ¿Dónde vive ahora tu hermano?

Tenía la mirada clavada en la fuente pero, al ver que Nick no respondía, me volví hacia él. Estaba jugueteando nervioso con los puños de sus mangas.

—Sí, esto va a ser un tanto violento —suspiró—. Ya no vive en ninguna parte.

Oh, no. EL accidente.

—Nick, yo…

—Murió en un accidente de tráfico, se chocó con un todoterreno.

—Nick, lo siento mucho.

Él se encogió de hombros.

—No pasa nada; no es como si hubiese pasado hace poco. Quiero decir, ha pasado como un año desde entonces.

—¿*Un año*? Eso no es mucho tiempo. —Un año era como si hubiese sido ayer.

—No pasa nada. —No parecía tener el corazón roto, como si la pena fuese todavía demasiado reciente. Parecía… cansado. Agotado. Consumido, al mismo tiempo que me dedicaba una sonrisa apagada—. No quería soltártelo así. Se me hace raro hablar de ello.

—Bueno…

—En realidad, hoy hace justo un año del accidente. —Tragó saliva con fuerza, como si estuviese intentando decirlo restándole importancia—. Murió el día de San Valentín, el año pasado.

—¿En serio?

Nick esbozó una media sonrisa triste.

—¿Qué ironía ocurriese en un día que parece sacado de una película romántica, verdad?

—A mí me darían ganas de patearles el culo a cualquiera que hablase sobre flores o dulces hoy, si estuviese en tu lugar. —La idea de que alguien muriese en un día en el que la gente le mandaba ramos de globos y pizzas en forma de corazón a sus parejas me ponía enferma. También me sentía como una auténtica cría por compadecerme de mí misma porque fuese el aniversario de divorcio de mis padres cuando Nick tenía que pasar por todo *esto*—. ¿A quién le importan esas cosas?

Mi comentario lo hizo sonreír un poco más.

—¿Verdad?

Ahora todo tenía sentido, la manera en la que vivía como si fuese un adulto en el cuerpo de un adolescente. Que cosas como los bailes de fin de curso, las fiestas o los partidos de baloncesto careciesen de importancia para él, ¿cómo podrían importarle después de haber sufrido una pérdida como esa?

—Entendería perfectamente si no quisieses seguir con el DSC conmigo, Nick. —Dejé mi vaso de cartón sobre la barandilla, justo al lado del suyo, y me metí las manos en los bolsillos, sintiéndome un poco culpable por haberlo arrastrado a esta locura—. Quizás prefieres...

—¿Pasar el rato con mis padres y encerrarme en una casa silenciosa con ellos? No, esto es mucho mejor.

Lo seguí hasta un banco que había junto a una planta muerta en una esquina de la azotea. Se sentó en el banco y, cuando me senté a su lado, él me agarró de la manga de la chaqueta y me acercó a su cuerpo. Deslizándome sobre la madera hasta que mi espalda estuvo pegada a su pecho. Me pasó un brazo por los hombros, por encima del pecho, y apoyó la barbilla en mi cabeza.

—¿Así estás bien? —murmuró, y su voz me hizo estremecer hasta la raíz del pelo.

—Ajá —respondí.

Nos quedamos así sentados, observando el mundo desenvolverse ante nosotros, durante lo que me pareció un siglo. Pero no estaba incómoda, solo nos quedamos en silencio.

—Lo que me resulta más extraño es la manera que tiene mi cerebro de desconectar la muerte de la vida —dijo Nick, restándole importancia—. Puedo pasarme una hora entera pensando en el hecho de que está muerto pero luego, cinco minutos después, si oigo un ruido por el pasillo de casa, pienso cosas tan raras como «E debe de estar dándose una ducha». Es como si mi cerebro comprendiese que ya no está, pero mi memoria decidiese olvidarlo, o algo así.

—Eso es horrible.

—En cierto modo lo es, sí —repuso en un susurro, y los rayos del sol me calentaron levemente las mejillas—. Pero a una parte de mí le gustan ese tipo de confusiones porque, aunque sea solo por medio segundo, es como si todo volviese a la normalidad. Es raro, ¿no crees?

—En absoluto. —Me dolía el pecho por sus palabras, y alcé la mano para posarla sobre la suya—. Pero creo que el medio segundo después de ese medio segundo tiene que ser horrible.

—El peor. —Soltó una carcajada triste y corta, algo a medio camino de una risa y un sollozo—. ¿Cómo lo has sabido?

—No sé lo que se siente en realidad. —Le acaricié los nudillos lentamente mientras seguía hablando—. ¿Teníais buena relación?

—Sí. Quiero decir, tan buena como pueden tenerla dos hermanos que se llevan tres años. Nos pasamos casi toda nuestra infancia discutiendo, pero siempre estábamos juntos.

—Ahora te debes de sentir muy solo. —Sabía que había cosas peores que sentirse solo, pero también conocía de primera mano la sensación de vacío que acarreaba el sentirse solo, lo sofocante que era. Me di la vuelta en el banco y coloqué ambas manos en sus mejillas, abrumada por la tristeza que quedaba reflejada en su mirada.

No tenía ni idea de qué estaba haciendo, pero lo besé en la punta de la nariz. Porque esto no se trataba de chicos y chicas, y el amor y la atracción, esto se trataba de un alma que necesitaba sentirse vista. Lo sabía porque, aunque no era comparable con que él estaba sintiendo, yo también solía sentirme sola. Cada vez que mi madre se olvidaba de que me tocaba con ella ese fin de semana o mi padre me dejaba una nota para decirme que pidiese una pizza al llegar porque Lisa, los chicos y él ya habían cenado, me sentía como si estuviese sola en el mundo.

—Para. —Las manos de Nick cubrieron las mías, atrapándolas sobre sus mejillas—. Deja de mirarme de esa forma, como si tuvieses el corazón roto. ¿Estabas pensando en Sutton?

—¿Qué? —Eso me hizo soltar una carcajada seca. Y me di cuenta de que no sentía absolutamente nada ante la mención de mi exnovio—. ¿Sabes? En realidad me había olvidado por completo de su existencia.

—Entonces, ¿por qué me mirabas así? —Su pulgar me acarició la mano al mismo tiempo que enredaba sus dedos con los míos y alejaba mis manos de su rostro—. ¿A qué venía esa cara tan triste?

Apreté los labios con fuerza. Nunca, jamás, le había contado lo de mis padres a nadie. Pero Nick me estaba mirando como si de verdad quisiese saberlo, y se lo conté todo. Nuestras manos no se separaron ni por un momento, con nuestros dedos enredados y nuestras manos descansando entre nosotros, mientras yo me perdía entre mis recuerdos llenos de luchas internas y nuevas familias perfectas.

No me di cuenta de lo mucho que me afectaba todo lo que le estaba relatando hasta que las lágrimas me nublaron la vista.

No, no, no, idiota, no llores frente a Nick Stark, él es el único que debería estar llorando.

—Lo siento —me disculpé, parpadeando rápido para apartar las lágrimas—. Eso ha sido raro, nunca suelo hablar con nadie de estas cosas. Probablemente es lo último que querías oír hoy: mi patética y mundana vida familiar.

—No es cierto —dijo, tragando con fuerza—. De alguna manera, saber que no soy el único que, eh… mierda… ¿el único que se siente solo? Sí, eso. Bueno, supongo que ayuda.

Me obligué a dedicarle una pequeña sonrisa.

—Así que te alegras de que esté llorando. *Menudo* imbécil.

Eso lo hizo sonreír y apretarme la mano.

—Solo un poquito.

Entonces ambos nos reímos a carcajadas.

—En realidad sí que entiendo lo que quieres decir —dije entre risas—. No hay nada para hacerte sentir menos solo que saber que no eres el único que se siente así.

—Háblame más de ti —me pidió Nick con una sonrisa—. Me viene bien para distraerme.

Le conté un millón de anécdotas, pero a él parecían fascinarle todas y cada una de ellas. Bromeó y se burló de mí con unas cuantas, pero fue amable, y dulce, y todo lo que mi solitario corazón necesitaba.

—Pequeña sociópata trastornada —se rio, tirándome de un mechón después de que le contase lo de mi caja llena de confesiones—. La mejor alumna de Hazelwood no es en absoluto lo que parece.

—Para que conste en acta, llevo mucho tiempo sin añadir ninguna confesión —aclaré.

—Y una mierda —escupió, y ambos estallamos en carcajadas.

—¡Oh! Tengo una buena —dije—. Lo único que quería por mi noveno cumpleaños era una tarta morada de unicornio de la pastelería Miller's. Era majestuosa, Nick, de verdad. Tenía purpurina *en* el glaseado, y parecía que la habían espolvoreado con cientos de diamantes microscópicos. Todos los sábados, cuando iba con mi abuela a comprar donuts, me quedaba mirando esa preciosa y brillante tarta. Me enamoré de ella durante un año, y era lo único que quería como regalo. Nada de juguetes, ni de ropa; solo esa tarta, y hablaba de ella sin parar.

—Tal y como la describes parece una tarta feísima —bromeó, acariciándome los dedos con suavidad—. Pero continúa.

—Bueno, pues llegó el día de mi cumpleaños y yo estaba emocionadísima. Mi madre y su novio me llevaron a patinar a la pista de patinaje, y yo estaba que me subía por las paredes de alegría. Estuve patinando con mis amigos un rato y entonces llegó la hora de la tarta.

—No sé por qué siento que voy a odiar esta parte —repuso.

—Oh, porque la vas a odiar —dije, sonriendo ante la calidez de su mirada—. Porque, en ese momento, mi madre se volvió hacia mi padre y soltó: «¿Tom? ¿La tarta...?».

Negué con la cabeza al recordar aquel día.

—Y entonces va él y suelta: «¿Beth? ¿La tarta...?».

—No —gruñó Nick.

—*Sí*. Así que después su conversación se llenó de esas sonrisas falsas que dejan claro que quieren matar a la otra persona, y discutieron porque, como la fiesta caía en uno de los días que mi madre tenía la custodia, mi padre creía que era responsabilidad suya. Pero ella creía que, como cuando vi la tarta por primera vez estaba con *su* madre, era responsabilidad de mi padre el comprarla.

—Y mientras tanto tú solo escuchabas la palabra «responsabilidad» sin parar y te sentías como una mierda, ¿me equivoco?

—Exacto. Porque, si se preocupaban por mí y por mi cumpleaños, ¿no habrían querido que hubiese tenido esa tarta morada de unicornio fuese como fuese? —Puse los ojos en blanco—. Entonces solté un «Oh, vaya» y ellos se limitaron a colocar un puñado de velas en una pizza de pepperoni de la que los niños ya habían empezado a robar trozos.

—¿No tuviste ninguna tarta? —dijo Nick, indignado.

—Nop. —En realidad tenía ganas de reírme por lo ofendido que parecía—. ¿Eric y tú tuvisteis alguna vez una fiesta de cumpleaños cursi en la pista de patinaje?

—Ni de broma, siempre íbamos al laser tag.

—Qué machotes.

Entonces me habló de su hermano, compartiendo conmigo recuerdos felices que le quebraron la voz al hablar mientras su mirada seguía sonriendo, y yo no tenía suficiente. Me contó una anécdota tras otra, como cuando salió a correr por el vecindario cuando Eric se mudó al centro, todas las cosas raras que habían hecho juntos o incluso cuando se enviaban memes subidos de tono el uno al otro. Y mientras tanto yo volvía a estar llorando, aunque en esa ocasión fuese de tanto reír.

—Y dime. —Me senté un poco más erguida—. ¿Tu tatuaje es por Eric?

—Sí. —Bajó la mirada por mi (su) chaqueta y colocó las manos por delante, juntando un poco más el cuello. Un gesto cariñoso que me caldeó mucho más por dentro que el propio abrigo—. Es exactamente igual al que él tenía, en el mismo sitio además.

—¿Exactamente igual?

—Síp.

—Qué pasada. ¿Te lo hizo Dante?

—Síp. Primero se lo hizo a Eric y luego me lo hizo a mí.

—¿Puedo verlo?

Nick esbozó una sonrisa pícara.

—Tendría que quitarme la camiseta.

—Oh, vaya, y seguro que no quieres —bromee, fingiendo que no me había sonrojado con violencia de repente—. Probablemente te de vergüenza ese cuerpo tuyo tan blandito.

Las comisuras de sus ojos se arrugaron al ensanchar la sonrisa.

—Sí que tienes ganas de verme sin camiseta, ¿eh, Hornby?

—Oh, no seas tan creído —dije, señalando mi antebrazo—. Lo que pasa es que me encantan los tatuajes. Obviamente.

—Sí, cierto, eres una rebelde.

—Olvídalo —repuse, poniendo los ojos en blanco con dramatismo—. Ya no quiero verlo.

Me dedicó una sonrisa de oreja a oreja y se puso de pie. Tenía esa mirada de niño travieso, la que imaginaba que tendría todos los días cuando se metía en líos con su hermano mayor, mientras se quitaba el abrigo y lo dejaba sobre el banco.

—Hace muchísimo frío, Nick, quizás…

—Si Emilie Hornby te pide que le enseñes tu tatuaje —repuso, tirando despreocupadamente de la espalda de su jersey para pasárselo por la cabeza como si se estuviese cambiando de ropa a solas en su dormitorio y no congelándose en medio de la ciudad—, se lo enseñas.

Me puse de pie, riéndome, con él ahí, justo frente a mí, con su jersey en una mano.

Me acerqué a él y me obligué a observar solo el tatuaje, que era una especie de patrón celta que le subía por el bíceps y se le enroscaba alrededor del hombro.

Le pasé los dedos con suavidad por la piel, dejando de recorriesen las líneas de tinta negra, sin atreverme a apartar la mirada. Era todo músculos bajo toda esa piel tensa, y me sentía como si estuviésemos a solas en la oscuridad y no expuestos en una azotea en medio de la ciudad, con mis manos recorriéndole la piel.

Nick soltó un gemido.

—Vale, para. Esto ha sido una idea horrible.

Alcé la mirada hacia su rostro y me fijé en sus pupilas dilatadas, en el calor de su mirada. Me las apañé para asentir y aparté las manos de su piel, observando cómo volvía a ponerse el jersey y después la chaqueta. En ese momento, mientras se abrochaba el abrigo, me pregunté si debería sentirme incómoda por el momento que acabábamos de compartir, pero entonces él me sacó de mi ensimismamiento.

—Tengo que admitirlo, Hornby, el DSC ha sido una idea increíble.

Su comentario disolvió cualquier tensión que hubiese sentido hasta ese momento, y me hizo sonreír.

—Vale —dije—. Tengo una idea de lo que podemos hacer ahora, y hay dos opciones: o es una idea genial o una idea horrible.

—Probablemente sea una idea horrible, entonces.

—Probablemente. —Di un par de pasos para alejarme de él, paseando por la azotea mientras intentaba encontrar la forma de presentarle mi idea para que viese que podía ser fantástica—. Pero como es el primer aniversario de la muerte de Eric y, obviamente, es en lo único en lo que puedes pensar hoy, ¿qué te parece si le hacemos una especie de tributo?

—Emilie.

—No, escúchame. —Seguí caminando, yendo de aquí para allá para no congelarme—. Parece que vosotros dos siempre os lo pasabais genial por la ciudad, era el escenario favorito de algunos de tus mejores recuerdos. Así que, ¿y si recreamos algunas de esas actividades?

Nick abrió la boca como si fuese a decir algo, pero yo corrí a su lado y le cubrí la boca con las manos.

—Déjame terminar, Stark.

Él ladeó la cabeza y las comisuras de sus ojos se arrugaron, así que aparté la mano de su boca y retomé mis paseos por la azotea, feliz de que estuviese sonriendo. Siempre que fuese la responsable de hacer que *esa* sonrisa apareciese en su rostro, sería feliz.

—¿Y si, eh, vamos en patinete al Joslyn, como hicisteis el cuatro de julio? O quizás podríamos ir en bici al parque y tirarnos por los toboganes grandes. O darles de comer a los patos como solíais hacer con tu madre cuando os llevaba al parque en primaria. No quiero meterme donde no me llaman, pero no estaría mal que sintieses que Eric, de alguna manera, está viviendo el DSC con nosotros.

—Hornby.

—Por favor, no te enfades porque esté...

—Emilie.

—... metiendo las narices donde no me llaman. Tan solo quiero...

—Por el amor de Dios, Em, cállate. —Se acercó de una zancada a mí, sonriendo de oreja a oreja, y me colocó *su* mano sobre *mi* boca—. Si no te callas no te puedo decir que creo que es una idea genial. Mierda.

Alcé la mirada hacia su rostro, que me observaba burlonamente desde tan cerca, y me di cuenta de que, en realidad, sí que sentía algo por él. Es decir, sí, hacía poco tiempo que nos conocíamos, pero sentía que sabía mucho más de él que de cualquiera de las otras personas que formaban parte de mi vida.

Y sentía que él me conocía de verdad.

Y pocas veces tenía esa sensación con nadie.

Levantó su mano, destapándome los labios, antes de decir:

—Entonces, ¿nos embarcamos en nuestra siguiente aventura?

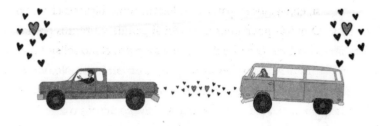

CONFESIÓN N.º 16

Cuando era pequeña y mi madre me obligaba a disculparme por algo, siempre añadía en un susurro: «... aunque en realidad no me arrepiento» al final de todas mis disculpas.

—Y dime, ¿por qué no sales con nadie? —Dejé de masticar la pizza y me volví hacia Nick con la mueca más asqueada que pude poner—. ¿No tienes *tiempo* para ello?

Había empezado a ponerse el sol en el horizonte, así que Nick y yo nos internamos en la pizzería Zio's para comernos una pizza, llenarnos el estómago y entrar en calor. Después de pasar un rato en la azotea, nos fuimos en patinete al museo Joslyn (Nick todavía tenía el código de cuando Eric trabajaba como «yonqui de los patinetes» en la tienda, así que pudo anular el Bluetooth para que pudiésemos salir de la zona permitida sin hacer saltar las alarmas), donde me contó cinco cosas que no sabía de Van Gogh mientras explorábamos el museo de arte:

Algunas personas tienen la teoría de que Gauguin, el artista, fue quien le cortó en realidad la oreja a Van Gogh y que, en realidad, no se la cortó él mismo.

Van Gogh se autorretrató con la oreja vendada justo después de que se la cortase.

Solo vendió un único cuadro en toda su vida.

Se pegó un tiro en el pecho en medio del campo, después de terminar de pintar un cuadro allí, pero se las apañó para regresar a su casa andando después y no murió hasta dos días más tarde.

Sus últimas palabras fueron: «La tristeza durará para siempre».

Esa información era terriblemente deprimente, y me dejó con un mal sabor de boca, pero entonces Nick me contó dos cosas más sobre Van Gogh que estaba claro que eran falsas y que me hicieron sentir mucho mejor:

Sus amigos lo solían llamar Van, y cuando se quedaba demasiado tiempo en sus casas o era demasiado pesado, lo atormentaban con sus gritos de: «¡Van, lárgate!».

La mujer que compró la oreja de Van Gogh la vendió en eBay y ganó tanto dinero que empezó a cortarse partes de su propio cuerpo para venderlas. Uno de sus dedos del pie se vendió por un millón de dólares, por lo que vivió feliz para siempre y llamó a sus siete hijos Vinnie.

Después de eso, devolvimos los patinetes y alquilamos unas bicis, con las que sorteamos los bancos de nieve (muy difícil) y pasamos por encima de charcos fangosos (muy sucio) hasta que llegamos a los enormes toboganes del parque. Nick, el de las grandes ideas, se acercó a una tienda y compró papel encerado para poder tirarnos, así que bajamos por los toboganes tan rápido que solo tuvimos tiempo de respirar hondo antes de aterrizar sobre un enorme montón de nieve.

Por supuesto, nos tiramos gritando con todas nuestras fuerzas.

Después dimos de comer alpiste a los patos (lo compró también Nick) hasta que se nos congelaron los dedos de los pies y no pudimos hacer nada en el exterior. Me daba un poco de miedo que, después de estar sentados en la pizzería con calefacción durante más de una hora nos fuésemos a morir de frío cuando tuviésemos que irnos.

—No lo digas así, es una decisión inteligente. —Se llevó su refresco a la boca con una mano y me señaló con la otra—. No tengo tiempo para toda la mierda emocional que acarrea el hacer a otra persona feliz. Sería peor si saliese con alguien y después les cabrease por ser un imbécil frío y distante, ¿no crees?

Puse los ojos en blanco y dejé mi trozo de pizza de nuevo en el plato.

—Supongo que lo que dices tiene su lógica, pero creo que estás exagerando el tiempo que hace falta para expresar lo que sientes por alguien. En enviar un mensaje que diga: «Me encanta el sonido de tu risa» tardas... ¿qué?, ¿quince segundos?, y ese mensaje, para alguien a quien de verdad le importes, lo es todo.

—Te estás obcecando a propósito —repuso.

—No, *tú* eres el que se está obcecando a propósito. Las excusas que me estás dando son vagas y demasiado manidas y, francamente, también son patéticas.

—Así que ahora soy patético. —Me miraba serio y con intensidad, y yo me di cuenta de que me encantaba cómo bromeaba conmigo.

Asentí.

—Un poquito.

—Dame tus bordes. Ahora.

Alargó la mano hacia mi plato y me robó los bordes de la pizza. Acababa de comerme el tercer trozo, y para ese momento ya habíamos establecido que mi parte menos favorita de la pizza era su parte favorita, así que él se encargaba de terminar todos mis trozos.

—¿De verdad te parece tan malo que me guste estar soltero? —me preguntó, llevándose el pan a la boca.

—En realidad no, pero es que no te gusta.

—¿Cómo puedes saberlo? —dijo, dándole un mordisco al borde de pan.

—Porque *lo sé.* —No me lo estaba imaginando, ni tampoco me estaba convenciendo de que algo era cierto solo porque yo quería que lo fuese. Para ser sincera, ni siquiera estaba pensando en mí en este escenario. Estaba hablando solamente de él. Nick Stark era cariñoso, y divertido, y atento, y se le iluminaba la cara cuando estaba con sus amigos o cuando hablaba de su hermano.

Sin embargo, el Nick que estaba fingiendo ser en el instituto era una persona distante, porque no lograba reunir las fuerzas para cargar con el peso emocional de nadie más. Creo que realmente

pensaba que la felicidad era algo escurridizo y fluido por lo que
había pasado con Eric y, en vez de intentar alcanzarla y arriesgarse
a terminar con el corazón destrozado, se le habían quitado las ganas
de intentarlo.

Así como de encontrar el amor, o de hacer nuevos amigos aunque fuese.

—Bueno, entonces déjame hacerte una pregunta —dijo, alcan-
zando una servilleta del servilletero y limpiándose las manos con
ella—. Si lo *sabes*, ¿cómo es posible que creyeses que estabas locamente enamorada de alguien esta misma mañana y que ahora «te hayas
olvidado de su existencia»?

—Mejor no hablemos de ese tema —bromeé, pero en realidad *no*
quería hablar de ello. Nick me interesaba mucho más—. ¿Y si pasamos página?

—Vale. Pero. —Entrecerró los ojos—. Primero me tienes que decir algo sobre él que te sacaba de quicio.

—Oh, por Dios. —Solté una carcajada—. Sus tonos de llamada,
sin duda.

—Por favor, explícate.

Me llevé el vaso de refresco a los labios y me metí un hielo en la
boca antes de seguir hablando.

—Sigue pensando que los tonos de llamada son algo súper divertido. Como cuando estábamos en el colegio, ¿sabes? Se toma su
tiempo para ponerle un tono de llamada distinto a cada uno de sus
contactos, y le parece súper divertido quitarme el teléfono y hacer lo
mismo con el mío cuando no estoy prestándole atención.

—¿Te quita el teléfono? —preguntó, negando con la cabeza.

—Eso no me importa, no tengo nada que ocultar. Pero se puso
un caballo relinchando como su tono de llamada personal. Todo porque piensa que es divertidísimo que, cada vez que me mande un
mensaje, se reproduzca el sonido de un semental relinchando.

—Menudo imbécil —repuso.

Nick parecía estar un poco celoso, y me di cuenta de que quería
que lo estuviese.

—Lo más gracioso es que me molesta —le dije— El sonido de ese caballo relinchando me da ganas de lanzar el teléfono por la ventana cada vez que lo oigo.

—No me extraña.

—Pero él pensaba que me gustaría —dije, sonriendo—. De hecho, me dedica una sonrisa de oreja a oreja cada vez que escucha ese estúpido gemido lastimero.

—¿Así que por eso finges que te encanta? —me preguntó Nick.

Me limité a asentir como respuesta, lo que le hizo poner una mueca de disgusto y negar con la cabeza como si pensase que era patética.

—¿Podemos dejar de hablar de relaciones? —Deslizó su plato y su vaso hasta el centro de la mesa antes de sacar su teléfono y echarle un vistazo—. Probablemente deberíamos volver a la camioneta.

Después de abrigarnos y salir, Nick me volvió a llevar a caballito. Yo no podía parar de reírme porque decidió que sería divertido tararear a todo volumen «nuestra canción», que sonaba *demasiado* parecida a la canción de «Thong Song» aunque dijese que no. Y me dolía la tripa de tanto reírme al esconder la cara en el hueco entre su cuello y el hombro en busca de algo de calor corporal.

—Por Dios, tienes la nariz helada —dijo, mientras me castañeaban los dientes.

—Perdón —repuse, aunque no lo sentía en absoluto. Y dejé que mi rostro absorbiese todo su calor.

Él soltó una risita ahogada.

—No me estoy quejando.

En ese momento me di cuenta de que Nick era increíble. Era divertido y apuesto, y me sentía mucho más cómoda a su lado de lo que me había sentido jamás junto a un chico (exceptuando a Chris, claro).

Era extraño, ¿no?

Porque esta Em sin restricciones que estaba viviendo el DSC no se parecía en nada a mí, así que lo que sentía ni siquiera tenía sentido. La Emilie Hornby de verdad jamás se abriría tanto con una persona a la que apenas conocía el día de antes, así que la persona que era en el DSC no era real en absoluto.

¿No?

¿O era algo parecido a mí en...?

Al pasar por delante de un edificio de apartamentos, el bajo que daba a la calle tenía las persianas levantadas, y Nick y yo nos fijamos en algo al mismo tiempo. En el televisor del salón de aquel desconocido, Rose y Jack estaban de pie en cubierta, observando cómo los pasajeros de tercera clase le daban patadas a un trozo de hielo que se había desprendido del iceberg contra el que acababan de chocarse.

Estaban viendo *Titanic*.

Nick no creía en el destino, y yo tampoco, pero ¿no era muy extraño que estuviesen viendo *Titanic* justo cuando nosotros pasábamos por allí?

—Vaya, tenías razón, Hornby —comentó sarcásticamente, deteniéndose frente a la ventana—. ¿Están jugando al fútbol con un trozo de iceberg? Sin duda es la mejor. Película. De la historia.

—Eres un monstruo, Stark —respondí, bajándome de un salto de su espalda—. Un auténtico monstruo.

Nos quedamos ahí de pie unos minutos, limitándonos a ver la película a través de la ventana de aquel desconocido, y al volverme hacia a él me di cuenta de que me aterrorizaba la idea de volver a casa. De que el día terminase.

Había accedido a llevarme a casa de mi padre cuando terminase el día para que pudiese colarme y llevarme las llaves de casa de mi abuela (mientras tanto, él se reiría de los pósteres de *boybands* que *sabía* que tenía colgados por las paredes de mi cuarto), y después me dejaría en casa de mi abuela donde me iría a dormir en paz sin tener que aguantar la bronca que me esperaba por parte de mi padre.

Pero él no se acordaría de nada de esto mañana.

De nada en absoluto.

El día había sido increíblemente maravilloso y, aun así, cuando me despertase mañana por la mañana, no habría sido real para nadie más que para mí. Por algún extraño motivo, tuve que carraspear y pestañear rápidamente para evitar derramar las lágrimas que se habían formado tras mis párpados al pensarlo.

—¿Estás bien? —me preguntó, volviéndose hacia mí.

—No quiero que el DSC termine, Nicholas Stark —dije, casi en un susurro quebrado.

—Yo tampoco. —Se acercó un poco más a mí, su rostro era lo único que podía ver en ese momento, y bajó un poco más la voz para seguir hablando, en apenas un susurro—. Y lo he estado pensando un buen rato, y quiero besarte en mi DSC, Em.

—¿De verdad? —dije, casi jadeando.

—Sí. —Me colocó las manos en la cintura, una a cada lado, y se inclinó un poco más hacia mí. Podía sentir su aliento acariciándome la oreja cuando me susurró—. Pero no pienso besarte si sigues pensando en Sutton.

—Lo decía en serio cuando dije que me había olvidado de su existencia —repuse, en apenas un susurro.

—¿Entonces te parece bien?

Cualquier otro día probablemente le habría soltado un «Vale» tembloroso o incluso un «Sí, por favor». Pero era el DSC. La segunda mitad del DSC, para ser exactos.

Asentí y, con un solo movimiento, me puse de puntillas, apoyé las manos en su pecho y pegué mi boca a la suya.

Sus labios eran cálidos y me besó como si llevase toda la vida deseando besarme. Enredé los dedos alrededor de la suave tela de su chaqueta al mismo tiempo que él me pasaba la lengua por los labios, abriéndome para él y profundizando el beso, y yo sentí cómo me flaqueaban las rodillas al mismo tiempo que Nick me rodeaba la cintura con sus brazos y me atraía hacia su cuerpo en un abrazo.

Podía sentir cada centímetro de su sólido cuerpo contra el mío, desde las rodillas hasta el pecho, hasta los labios, y me estremecí al mismo tiempo que deslizaba las manos de su pecho a sus hombros y me aferraba a él en busca de algo firme a lo que anclarme. Solo un beso de Nick Stark era algo excitante, embriagador. Y me besó como si estuviese tratando de demostrar algo.

Todo lo que nos rodeaba desapareció, solo quedó la sensación de su barba recién afeitada rozándome la piel, o sus dedos aferrándose a mi espalda. Cuando se alejó y alzó la cabeza, me apartó un mechón rebelde, escondiéndomelo con una caricia tras la oreja.

Casi me sentía un tanto cohibida al mirarnos fijamente. Y me pasé la lengua por el labio inferior antes de decir:

—¿No te parece extraño que antes de hoy...?

—¿No nos conociésemos en absoluto y ahora es como si nos conociésemos desde hace años?

Asentí.

—Sí. Quiero decir, es un poco...

—¿Raro? Sin duda. —Me recorrió el rostro con la mirada, y podía sentir cómo su pecho vibraba contra el mío al hablar—. Esta mañana no te conocía, y ahora sé lo que se siente al tener tu mano en la mía, reconozco el sonido de tu voz cuando estás intentando no echarte a llorar, y el sabor de tus labios. Sé que odias la ensalada de patata y que te encanta ese vídeo del gatito que hace sonar una campanita.

Sonreí de oreja a oreja, conmovida por sus palabras.

—Y yo sé que la cicatriz que tienes encima de la ceja te la hiciste cuando Eric te estaba persiguiendo y te metiste en la rejilla de la calefacción —dije—. Sé que gritas palabrotas cuando una chica te gana en una carrera en patinete; y sé que besas con dientes. En el buen sentido.

Sus labios se torcieron, formando una sonrisa.

—¿De verdad solo ha pasado un día?

—Cuesta creerlo. —Me alegraba que no se hubiese apartado; me gustaba estar pegada a su cuerpo, con sus brazos sosteniéndome y rodeándome la cintura—. Por cierto, tengo algo que confesarte —dije, ensanchando la sonrisa.

—Déjame adivinarlo, has hecho trampas. Tenías las respuestas escritas en la mano desde el principio.

Sostuve las manos en alto, mostrándole las palmas.

—Nop.

—¿Entonces...?

—Entonces... tengo que confesarte que creo que estoy loca por ti. Por esto —dije, tragando con fuerza—. Por la idea de un nosotros.

Nick frunció levemente el ceño.

—Emilie.

—Oh, por Dios, no arruines el momento, Stark. Hoy no me importa lo que pase, ¿vale? —Puse los ojos en blanco y le pinché en el pecho con el dedo—. Lo que quiero decir es que estoy loca por la idea de nosotros *en el DSC*. Quiero decir que me encanta el día que hemos pasado juntos. Y que no me importa lo que pase en el futuro, así que deja de mirarme *así*.

Me acerqué un poco más a él, como si fuese a volver a besarlo, pero, en cambio, metí la mano en el bolsillo de su abrigo, y cerré los dedos alrededor de las llaves de su camioneta.

Él soltó un gruñido, y sentí su gemido decepcionado como una victoria.

—Parece que Emmie te va a llevar a casa. —Saqué las llaves de su bolsillo y las sostuve en alto, sacudiéndolas rápidamente sobre mi cabeza antes de darme la vuelta y escaparme a la carrera de entre sus brazos en dirección a donde habíamos aparcado a Betty.

—Dame las llaves, Hornby —me pidió calmado, siguiéndome, caminando tranquilamente.

Eché un vistazo a mi espalda, corriendo sin parar.

—No lo creo. Voy a ir conduciendo a Betty como una piloto de carreras y tú te vas a montar de copiloto bien calladito como la princesita que eres.

Nick enarcó las cejas y soltó una sonora carcajada.

—Más te vale devolverme las llaves.

—¿Estas? —pregunté, riéndome y sacudiendo las llaves en alto—. ¿Quieres estas llaves?

—Se acabó —dijo, dedicándome una sonrisa que no anunciaba nada bueno.

Solté un gritito y corrí todo lo rápido que me permitieron mis piernas, aunque podía oírlo acercarse a toda velocidad hacia mí.

—Te vas a arrepentir de esto.

—No lo creo…

Y entonces, me atrapó, rodeándome el torso con sus brazos y me alzó en volandas. Grité y volví a gritar cuando lo vi agacharse y levantarme un poco más, y después grité más alto cuando me lanzó sobre su hombro.

—¡Nick! —No podía parar de reír—. ¡Bájame!

Me robó con facilidad sus llaves de la mano y después me dio un cachete en el trasero.

—No lo creo.

—¡Vamos! —grité, riéndome como una loca justo cuando pasamos junto a una pareja de ancianos que estaba paseando a su perro.

—Ni de broma. —Me agarró con más fuerza al mismo tiempo que añadía—. Si te comportas como una loca, señorita, te voy a tratar como a una loca.

—Buenas tardes —nos saludó el vigilante del aparcamiento cuando pasamos junto a la taquilla.

—Buenas tardes —respondió Nick alegremente, como si fuese la persona más simpática del planeta que simplemente lleva a una mujer indefensa sobre su hombro como si nada.

—¿Ya casi hemos llegado a la camioneta? —le pregunté, con la mirada clavada en su trasero perfecto.

—Ya puedo verla —dijo.

—Pues bájame, te prometo que me comportaré.

—Creo que eres incapaz de comportarte —respondió, pero un minuto más tarde, cuando llegamos junto a su camioneta, me dejó en el suelo con delicadeza.

—Gracias —repuse, apartándome el pelo rebelde y estirándome la camiseta—. Por traerme en brazos hasta el coche. En realidad era justo lo que pretendía cuando te robé las llaves. Caminar es de débiles.

A Nick le cambió la expresión por completo al sonreír y negar lentamente con la cabeza mientras me miraba, divertido.

—Me ha gustado conocerte, Emilie Hornby.

Tragué con fuerza y volví a pensar en el hecho de que él no se acordaría de este día mañana. De nada de lo que habíamos vivido juntos. Mañana se despertaría y volvería a ser una completa desconocida para él.

Odiaba tanto esa realidad que me sentía cómo si algo me estuvie-se asfixiando, pero me las ingenié para que no se notase que se me estaba rompiendo el corazón al responderle:

—Igualmente, Nick Stark. Hoy he pasado el mejor día de la historia a tu lado.

Nick se puso serio de repente, pero no dijo nada. El momento se quedó ahí, suspendido entre nosotros. Su mirada recorrió mis mejillas, mi frente y mi barbilla, y me di cuenta de que los dos estábamos viviendo ese momento de dos maneras completamente distintas. Yo esperaba desesperadamente que él se acordase de este día mañana, y él estaba tratando de memorizar cada minuto que nos quedaba juntos para recordarlo con cariño en un futuro.

Porque, para él, el DSC significaba fingir que el día de hoy nunca hubiese pasado en cuanto saliese el sol mañana.

—¿Estás lista para volver a casa? —me preguntó, casi en un susurro ronco.

Y yo me limité a asentir, incapaz de hablar por lo decepcionada que me sentía.

—Em. Despierta.

—¿Ehh? —Abrí los ojos y ahí estaba Nick, sonriéndome mientras yo me despertaba de la siesta que, al parecer, me había echado con la cabeza apoyada en su hombro.

Esa cara, mierda. Era dulce, y divertida, y sexy, y yo solo tenía ganas de volverme a dormir. Apoyada en él. Para siempre.

—Ya hemos llegado a casa de tu padre —me dijo.

Eché un vistazo a través del parabrisas, todavía un tanto desorientada, y me sentí aliviada cuando me di cuenta de que había aparcado en la calle de detrás de mi casa, en vez de frente a la entrada.

—Ah. Sí. —*Por favor que no le haya babeado encima.* Me erguí en mi asiento y alargué la mano hacia la manilla de la puerta, todavía un poco adormecida por el olor de Nick y el calor que hacía en el interior de su camioneta. Me bajé de un salto y ahí estaba él de nuevo, a mi lado en medio de la fría oscuridad.

—¿Estás segura de que quieres colarte? —me preguntó, caminando a mi lado justo después de que cerrase la puerta y me dirigiese hacia la parte de atrás de la casa, donde estaba la ventana de mi dormitorio—. Parece algo arriesgado.

—No lo es. —Abrí la verja del patio y nos internamos en la propiedad. La luna brillaba en lo alto del firmamento mientras nuestros pies creaban surcos en la nieve al caminar, y me sorprendió un poco que me acompañase y no me estuviese esperando en el coche—. Mi habitación está en el sótano, y mi padre y Lisa duermen dos plantas por encima. Y él ronca como una morsa.

—Hablas como una verdadera delincuente —repuso, y mi carcajada creó una nube de vaho frente a mi rostro.

Abrí la puerta que daba al sótano y la empujé, y podía notar el calor que emanaba del cuerpo de Nick a mi espalda mientras me seguía al interior. No dijo nada mientras abría la puerta de mi dormitorio, pero en cuanto la cerré a mi espalda y nos sentimos un poco más seguros de que no nos descubrirían, me dedicó una sonrisa traviesa de oreja a oreja en la oscuridad; le di gracias al cielo por la luz de la luna que se filtraba por la ventana.

—Sí que *eres* una sociópata —susurró.

Seguí su mirada hasta mis estanterías, donde los libros estaban ordenados por colores, sin ni uno solo fuera del lugar que le correspondía, y tenía que admitir que mi cuarto era un poco… estéril. Incluso sin encender las luces. Me encogí de hombros y esbocé una sonrisa al mismo tiempo que abría el cajón de mi mesilla y sacaba las llaves de mi abuela.

—¿Eso es…? —Señaló hacia mi armario, con las cejas enarcadas—. ¿El armario? ¿Dónde vive la famosa caja de confesiones?

Que se acordase de lo que le había contado hizo que mi corazón empezase a dar volteretas. Era como si Nick me viese, a mí, al completo, y eso me enternecía. Asentí y le dediqué una sonrisa avergonzada.

—¿Quieres verla? —le pregunté.

—Deja de intentar engatusarme para que juegue a «siete minutos en el cielo» contigo —susurró, mirándome con picardía—. *Pues claro* que quiero verla.

Abrí la puerta del armario, encendí la bombilla que tenía en su interior y señalé hacia la caja.

Entró en mi armario-vestidor y yo me adentré tras él. Mi mente vagó inmediatamente a lugares mucho más íntimos al cerrar la puerta en silencio a nuestras espaldas; estábamos tan, pero tan solos, en silencio, en medio de mi armario en el sótano. Por suerte, antes de que pudiese pensar demasiado y morir de un ataque al corazón, Nick se volvió hacia mí y esbozó una sonrisa sorprendida.

—Vaya —comentó—, tu armario también está ordenado por colores. *¿Eres* una loca del orden?

—No, pero me gusta saber dónde está cada cosa, y este sistema me lo pone fácil.

—Puede que en estos momentos me des algo de miedo —susurró.

—Entonces quizás no deberíamos sacar la caja de confesiones.

—Por favor, enséñamela —dijo, llevándose la mano al corazón—. Prometo portarme bien.

Se me escapó una risita silenciosa al mismo tiempo que me estiraba para sacar la caja de zapatos de su escondite a su espalda. Él me pinchó en las costillas mientras seguía de puntillas, y yo tenía tantas cosquillas que casi me caigo encima de él mientras la agarraba. Oí su risa, profunda y susurrándome en el oído, estaba tan cerca…, y en ese momento me di cuenta de que me encantaba estar en mi armario con él.

Sobre todo cuando me susurró contra el cuello:

—Tu perfume me está volviendo loco, te lo juro. Tenemos que darnos prisa.

Su comentario me hizo contener la respiración al mismo tiempo que me daba la vuelta y le tendía la caja.

—Aquí está.

Él entrecerró los ojos.

—¿Una caja de zapatos? ¿En serio? Me había imaginado algo mucho más interesante.

—Está de incógnito. Escondida a plena vista y todas esas cosas.

Nick me quitó la caja y llevó la mano hacia la tapa.

—¿Puedo...?

Yo puse los ojos en blanco y asentí. De repente, me puse demasiado nerviosa al permitir que alguien viese por primera vez todas las veces que había sido vulnerable en el pasado pero, en cambio, segura de que podía compartirlas con Nick, de que con él siempre estaría a salvo.

La abrió y sacó uno de los papelitos. Leyó lo que ponía y después alzó la mirada hacia mí.

—¿Lanzaste patatas a la piscina de tus vecinos?

—Estaban fuera de la ciudad y me aburría. Quería comprobar si podía lanzarlas hasta su piscina desde nuestra terraza.

—¿Y? —Me estaba mirando como si estuviese a punto de confesarle que había asesinado a alguien.

—Y sí que podía. Colé quince patatas seguidas.

Me dedicó una sonrisa enorme.

—¿Te descubrieron?

—Nadie sospechó jamás de mí.

Volvió a meter la mano en la caja y sacó otro papelito. Justo al leerlo se empezó a carcajear con ganas y yo tuve que hacerlo callar también entre risas, esperando a que me dijese qué era lo que había leído.

—¿Subiste un vídeo cantando a YouTube y tiene cien mil visitas? —me preguntó todavía entre carcajadas.

Asentí y me mordí el labio inferior, intentando contener la risa.

—Tenía doce años. No está escrito mi nombre por ninguna parte y llevaba puesto un disfraz, así que jamás lo encontrarás.

—Pero me lo enseñarás, ¿no?

—Quizás algún día. —Me encogí de hombros, intentando sonar como si, en realidad, no me importase y estuviese coqueteando un poco con él, pero saber que mañana no recordaría nada de esto lo convertía en una tarea casi imposible—. Tienes que *ganarte* ese privilegio —añadí.

—¿Ah, sí?

La manera en la que lo dijo, en apenas un susurro y con ese calor en su mirada, me robó el aliento.

Así que respondí solo asintiendo con la cabeza.

—Al menos dime qué canción era. —Volvió a meter el papelito en la caja y me preguntó con una sonrisa en la cara—: ¿Qué canción cantó la pequeña rata de biblioteca loca del orden?

Carraspeé antes de responder:

—«Lose Yourself» de Eminem.

Nick ni siquiera pestañeó.

—Estás de broma.

Alcé la barbilla, orgullosa, y clavé mi mirada en la suya, lo que le hizo esbozar una sonrisa incrédula y negar con la cabeza.

Siguió leyendo algunas confesiones más, pero tuve que quitarle la caja cuando se carcajeó al descubrir que había usado la tarjeta de crédito de mi padre para mandarle flores a Justin Bieber a su habitación de hotel, y me daba miedo que despertásemos a mi padre con nuestras risas. Y justo cuando estaba volviendo a esconder la caja en su sitio, escuchamos unos pasos en la planta de arriba y los dos nos quedamos helados.

Esperando.

Quien quiera que estuviese despierto ahí arriba parecía estar paseando de arriba abajo, o caminando en círculos.

—Vámonos ya —susurré, después de unos minutos.

—¿Estás segura? —me respondió también en un susurro.

Me encogí de hombros, acordándome de que era el DSC. Había habido momentos ese día en los que me había centrado por completo en que era el Día Sin Consecuencias y, sin embargo, en otros, me había olvidado de ese hecho por completo.

Pero el resumen de todo esto era que el mañana no importaba, así que lo único que tenía era el hoy.

Esta noche era mi todo.

Nick me dio la mano y salimos de mi casa sin hacer ni un ruido. Para cuando llegamos a casa de la abuela Max agradecí en silencio haberme acercado a casa de mi padre a buscar las llaves, porque estaban todas las luces apagadas, como si ya se hubiese ido a dormir.

Nick me observó bajo la luz amarillenta del porche mientras yo metía las llaves en la cerradura. Abrió la boca, como si fuese a decir algo, pero solo pudo soltar un «Bueno» justo antes de que le tapase la boca con la mano por segunda vez ese día. Si no se iba a acordar de nada mañana, estaba decidida a decirle lo que sentía por él.

—Te quiero, Nick Stark. —Parpadeé rápidamente y me sorprendió descubrir que tenía los nervios a flor de piel. Se me formó un nudo en la garganta antes de seguir hablando—. Esto no importará mañana y será como si jamás lo hubiese dicho pero, en *este* día de San Valentín, me he enamorado de ti.

Tensó la mandíbula, apretándola y relajándola constantemente, y yo observé cómo su nuez subía y bajaba al tragar.

—Pero solo hoy, lo prometo —susurré—. Mañana todo habrá desaparecido.

Me miró como si se sintiese frustrado y confuso, pero como si también se hubiese enamorado de mí a su pesar, y sentí como si una fuerza gravitatoria tirase de mí hacia él.

Y entonces bajó la mirada hacia su reloj. Y pulsó un botón.

—Vamos —dijo, tomándome de la mano y sacándome del porche. Iba casi a la carrera, arrastrándome hacia la zona a oscuras a un lado de la casa de mi abuela, donde la luz del porche ni las farolas de la calle lograban alumbrar. Caminamos con la nieve crujiendo bajo nuestras pisadas, y entonces se volvió hacia mí, apresándome entre su cuerpo y el frío revestimiento de la casa.

Con su rostro pegado al mío.

—¿Qué estás haciendo? —le pregunté con la voz temblorosa.

—Solo nos quedan siete minutos.

Estaba mareada por la intensidad de su mirada.

—¿Y?

Pegó su cuerpo al mío, deslizando las manos por mis mejillas, respirando sobre mis labios.

—Solo me vas a querer siete minutos más.

Alcé las manos y las coloqué sobre su mandíbula. Él acercó su rostro un poco más.

—Entonces, hagamos que esos siete minutos valgan la pena —susurré contra sus labios.

Nick no podía saber que, para él, mañana nada de esto habría pasado, pero me besó como si solo nos quedasen siete minutos antes de que se acabase el mundo. Sus caricias en la espalda, con sus dedos deslizándose suavemente por mi piel, colándose debajo de mi jersey. Este era Nick Stark, esas eran sus manos, seguras de lo que estaban haciendo, y, en ese momento, mi corazón le pertenecía por completo.

Su corazón latía con fuerza bajo mis dedos, con nuestros cuerpos completamente pegados, como si fuésemos uno. Y entonces, en lo que dura un parpadeo, todo cambió. El beso no se volvió más lento, sino mucho más hambriento. O quizás solo fuese cosa mía, porque era consciente de que este momento que estábamos compartiendo desaparecería en cuanto volviese a salir el sol, pero todo cobró más intensidad, cada caricia tenía más significado, como si estuviese impregnada de emoción.

Nick siguió besándome sin parar, con ligereza, pero abrió los ojos lentamente. Me sentía mareada al mirarlo fijamente, sus ojos azules me hacían perder la cabeza. Sus manos seguían deslizándose con pereza por mi espalda, pero sus dedos trazaban pequeños patrones suavemente por mi columna. Esbozó la más pequeña de las sonrisas y susurró mi nombre contra mis labios, y entonces...

—Mierda.

Dio un paso atrás y dejó caer las manos a los costados. Tardé un segundo en escuchar la alarma y comprender lo que estaba pasando.

Se nos habían acabado los siete minutos.

El DSC se había terminado.

Deslizó las manos con suavidad por mis mejillas, bajando la mirada hacia mi rostro, como si estuviese desorientado.

222 • MEJOR QUE AYER

—Por Dios —soltó—. Yo no quiero esto, Hornby.

—¿Qué? —Tragué con fuerza y sacudí la cabeza—. Oh. Lo sé. No tiene importancia.

—¡Emilie! —La voz de mi abuela resonó desde el patio delantero—. ¿Estás ahí? Tus llaves están en la puerta y hay una camioneta aparcada ahí enfrente. Voy a llamar a la policía si no te oigo...

—Estoy aquí, abuela —respondí en un grito. Nick y yo nos alejamos todavía más y estiramos nuestra ropa con las manos.

»Escucha, Nick...

—Vamos, antes de que tu abuela llame a la policía —me interrumpió. Me dio la mano, y me llevó al patio delantero. Yo lo seguí, todavía intentando procesar qué era lo que acababa de ocurrir, y cuando llegamos al porche mi abuela nos observó enfadada, con el ceño fruncido.

—Abuela, este es Nick Stark —dije, rezando en silencio por no tener los labios hinchados después de ese beso—. Nick, esta es mi abuela Max.

—Encantado de conocerla —repuso.

—Por favor, sal de mi porche —respondió ella.

Él asintió y le sonrió como si apreciase que fuese tan directa antes de volverse hacia su camioneta y marcharse. Yo me quedé ahí de pie, observándolo, mientras mi mente rememoraba cada pequeño detalle de todo lo que habíamos hecho ese día tan increíble.

—Te voy a matar por la mañana, cariño —me dijo mi abuela, abriendo la puerta y entrando en su casa—. Pero antes necesito descansar un poco.

Yo me quedé de pie en el porche, deseando que la noche no terminase nunca.

—Te quiero, buenas noches, abuela.

—Buenas noches a ti también, pequeño grano en el culo.

Y entonces, cuando entré y me quité los zapatos, me di cuenta de que seguía llevando puesta la chaqueta de Nick.

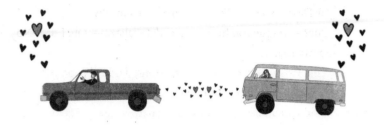

CONFESIÓN N.º 17

En sexto pasé por una fase en la que me ponía la misma camiseta todos los días, solo para ver si alguien se daba cuenta. Nadie se dio cuenta, así que desistí después de llevarla durante dieciséis días seguidos.

—¡Despierta, Emilie!

La voz de mi padre me despertó de golpe. El corazón me latía con fuerza cuando entreabrí los ojos e intenté verlo con la lámpara encendida tras él.

—¿Qué hora es? —pregunté.

—Excèlente pregunta, Em. —Su voz retumbó contra las paredes—. Es la una y cuarto de la mañana.

—¿Qué? —Me senté en la cama de golpe, apartándome el pelo de la cara y buscando a tientas las gafas que tenía en mi mesilla de noche—. ¿Qué pasa?

—¿Que qué *pasa*? —Tenía la cara tan roja como un tomate, y alzó un poco más la voz—. Lo que pasa es que has estado ignorando mis mensajes y yendo por ahí sin decirme dónde estabas. ¡Hemos tenido que llamar a todos tus amigos preguntando por ti y estábamos a punto de llamar a la maldita policía porque creíamos que podías estar muerta!

Espera. *¿La una y cuarto?*

—¿Ya no es el día de San Valentín?

Mi padre soltó un bufido.

—¿Es que no me estabas escuchando cuando te he dicho que era la una y cuarto? Recoge tus cosas, nos vamos. *Ahora mismo.*

—Thomas, tienes que sentarte un...

—No, no tengo que sentarme y relajarme, mamá. Mi hija no volvió a casa anoche y estaba muerto de preocupación. —Mi padre literalmente le escupió las palabras a mi abuela, alzando la voz mucho más de lo que la había alzado jamás—. Debería haber sabido que estaría aquí.

O en el armario del sótano, justo bajo tus pies, en tu casa, con Nick Stark.

—Ah, vale, genial. —Mi abuela se cruzó de brazos—. Supuse que sabías que estaría aquí. La pobre siempre viene aquí porque es invisible para ti y para Beth.

—Ahórratelo. —Mi padre se volvió para mirarme—. Recoge tus cosas y vístete, ahora.

Salí de la cama todavía un tanto adormilada, recogí mis cosas y salí corriendo hacia el baño. Cerré la puerta a mi espalda y saqué el teléfono de mi mochila tratando de no hacer ruido.

—¿Dónde está mi coche? —me gritó mi padre a través de la puerta—. Supongo que aparcado en la calle, donde cualquiera lo puede rayar, ¿no?

—Eh, no exactamente. —Dejé el teléfono lentamente en el borde del lavabo, abrí la puerta y deseé que hubiese algún modo de soltar lo que tenía que decir sin que pareciese tan malo. Me mordí el labio inferior con fuerza y me volví hacia mi abuela, eludiendo la mirada de mi padre—. Me pararon por exceso de velocidad y confiscaron el coche. Tengo un panfleto con toda la información sobre cómo recuperarlo...

—¿Han *incautado* el coche? —Vale, *eso* sí que era lo más alto que había hablado nunca. Se llevó las manos a la cabeza y me miró como si acabase de confesarle que había asesinado a alguien—. ¿A qué velocidad ibas?

Tragué con fuerza.

—Eh...

—Ve a cambiarte, Emilie. —Mi abuela se interpuso entre mi padre y yo y me miró con los ojos abiertos como platos—. Ahora.

Cerré la puerta del baño y suspiré al mismo tiempo que oía cómo mi abuela discutía con él antes de llevarlo a la planta baja. Tomé mi teléfono, intentando enchufarlo al cargador con las manos temblorosas, y esperé a que se encendiese para poder ver la fecha en el calendario. Porque... ¿de verdad era quince de febrero?

Podía sentir cómo mi corazón latía acelerado y me palpitaba la vena del cuello, al mismo tiempo que la manzanita de mi teléfono se encendía y la pantalla se iluminaba, mostrándome la fecha de hoy.

Mierda. *Sí* que era 15 de febrero.

Me quité los pantalones de pijama que guardaba en casa de mi abuela rápidamente y me puse los pantalones de cuero que había llevado el día de ayer, sin comprender qué estaba pasando, cuando la realidad me golpeó de lleno en la cara. Empecé a recordar pequeños destellos de imágenes de todo lo que había hecho el día anterior.

Yo robando el Porche, encarándome a Lallie, Lauren y Nicole, rompiendo con Josh a través de la megafonía del instituto, dejando mi trabajo por mensaje, etiquetando a dichas personas en una foto que me había sacado del tatuaje y que después había subido a redes sociales...

Me entraron ganas de vomitar.

Entonces bajé la mirada a mi antebrazo. Oh, no. *No, no, no.* Retiré el papel film que lo cubría y contuve el aliento.

«*I had a marvelous time ruining everything*».

Dios, tenía un tatuaje. Un tatuaje en el que ponía *eso*.

—Por Dios. —Alcé la mirada hacia el espejo y la clavé en mi reflejo.

¿Qué demonios había hecho?

CONFESIÓN N.º 18

Se me pincharon las ruedas del coche tres veces el año pasado.
Todo porque, en las tres ocasiones, no estaba prestado atención y
me choqué contra un bordillo.

—Tu madre está aquí… simplemente fantástico.

Aparcamos frente a la casa de mi padre y sentí cómo me flaqueaban las piernas cuando me fijé en el coche de mi madre, aparcado de mala manera en la esquina, como si hubiese entrado a toda velocidad al vecindario y hubiese dejado tirado el coche donde primero hubiese visto, antes de salir corriendo hacia la casa.

Cuando entramos, ahí estaba ella, de pie en medio de la cocina, de brazos cruzados y, en cuanto nos vio cruzar la puerta, me señaló directamente con su dedo índice.

—Emilie Elizabeth —siseó, apretando los dientes—, vete a buscar lo que necesites de tu cuarto. Te vienes conmigo a casa. ¡Ahora!

—Por el amor de Dios, Beth, ¿puedes calmarte un momento? —Mi padre soltó sus llaves sobre la encimera y parecía estar completamente agotado. Yo me sentía culpable por ser el motivo de ese cansancio y de sus preocupaciones, sobre todo porque se había negado a decirme ni una sola palabra en todo el trayecto.

En cuanto salimos de casa de la abuela me las apañé para soltar un «Yo…» antes de que me interrumpiese, ladrándome un: «No me hables, Em».

Me pasé el resto del trayecto de solo tres minutos pensando en todo lo que había hecho en el DSC. Mis recuerdos estaban algo borrosos después de haber tenido que vivir tantas veces el día de San Valentín, y no estaba al cien por cien segura de que hubiese ocurrido de verdad.

Porque no podía haber pasado todo eso, ¿no? Quiero decir, una persona no repetía un día aleatorio porque sí en la vida real. Seguro que tenía que haber alguna explicación lógica. Quizás todo había sido un sueño tras otro, como si hubiese estado soñando *con* días que se repiten sin parar.

—¿Me estás tomando el pelo? ¿Que me *calme*? —Mi madre nos observaba con los ojos entrecerrados y parecía más que dispuesta a discutir. Llevaba puesto un pijama de franela de Ralph Lauren y tenía el cabello recogido en una coleta alta y apretada. El leve olor de su crema hidratante ocupó la cocina y me golpeó de lleno, lo que me provocó una mezcla de nervios y nostalgia—. Me cuesta calmarme cuando tu pasotismo paterno ha hecho que nuestra hija se portase como una delincuente en el instituto y no volviese a casa anoche.

—Shh. —Lisa, que estaba en ese momento sentada a la mesa de la cocina, sacudió las manos en el aire para recordarnos a todos que los chicos estaban durmiendo.

—Oh, venga ya, sabes perfectamente que no soy un padre pasota. —Mi padre bajó la voz y se pasó los dedos por el cabello revuelto—. Emilie es una adolescente. Los adolescentes a veces toman decisiones estúpidas. Solo porque hiciese lo que ha hecho *no* significa que…

—¡Sí, sí que lo significa!

—¡Chicos, shhh! —Lisa señaló hacia la escaleras que llevaban a los cuartos de los mellizos.

—No, no lo significa, maldita sea —gritó mi padre en un susurro—. Sé que tú eres perfecta, Beth, pero el resto de nosotros, incluida tu hija, no lo somos. ¿Es que no puedes ser racional…?

—¡No te *atrevas* a llamarme irracional cuando eras tú el que no lograba localizarla!

—¡Shhh!

—¡Shh, *tú*, Lisa, por el amor de Dios! —Mi madre desistió en intentar controlar su volumen de voz y se volvió hacia mí para ladrarme—: Vete a buscar tus cosas, *ahora mismo*; mañana, *hoy*, te toca conmigo, al margen de todas estas tonterías.

Yo seguía de pie en la entrada de la cocina, completamente paralizada por su pelea. Me volví hacia mi padre y él asintió con la cabeza, así que me fui corriendo a mi dormitorio. Parpadeé rápidamente, tratando de mantener a raya las lágrimas mientras metía mi ropa en la mochila; ya era demasiado mayor como para llorar porque mis padres discutiesen, ¿no?

Hacía mucho tiempo que no se peleaban así. Y *odiaba* cuando yo era el motivo por el que discutían y fingían que yo no estaba presente. Como si solo fuese un objeto en vez de una hija a la que se suponía que debían querer.

Por suerte, había descubierto a una edad muy temprana que podía mitigar muchas de sus peleas siempre que tuviesen que ver conmigo. Haciendo todo lo posible por complacer a cualquiera de los dos que estuviese más enfadado en ese momento, y a menudo conseguía que dejasen de pelear.

Era mi superpoder, por así decirlo.

Por desgracia, esta vez, mi superpoder no iba a servirme de nada.

Bajé corriendo las escaleras y, en cuanto entré en la cocina, escuché cómo mi madre le decía a mi padre:

—Pienso presentarme en el despacho de mi abogado mañana a primera hora, Tom. Y voy a pedir que modifiquen nuestro acuerdo de custodia porque, después de esto, de *ninguna* manera pienso dejar que te visite cuando te mudes a Texas.

—Ni siquiera había podido decírselo…

—Mejor.

—Beth —siseó entre dientes—. Has perdido por completo la cabeza si crees que porque Em se haya olvidado de mandarme un mensaje para decirme dónde estaba vayas a poder quitarme su custodia.

Desde el piso de arriba, y a través del monitor para bebés que había en la mesa de la cocina, escuchamos el llanto somnoliento de Logan. Lisa se volvió hacia mis padres, taladrándolos con la mirada, pero un segundo después se volvió hacia mí, acusándome de nuevo de haberlo estropeado todo antes de levantarse y marcharse escaleras arriba.

Logan lloró con más ganas a través del monitor, y los tres nos quedamos ahí de pie, observándolo, escuchando.

—Vamos, Emilie. —Mi madre tenía las llaves de su coche en la mano—. Nos vamos.

—Eh. —Me aclaré la garganta—. Ahora salgo. Me he dejado una cosa.

—Tienes un minuto.

Salió por la puerta como un tornado y yo me volví hacia mi padre.

—Hablaré con ella. Le haré…

Él alzó una mano, silenciándome.

—Vete antes de que vuelva a entrar.

Tragué con fuerza.

—Lo siento, papá.

Entonces por fin me miró a los ojos, y había tanta decepción en su expresión que las lágrimas terminaron por nublarme la vista.

—No tienes ni idea de lo que acabas de hacer, hija —dijo, tragando con fuerza y dedicándome con una mueca triste.

En cuanto llegamos a casa de mi madre, empezó a echarme una bronca de cuarenta y cinco minutos, dejando claro lo irresponsable que era. Al parecer, a *ella* no le preocupaban en absoluto ni su marido ni su perro, que estaban durmiendo, porque sus gritos se podrían haber oído por todo el vecindario.

Me quitó el móvil y me dijo que estaba más castigada de lo que nadie lo había estado jamás. Sin amigos, sin móvil, sin biblioteca, sin coche… básicamente, estaba bajo arresto domiciliario. Solo podía salir para ir al instituto y volver, andando.

Me castigó hasta sin leer.

En serio.

—Te he quitado todos los libros que tenías en tu cuarto, y ni siquiera se te ocurra sacar alguno de la biblioteca. —Se cruzó de brazos y me miró disgustada—. Es un castigo un tanto extraño, pero no sé por qué me da la impresión de que no te importaría en absoluto estar castigada y confinada si es que tienes algo para leer.

Incluso cambió la contraseña del Wi-Fi para que no pudiese conectarme a internet y me dijo que había incluso llamado al pueblo de Boystown para que le contasen todos los detalles sobre cómo podía mandar a una niña «problemática» a vivir allí una temporada. Sabía que solo se estaba desahogando y que iba de broma, pero cuando mi madre se enfadaba, nunca sabías qué es lo que era capaz de hacer.

Y tampoco podía culparla por enfadarse. Quiero decir, me *había* ido a dormir a casa de la abuela sin decírselo a nadie, lo que les había preocupado y obligado a tener que pasarse horas llamando a todos aquellos que me conocían.

Me fui a la cama, pero no conseguí pegar ojo. Mi cerebro estaba pensando en tantas cosas a la vez que me era imposible desconectarlo por completo.

En primer lugar, no podía dejar de preguntarme *por qué*. ¿Por qué había tenido que experimentar yo esta anomalía cósmica en la que mi día se repetía como si fuese la protagonista de una película? Porque aunque me encantaría poder dejar de pensar en ello sin más, como si jamás hubiese pasado, la realidad era que sí que había ocurrido.

Había ocurrido.

Ya fuese porque estuviese en un estado de conciencia alterado, como cuando tienes algún tipo de contacto con las drogas o te despiertas después de un sueño largo y extraño, o porque había sido real, había vivido varios días de San Valentín.

No me estaba volviendo loca.

Entonces… *¿por qué?*

Di vueltas en la cama sin parar, pensando en qué podría haber desencadenado esta experiencia tan extraña, aunque al final ese pensamiento se vio sobrepasado por el hecho de lo que me esperaba por la mañana. Porque a cada minuto que pasaba recordaba algo más, algo peor, que había hecho en el DSC. Todas las cosas que había hecho, lo que había dicho, la gente a la que sin duda había enfadado.

¿Cómo iba a poder ir al instituto por la mañana?

¿Existía alguna manera de poder cambiar mi aspecto para que nadie me reconociese? ¿Me podría cambiar de instituto antes de mañana? Escondí la cara en la almohada y solté un gruñido porque, a menos que hubiese tenido un accidente que me impidiese caminar, mi madre no me dejaría ni de broma faltar al instituto.

Y no estaba exagerando en absoluto.

Podría estar vomitando sin parar por la mañana y ella, aun así, me diría que me llevase una bolsa zip para vomitar en clase y así no me perdiese nada. «Cada vez que vomites, Emilie, piensa en cómo podrías haber evitado verte en esta situación. Eso te dará una buena lección».

No tenía forma de salir de esta. Iba a tener que ir al instituto y permitir que me dejase en ridículo todo el cuerpo estudiantil del instituto Hazelwood. Lauren, Lallie y Nicole iban a acabar conmigo de la manera más pública que ideasen, armando un espectáculo, y nadie era lo bastante estúpido como para poner en peligro su estatus social por enfrentarse a esas chicas solo por defenderme.

Todos se les unirían solo para salvarse el culo. ¿Y quién podría culparlos?

Y no tenía ni idea de qué podía esperar de Nick.

Solo pensar en él junto a la casa de mi abuela me mareaba. Había pasado un día perfecto a su lado, uno que había terminado con una sesión de besos super sexy que había durado siete minutos, pero cada uno de los segundos que habíamos pasado juntos habían estado supeditados a la fecha de caducidad del DSC.

¿Qué pasaría el día después? ¿Fingiría que no había pasado nada o sería el mismo que había sido cuando estábamos juntos en la azotea del viejo edificio de apartamentos en el que había vivido su hermano?

No sé a qué hora conseguí quedarme dormida, pero a las tres y cuarto de la mañana seguía ahí, tumbada en mi cama, bien despierta, oscilando entre los recuerdos maravillosos de lo que había compartido con Nick Stark y los posibles futuros dignos de pesadilla que me esperaban en el instituto.

Cuando me desperté a las seis, salí de la cama de un salto y bajé las escaleras sin mirar la agenda. Que le diesen a planificarlo todo.

La casa estaba desierta, en completo silencio, y yo aproveché para practicar mis argumentos porque tenía que echarle agallas. Después del instituto tenía que hallar la manera de que mi madre me escuchase de verdad. Deseaba con todas mis fuerzas que mi padre tuviese razón en lo que había dicho de que no tenía suficientes motivos como para que le retirasen mi custodia, pero se me revolvió al estómago al pensar en todo lo que todavía no sabían.

¿Tendría algo para respaldar su demanda si se enterase de lo de mi multa por conducción temeraria?

No podía soportar la idea de no volver a ir a casa de mi padre; su casa se parecía mucho más a un *hogar* que la de mi madre. Incluso si se mudaba y me dejaba atrás, sabía perfectamente que me enviaría billetes de avión para que pudiese ir a visitarlo constantemente. Pero si mi madre lograba convencer al juez de que era una mala influencia, solo Dios sabía con qué frecuencia, si es que era posible acaso, podría ir a visitarlo hasta que cumpliese los dieciocho.

Saqué los platos limpios del lavavajillas, puse la lavadora y me preparé para ir al instituto. Estaría mintiendo si dijese que no me pasé una hora de más peinándome y maquillándome esa mañana. Quería que Nick me mirase de *esa* manera cuando me viese en clase de química, y si ponerme un poco de máscara de pestañas y brillo de labios servía para que volviese a mirarme así, estaba más que dispuesta a usar todas las armas que tenía a mi disposición.

Por desgracia, no me di cuenta hasta que estaba a punto de salir de casa de que, como estaba castigada sin mi teléfono móvil, no podía llamar a Roxane o a Chris para que me recogiesen. Iba a tener que ir caminando hasta el instituto, y eso, por sí solo, ya me parecía suficiente castigo.

Miré el termómetro que había colgado en el exterior de la ventana de la cocina. Menos diez grados.

Fantástico.

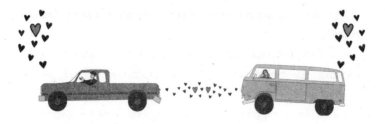

CONFESIÓN N.º 19

El verano pasado estuve a punto de ahogarme en el río Platte un día en el que mis padres no se habían dado cuenta siquiera de que me había ido. Gracias a Dios que Rox era buena nadadora.

En cuanto crucé la puerta principal del instituto Hazelwood cualquier pequeña esperanza que hubiese podido tener de que la gente no recordase el día de ayer se esfumó.

Me desabroché el abrigo y me quité los guantes y el gorro, completamente congelada y echando desesperadamente de menos mi furgoneta Astro. Alcé la mirada y me topé con dos personas junto a dirección, dos chicas a las que no conocía de nada, que estaban murmurando y mirándome entrar.

Delante tenía a un grupo de cuatro chicos, iban vestidos como si no les importase su aspecto en absoluto, no entendía por qué se me habían quedado mirando, porque en realidad no los conocía, pero se dieron la vuelta y todos me sonrieron y se rieron, como si estuviesen de mi parte. Como si hubiese hecho algo divertido que aprobasen.

Me puse roja como un tomate, fijándome en que todo el mundo me estaba mirando. Todos, todo el maldito mundo. La chica que estaba en la tienda de golosinas, los chicos que estaban junto a la vitrina de trofeos, los mateatletas que estaban junto al despacho de orientación; todos los ojos del instituto estaban puestos en mí.

Fingí no darme cuenta y me encaminé hacia la seguridad de mi taquilla.

—¡Dios, Em, eres mi heroína! —Chris se acercó a mí por la espalda y juro que jamás me había alegrado tanto de verlo—. Te prometo que no me puedo creer que lo hayas hecho. Aunque el tatuaje quizás es demasiado locura, pero el hecho de que hayas tenido las agallas de hacértelo, ¡y de etiquetar a Josh en la foto que subiste!... Me has dejado sin palabras.

—Yo tampoco puedo creérmelo. —Eché un vistazo a mi alrededor y nadie parecía estar prestándonos atención, gracias al cielo. Chris me sonreía de oreja a oreja, lo que me recordó que tenía una pregunta que hacerle—. ¿Qué tal con Alex?

—Em, escúchame. Tuvimos la noche *perfecta*. Vino a mi casa, y era como si hubiésemos quedado cientos de veces antes. Quiero decir, era todo *tan* normal, hablar y ver películas sin más. Y entonces —dijo, bajando la voz y echando un vistazo a su espalda, con los ojos abiertos de par en par y llenos de felicidad—, cuando lo acompañé hasta su coche, me estampó contra el lateral de su CR-V plateado y me besó como... como...

—¿Como si se estuviese muriendo de hambre y tú fueras de lo único de lo que pudiese alimentarse?

Se quedó boquiabierto con mi respuesta y soltó un gritito.

—Eso parece algo sacado de *Crepúsculo*, pero lo has clavado... ¡fue exactamente así!

—¡Calla!

—¡No puedo! —Estaba dando pequeños saltitos, y yo me uní a su celebración, porque nada me hacía más feliz que ver cómo Chris encontraba el amor. Se merecía vivir todos esos momentos de película—. Y ya me ha mandado un mensaje hoy para decirme que no puede dejar de pensar en mí.

—Pues claro que no puede; besas de cine.

—Ya te gustaría saberlo de primera mano.

—No necesito saberlo de primera mano cuando ya te has encargado tú de decírmelo un millón de veces.

—Pero es cierto. —Se inclinó un poco hacia mí, como si fuese a contarme un secreto—. Es mi especialidad.

—Todos tenemos un montón de especialidades.

Chris puso los ojos en blanco.

—No te atrevas a citar *Pretty Woman* para responderme cuando me estoy volviendo loco por la maravillosa cita que he tenido.

—Sigue hablando, entonces.

—¿Te he contado que vamos a ir juntos después de clase a Village Pointe a comprar vaqueros?

Eso me hizo soltar un bufido.

—¿En serio? Quiero decir… Ir a comprar vaqueros es lo peor, ¿no crees?

—Céntrate, Em. Quiere ir. —Me sonrió de oreja a oreja, totalmente borracho de amor—. ¿Es demasiado pronto para decirle que… ya sabes… la palabra que empieza con Q?

«Te quiero, Nick, pero solo por hoy». Negué con fuerza con la cabeza.

—En absoluto.

—Tengo que irme —dijo, echándole un vistazo a su teléfono.

—Oye, ¿me puedes llevar a casa después de clase?

—Claro —repuso, alejándose por el pasillo. Pero antes de desaparecer entre la multitud me gritó sin volverse a mirarme—: Quedamos luego en mi taquilla.

Me pasé las primeras clases fingiendo no darme cuenta de que todas las miradas estaban puestas en mí. Les ignoré a todos y repasé mentalmente todos los momentos que había vivido con Nick el día anterior, eligiendo concentrarme en lo bonito en vez de en el desastre total que se me avecinaba. Oí cómo decían mi nombre por los pasillos entre clases, pero fingí no hacerlo y conté los minutos que faltaban para la clase del señor Bong.

De camino a mi tercera clase vi a *esas* chicas caminando hacia mí. Lallie estaba hablando con las otras dos, que caminaban junto a ella, manteniendo lo que estaba segura de que debía de ser una conversación de lo más estimulante. Los pasillos estaban a rebosar, porque estábamos en el descanso que teníamos entre clases y, cuando Lauren se volvió y me miró directamente, fue como si el tiempo se deslizase a cámara lenta a mi alrededor.

Oh, no, me van a dejar por los suelos.

Hice lo que cualquiera en mi situación habría hecho. Me volví a mi derecha y abrí la puerta del auditorio. Dentro todo estaba a oscuras, con solo unos pocos focos encendidos en el escenario, y me deslicé en silencio junto a la pared al mismo tiempo que la puerta se cerraba a mi espalda.

¿Me seguirían aquí dentro? Oí el timbre mientras recorría la última fila de butacas del teatro y me arrastraba para esconderme detrás de la enorme caja que usaban para guardar el atrezo. El corazón me latía revolucionado mientras esperaba en cuclillas detrás de la caja, preguntándome si ya no podía caer más bajo.

Escuché algunas voces acercándose al tiempo que me agazapaba detrás de la caja, estaba claro que iba a empezar una clase de música, y mi corazón latía acelerado porque no tenía ni idea de qué podía hacer. *Mierda, mierda, mierda.* Mi comportamiento no era muy normal, ¿verdad? La gente no solía desaparecer porque sí a mitad de una jornada escolar.

—Vale, vale, sentaos —escuché que decía alguien, una mujer, que sonaba bastante como una profesora, y cuya voz rebotaba por las paredes del auditorio—. Sé que todos estáis emocionados así que, si estáis listos, empecemos desde el principio y veamos cómo vamos.

Me temblaban las piernas cuando la música empezó a reproducirse por los altavoces. El sonido me hizo pensar que quizás nadie me oiría si me deslizaba hacia la puerta en silencio, pero en cuanto eché un vistazo sobre una de las esquinas de la caja, supe que estaba perdida.

Porque en ese preciso instante, una quincena de estudiantes del coro pop irrumpieron en el escenario y empezaron a ensayar «Summer Nights». Todas y cada una de esas superestrellas me verían si salía de mi escondite.

Mierda.

No solo me iba a meter en problemas por haberme saltado la clase en la que se suponía que tenía que estar, sino que encima iba a tener la cancioncita del primer encuentro entre Sandy y Danny metida en la cabeza todo el día.

Me dejé caer en el suelo y me puse cómoda.

Resultó que no se les daba nada mal. Su ruidosa interpretación de *Grease* me hizo olvidar por un momento que mi vida se iba a pique mientras tarareaba al son de «Hopelessly Devoted to You», porque la canción era de lo más pegadiza, ¿quién me lo iba a decir? Cuando por fin sonó el timbre y el auditorio empezó a vaciarse lo suficiente como para que pudiese salir de mi escondite sin que nadie se fijase en mí, estiré las piernas, que se me habían quedado acalambradas, y salí pitando de allí.

Por desgracia, en cuanto abrí la puerta del auditorio, me choqué de lleno con Josh.

—¡Ah! —Di un salto hacia atrás, todavía sintiendo su contacto incluso después de que me hubiese apartado.

—Emilie. —Josh abrió y cerró las fosas nasales, enfadado, y sus ojos recorrieron mi rostro—. ¿Qué estabas haciendo en el auditorio?

—Yo, eh…

—¿Sabes qué? Me da igual. —Me agarró del brazo al mismo tiempo que decía—. Ven aquí. —Tiró de mí hacia el pasillo con las vitrinas llenas de trofeos, alejándome del resto de los estudiantes que llenaban los pasillos. Se acercó un poco más y me habló en un susurro cabreado—. ¿Qué demonios *pasó* ayer, Em?

Carraspeé para aclararme la garganta. ¿Qué podía responder a eso? «Eh, ¿no sabía que el día quince terminaría llegando de verdad?». «¿Te vi besando a alguien pero ya no sé siquiera si eso fue real o producto de mi imaginación?». Claro, como si al soltar eso no fuese a pensar que estaba loca.

—Pensaba que…

—Todo iba bien cuando nos vimos esa mañana junto a mi taquilla, ¿y después, de repente, te dio por dejarme porque sí y humillarme delante de todo el mundo por megafonía? ¿Y lo del tatuaje? ¿Quién hace algo así?

Tenía el rostro un tanto sonrojado y parecía herido. Triste, en realidad, mientras me observaba como si de veras estuviese esperando a que le diese una respuesta razonable. Respiré hondo antes de responderle.

—Escucha, Josh, sé que parece…

—¿Que eres una auténtica imbécil?

Vaya. Era la primera vez que un chico al que había querido me llamaba algo así, y dolía, me hacía sentir sucia.

—Quizás no habría actuado como una imbécil si tu no siguieses enrollado con tu ex —le espeté.

Abrió los ojos como platos, como si le sorprendiese mi respuesta. Pero no solo estaba sorprendido, había algo más por la forma en la que ladeaba levemente su cabeza. ¿Como si le gustase que estuviese celosa…?

—Macy y yo solo somos… —empezó a decir.

—¿Solo sois qué? ¿Amigos que se besan?

Parpadeó lentamente, un gesto que lo hizo parecer todavía más guapo de lo que era y que acentuó sus ridículas y largas pestañas.

—No nos besamos.

Yo ladeé la cabeza al mirarlo.

—No me mientas.

—No tengo ni idea de qué estás hablando. —Frunció el ceño con fuerza—. ¿Crees que he besado a Macy?

Sí que parecía convencido de que estaba diciendo la verdad.

—¿No fuiste con ella a comprar ayer los cafés?

Mi pregunta le hizo relajar el ceño fruncido.

—¿Sí…?

—¿No compartisteis un precioso instante en el aparcamiento? ¿En tu coche?

Entrecerró los ojos y abrió la boca como si fuese a replicar algo, antes de cerrarla de nuevo de golpe, y tragó con fuerza antes de seguir hablando.

—He de admitir que las cosas son un tanto… complicadas entre Macy y yo. Pero te juro por Dios que yo no la besé.

—¿En serio? —Lo miré, lo miré de verdad, entornando los ojos y tratando de ver si estaba dolido por todo esto. Las dos primeras veces que le había visto besarla, había sentido como si alguien me retorciese las entrañas. Pero ahora que lo miraba solo veía… a un chico cualquiera. Un chico que era una persona relativamente atractiva pero por la que no sentía absolutamente nada—. Bueno, entonces deja que yo te simplifique las cosas. Adiós, Sutton.

Me alejé de él y casi salí corriendo por los pasillos hasta la clase de química, con la cabeza gacha, desesperada por evitar que la gente siguiese hablando de mí. No quería que me dejasen en ridículo las chicas malas, y tampoco quería que hablasen sobre mí como si fuese alguna clase de leyenda urbana por ser una auténtica imbécil.

Respiré hondo y entré en el aula. No parecía que Nick hubiese llegado todavía, y agradecí tener unos minutos para mí en los que recomponerme antes de verlo. Me senté a nuestra mesa y saqué mi libro, mucho más nerviosa de lo que lo había estado en todo el día.

Porque no tenía ni idea de qué esperar.

¿Nick se reiría y sería amable conmigo como había sido anoche? ¿Sería el compañero de laboratorio borde que llevaba siendo todo el año? ¿Me iba a pedir salir, y quizás a volver a besarme, o se arrepentía de todas las decisiones que había tomado ayer?

El corazón me iba a mil mientras esperaba a que apareciese.

Pero cuando sonó el timbre, todavía no había llegado. Bong le puso falta y empezó a explicar los siguientes trabajos que tendríamos que hacer al mismo tiempo que mi cerebro entraba en pánico a toda velocidad.

¿Dónde estaba? ¿Estaba enfermo? ¿Ausente? ¿Saltándose las clases?

¿Y era por mi culpa? Quiero decir, *sabía* que lógicamente ese no era el caso, pero mi corazón inseguro tenía un mal presentimiento con respecto a que Nick Stark no hubiese aparecido.

El señor Bong se pasó unos buenos cinco minutos hablando antes de volverse directamente hacia mí.

—¿Ya te has recuperado del venazo que te dio ayer, señorita Hornby? —Bong me observó por debajo de las gafas—. ¿Supongo que ya habrán hablado contigo desde dirección sobre tu castigo?

—Eh, sí —dije, muerta de vergüenza.

—Bien. —Se volvió de nuevo hacia el resto de la clase—. Tenemos mucho que dar hoy, así que vayamos al grano.

Empezó a dar su clase y yo me pasé la hora tomando notas, con el rostro como un tomate, pero se me formó un nudo en la boca del estómago por lo avergonzada que me sentía. Y empeoraba a cada minuto que pasaba.

¿Nick me estaba evitando?

Hace doce horas había estado besándome apasionadamente, y ahora no estaba por ninguna parte.

El resto del día transcurrió sin pena ni gloria. Entre mi falta de sueño, la ausencia de Nick y el hecho de que sentía que todas las miradas estaban puestas en mí, básicamente dejé de sentir. Seguí con mi día como un robot, yendo de clase en clase intentando ser invisible y, cuando por fin llegué a casa, me fui directa a mi cuarto y cerré la puerta a cal y canto.

Esperaba poder evitar a mis padres. Sabía que mi madre probablemente estuviese preparándose mentalmente para echarme la bronca de mi vida, pero yo no tenía ganas de nada.

Al parecer, el cerrar mi puerta a cal y canto funcionó increíblemente bien, porque pude hincharme a Cheetos y volver a ver *Glimore Girls* hasta quedarme dormida sin cambiarme siquiera de ropa.

No hablé con mi madre ni con Todd en todo el día.

De hecho, no me desperté hasta la mañana siguiente.

Como alguien que se enorgullecía de su autodisciplina, el despertarme con la ropa del día anterior y polvo de Cheetos en los dedos no era una buena señal. Y, sin embargo, por algún extraño motivo, no me importó.

Respiré hondo y entré en el aula. Podía ver la nuca de Nick. Tenía la vista clavada en el libro que había abierto sobre la mesa y, solo con eso, de repente las mariposas retomaron el vuelo en mi estómago.

Cuando llegué a nuestra mesa, estaba enviándole mensajes a alguien y no se dignó siquiera a mirarme. Así que tomé asiento y saqué el libro

Nick alzó la mirada y nuestros ojos se encontraron, y todos los recuerdos de lo que habíamos vivido en el DSC me asaltaron de golpe.

Me dedicó una sonrisa de labios cerrados, educada, como si no me conociese de nada, y volvió a bajar la mirada hacia su teléfono.

Yo sentí cómo se me sonrojaban las mejillas y juro por Dios que perdí la capacidad de escuchar por un momento.

Lo observé, pero Nick seguía con la vista clavada en su teléfono.

¿Por qué no podía mirarme?

Abrí la boca para decirle que tenía su chaqueta en mi taquilla cuando Bong entró en el aula.

—Guardad vuestros libros —dijo—. Toca examen sorpresa, niños.

Agh. Me había olvidado de lo del examen. Me había olvidado de estudiar. Guardé todas mis cosas y me cambié de mesa, pero el nudo de miedo en mi estómago no paraba de crecer.

Y no tenía nada que ver con que no me hubiese preparado para el examen. Por primera vez en mi vida, no me importaban una mierda mis notas.

Lo único que me importaba era que Nick me estaba ignorando.

Me estaba evitando.

Hace dos días se había estado enrollando conmigo en la esquina oscura de la casa de mi abuela, ¿pero ahora no podía siquiera sonreírme, o saludarme, o simplemente actuar como si supiese de mi existencia?

Me pasé el resto de la clase haciendo el examen, teniendo problemas para concentrarme en las respuestas. Cuando por fin sonó el timbre, recogí mis cosas y, cuando agarré mi mochila y alcé la mirada, vi que Nick ya se estaba marchando. No iba a ser yo quien saliese corriendo tras él, quien le suplicase, pero sí que caminé un poco más rápido de lo habitual, desesperada por ver si me estaba esperando en el pasillo.

No me estaba esperando.

Me pasé la siguiente clase triste, con el corazón roto porque me hubiese rechazado sin decirme ni una palabra.

Pero entonces caí en la cuenta de algo.

La antigua Em probablemente se habría limitado a aceptar que pasaba de ella y habría seguido adelante con su vida, pero el DSC me había cambiado. Puede que hubiese sido un día totalmente ridículo en el que hubiese perdido todo rastro de vergüenza por veinticuatro horas, pero vivir solo pensando en mí me había hecho sentir *bien*. Siempre había vivido intentando complacer a todo el mundo, ¿pero quién aceptaría hacer lo que yo de verdad quería si no lo hacía yo primero?

Sentí que el destino se estaba poniendo de mi parte en ese momento porque, cuando estaba a punto de entrar en la biblioteca a la hora de la comida, Nick salió por esa misma puerta. Iba serio y ensimismado, y ni siquiera se percató de mi presencia hasta que lo llamé.

—Oye, tú.

Me di la vuelta para caminar junto a él a donde quiera que fuese.

—¿A ti también te han castigado?

Dejó caer un poco sus cejas enarcadas, como si estuviese procesando lo que le acababa de decir y mi repentina aparición, pero no sonreía.

—Todavía no —repuso.

—Qué suerte. —Le di suavemente con el hombro en el costado—. Yo estoy castigada durante dos semanas, pero es sobre todo por lo que hice por megafonía. Al parecer, usé el equipo de audiovisuales para «meterme con otro estudiante». ¿Te lo puedes creer?

—Sí, eh, qué locura. —Se detuvo en sus pasos—. Escucha, tengo que irme para allá. —Señaló hacia el pasillo que quedaba a nuestra izquierda—. Así que, ¿te veo más tarde?

—Claro, nos vemos —dije, pero cuando lo vi alejarse, salí corriendo tras él, empujando al resto de estudiantes para abrirme camino.

»¡Nick!

Él se volvió para mirarme, pero siguió andando.

—¿Sí?

—¿Está todo bien entre nosotros?

—Eh... ¿claro? —Frunció un poco el ceño y me miró como si hubiese perdido la cabeza—. Tengo prisa, así que, nos vemos en clase de química mañana.

La gente se chocó contra mí porque me quedé ahí de pie, en medio del pasillo, completamente quieta, observando cómo su cabeza desaparecía entre la multitud, al mismo tiempo que mi corazón se rompía en un millón de pedazos.

—¿Y no te dolió? —Rox estaba hablando de mi tatuaje al salir del instituto—. Por Dios, mi madre me *mataría* si hiciese lo que tú has hecho.

—Sí que dolió, un poco, pero no fue tan doloroso. —Me imaginé a Nick sentado a mi izquierda, haciéndome compañía mientras Dante me tatuaba.

—¿Nick Stark te sostuvo la mano? —se burló Rox, moviendo las cejas.

—Anda, calla —bromeé pero, por algún extraño motivo, no les había contado a mis dos mejores amigos todo lo que había pasado ese día. Nadie más que Nick y yo entendería jamás cómo era posible que un día cualquiera fuese tan importante para nosotros; yo ni siquiera me lo habría creído antes de vivirlo, y no estaba lista para hablar de ello con nadie.

—Se tiene muy calladito todo ese tema —dijo Chris, poniéndose las gafas de sol—. Una parte de mi cree que hay algo más, algo mucho más importante.

Puse los ojos en blanco pero no logré sonreír.

—No todo el mundo pasa un día de San Valentín perfecto con un tío bueno, Chris.

—¿Te puedes creer que besase a *Alex*? —me preguntó Rox.

—Parece algo sacado de una película —añadió Chris.

—Muy romántico —dije, siendo plenamente consciente de que estaba celosa por la resaca amorosa de Chris.

—Total —añadió Rox, montándose en el asiento del copiloto del coche de Chris. Yo estaba a punto de montarme detrás cuando escuché a Chris decir:

—Parece que el compi de tatuajes de Em está teniendo problemas con su coche.

Me quedé helada, antes de volverme hacia donde estaba mirando Chris. El capó del coche de Nick estaba levantado y él estaba con medio cuerpo metido en su interior y con una lata de líquido de arranque en la mano.

—A la mierda.

—¿Qué? —Chris me miró a través de sus gafas de sol como si hubiese perdido la cabeza.

—Oh, no quería decirlo en voz alta. —Pestañeé—. Pero al menos me merezco que hablemos del tema.

—Em. ¿De qué estás hablando?

Chris y Rox intercambiaron una mirada que decía sin palabras «¿se ha vuelto loca?» al mismo tiempo que yo abría la mochila, sacaba la chaqueta de Nick y dejaba caer la mochila en el suelo.

—Ahora vuelvo.

Me acerqué a la camioneta de Nick.

—¿Necesitas que me monte y la intente arrancar?

Él alzó la mirada hacia mí y tragó con fuerza.

—No, lo tengo controlado, pero gracias —repuso.

Yo puse los ojos en blanco.

—Pero si yo la arranco mientras tú echas el líquido, ¿no irás más rápido?

—Lo tengo controlado, Emilie —repitió, con la voz entrecortada, como cuando le pregunté por su familia cuando salimos de la cafetería.

—¿Por qué te estás comportando así? ¿Estás enfadado conmigo o algo?

Nick suspiró, negó con la cabeza y apretó los labios.

—No, es solo que... quiero decir, te dije la otra noche que no tengo tiempo para cosas como esta.

—¿Cosas como qué? No te estoy pidiendo nada. Te he ofrecido ayuda con tu...

—Emilie —dijo, casi ladrando mi nombre—. Fue divertido. De verdad que sí. Un día muy divertido. Pero hoy es otro día, ¿vale?

Cerré la boca de golpe, avergonzada. Estaba a punto de alejarme pero, entonces, cambié de opinión.

—Me di cuenta de una cosa la otra noche —le dije—, después de que mis padres me gritasen, me castigasen y se jurasen el uno al otro luchar a muerte en los tribunales por mi custodia. ¿Sabes de qué?

—Yo no...

—Me di cuenta de que no me importaban las consecuencias, buenas o malas, iba a empezar a vivir solo por mí, haciendo lo que yo quisiese, en vez de hacer lo que el resto del mundo quería de mí o lo que yo creía que querían que hiciese. Porque si no empezaba a mirar por mí misma yo primero, entonces, ¿quién lo haría?

Nick se irguió y se metió las manos en los bolsillos de su abrigo, con el rostro ilegible.

—Ese día, contigo, fue increíble. Sé que «no tienes tiempo» ni tampoco estás buscando una relación con nadie, y me parece bien esperarte o simplemente ser amigos. Pero el DSC fue...

—Una fantasía —repuso Nick—. Fue un espejismo, Emilie.

—Y... ¿qué? ¿Vas a evitar por completo ser feliz porque crees que la felicidad se te va a escapar entre los dedos?

Me observó por un momento antes de volverse de nuevo hacia su camioneta.

—No me interesas de ese modo, ¿vale? —dijo entonces.

Mi cerebro pensó inmediatamente en responder: «He debido de malinterpretar la situación, lo siento».

De hecho, abrí la boca para decirlo.

Pero no lo había malinterpretado.

Y tampoco lo sentía.

—Puedes seguir diciéndote eso, Nick —repuse, enfadada y decepcionada porque prefiriese ser un imbécil conmigo a ser sincero consigo mismo—. Pero no me imaginé nada de lo que ocurrió ese día. Nadie tiene nunca un día como el que pasamos juntos, Nick, esa clase de días no existen. Entiendo que te de miedo abrirte a otras personas después de lo de Eric, pero...

—Por favor, no metas a mi hermano en esto.

Cerré la boca de golpe, apretando los labios y aparté la mirada, frustrada.

Él se pasó la mano por el cabello antes de seguir hablando.

—No sabes nada de mi hermano, y estás utilizando lo que te conté para convencerme a mí y a ti de que nuestro día de saltarnos clase fue más importante de lo que fue en realidad. Siento ser yo quien te lo diga, Emilie, pero el DSC solo ha sido un día de juegos. Un día en el que dos adolescentes se saltan las clases del instituto y se van a hacer tonterías al centro. Y ya está.

—Vale, entonces. —Parpadeé, intentando no derramar las lágrimas que me nublaban la vista, amenazando con escaparse, por lo humillada que me sentía.

—No quiero herir tus sentimientos, Em, pero eso es todo lo que...

—Lo entiendo. —Le lancé su chaqueta y volví al coche de Chris, donde él y Rox me estaban esperando, sentados en el interior con las ventanillas bajadas, presenciando mi humillante rechazo. Me hice un hueco en el asiento del copiloto, junto a Rox, y ninguno me hizo ni una pregunta. Rox se limitó a pasarme un brazo por los hombros y Chris me tendió uno de los paquetes de pañuelos que siempre llevaba en su guantera.

«Solo había sido un día de juegos».

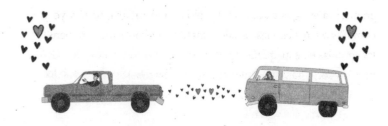

CONFESIÓN N.º 20

En sexto, cuando estaba jugando al tocatimbres en casa de Finn Parker, que vivía en la acera de enfrente, me caí por las escaleras de su entrada y me rompí la muñeca. Hoy en día mis padres siguen pensando que me la rompí montando en monopatín.

Cuando llegué a casa, me permití por fin echarme a llorar. Sentía un doloroso vacío en el pecho, uno que Nick había llenado antes, lo que era extraño, porque solo conocía al Nick del 14 de febrero. Pero, por algún motivo, era como si él pudiese entenderme, por completo, me veía tal y como era. Jamás tendría sentido nada de esto, pero me sentía vacía al haber perdido a Nick.

Oí cómo mi madre llegaba a casa, y *no* me apetecía nada tener que lidiar en este momento con su enfado. No me cabía ninguna duda de que probablemente seguía enfadadísima, sobre todo porque anoche me escondí en mi cuarto nada más llegar, pero no me sentía emocionalmente preparada para enfrentarme a ningún problema más.

Empecé a hacer mis tareas, ni siquiera sabía qué hacer, y se me revolvió el estómago al escucharla gritar por la escalera:

—¡Em! ¡La cena!

Respiré hondo y bajé a la cocina. Podía oler los espaguetis con albóndigas, mi comida favorita, por toda la casa, pero el olor solo aumentó mi nostalgia. Traía consigo recuerdos de platos de espaguetis en nuestra antigua casa, cuando solo éramos mamá, papá y yo y ese comedor viejo y con las paredes amarillas. Después me hizo pensar en las comidas en el pequeño apartamento de mi padre, cuando solo éramos los dos, y también trajo consigo recuerdos de cuando los dos me pusieron enfrente un plato de espaguetis para presentarme a los nuevos amores de sus vidas.

Supe que Nick me había vuelto una blanda cuando solo el olor a espaguetis me ponía triste.

Me senté a la mesa y podía sentir la mirada de mi madre clavada en mi rostro. Así que me preparé mentalmente para la bronca que me estaba a punto de caer.

—¿Estás bien, Emilie?

Todd, el marido de mi madre, era buena persona, un vendedor inofensivo que siempre parecía tener una opinión sobre todo, incluidas las cosas que no tenían nada que ver con él y todo que ver conmigo y con mi padre.

Así que su pregunta me puso nerviosa.

—Estoy bien. —Bajé la mirada hacia mi plato de espaguetis y me coloqué la servilleta en el regazo—. ¿Por qué?

—Tienes aspecto de... —Señaló mi cara con el tenedor.

—¿De que hubiese salido hasta demasiado tarde hace un par de noches?

Gracias, mamá.

—De que estuviese triste —repuso Todd, observándome con la cabeza ladeada, como si creyese que fuese imposible—. Como si hubiese estado llorando. ¿Estás segura de que estás bien, pequeña?

Asentí. Algo en la inesperada preocupación que denotaba su voz me hizo sentir más rota de lo que estaba en realidad.

—¿Em? —Ahora era mi madre la que me observaba con la cabeza ladeada—. ¿Va todo bien?

Yo volví a asentir, pero se me nubló la vista por las lágrimas, y mis párpados no pudieron contenerlas más.

—Emilie. —Mi madre sonaba realmente desconcertada por verme llorar—. ¿Cariño?

El término cariñoso derribó las pocas barreras que me quedaban en pie. Me derrumbé justo ahí, sentada a la mesa de la cocina, lloriqueando sobre mi plato de espaguetis con albóndigas mientras mi «hermano» pequeño, Potasio, me miraba como si hubiese perdido la cabeza por completo.

—Te estás quedando conmigo.

—Estoy aquí, ¿no? —Le di un sorbo a mi café americano y le dije a Rox—: Mi madre, la mujer que regaló mi cobaya a los siete porque me olvidé de limpiarle la jaula, me ha levantado el castigo.

—Oh, me había olvidado de Dre.

Suspiré.

—DEP Dre, la cobaya que mi madre regaló a los Finklebaums, que vivían en la casa de al lado, y que procedieron inmediatamente a perderlo en su patio al día siguiente.

—Pero, no lo entiendo. —Rox se quitó las gafas y las observó, antes de ponerse a limpiar uno de los cristales. Era una de esas personas a las que le quedaban bien las gafas pero que también estaba preciosa sin ellas. Siempre tenía la piel perfecta, se hubiese maquillado ese día o no, y le quedaba bien cualquier peinado. Desde que nos conocíamos la había visto con trenzas, rastas, el pelo corto, rubio, rosa y un peinado a lo afro, y todo le quedaba bien.

Pasé los dedos sobre el logotipo impreso en el vaso de cartón de mi café y me pregunté si quizás había llegado la hora de que *yo* me cambiase también el pelo. De repente, mi aspecto ya no pegaba conmigo.

—Esta vez sí que te merecías estar castigada —dijo Rox—, sin ofender, ¿y elige justo *este momento* para ser indulgente?

—Bueno, en realidad no. —Me recosté en mi asiento, todavía tenía los nervios a flor de piel—. Más bien es que ha decidido ser una madre humana cualquiera en esta ocasión. Anoche me eché a llorar desconsolada durante la cena, por todo lo que había pasado con Nick, pero después también fue por lo que había pasado con mis padres.

—¿Qué ha pasado con tus padres ahora?

Le conté lo del ascenso de mi padre y la pelea que habían tenido por mi culpa.

—La parte buena de todo esto es que ya estaba tan hecha mierda que solté con quién quería vivir en realidad.

—¿Y es...? —me preguntó.

—Con los dos —gemí.

Pero, por primera vez en mi vida, mi madre me había escuchado de verdad. Me había abrazado con fuerza y había llamado a mi padre en ese mismo instante, poniéndole en altavoz. No sabía si nada de esto cambiaría algo o si no serviría para nada, pero me prometió que hablaría con Lisa y evaluarían todas las opciones.

Y eso era lo que de verdad me importaba.

—Entonces, me alegro de que te echases a llorar —repuso Rox—, porque tenías que contárselo. Ya iba siendo hora de que lo supieran.

—Estoy de acuerdo —dije, dándole vueltas a mi café, distraída.

Lo más patético de todo esto es que, después, tuve ganas de llamar a Nick para contárselo. Había sido tan comprensivo conmigo cuando le hablé de la situación entre mis padres, cuando estábamos en la azotea de aquel edificio del centro, que, en el fondo, sabía que él me entendería. Quiero decir, había tenido los ojos vidriosos por las lágrimas cuando yo me había echado a llorar por esto mismo delante de él, por el amor de Dios.

«Solo ha sido un día de juegos», me recordé, y el recuerdo todavía me dolía.

Rox bajó la mirada hacia su teléfono, probablemente porque hubiese recibido un mensaje de Trey.

—¿Te ha dicho Chris que Alex le invitó a cenar después de su tarde de compras? —me preguntó.

—No. —La maravillosa historia de amor de Chris era lo único que evitaba que me derrumbase—. ¿Y qué tal?

—Me llamó a la una de la mañana y se pasó una hora hablándome de Alex. Es lo más mono que he visto jamás.

Eché un vistazo por detrás de Rox al mismo tiempo que el barista gritaba «¡*Carl!*» por tercera vez.

—No quiero que rompan nunca —le dije a Rox.

—Chris me dijo que Alex le había dicho que no quería asustarlo, pero que creía que se había enamorado de él.

—¿Qué? —Eso hizo que volviese a mirarla directamente—. ¿En serio? Vaya.

Rox asintió y me miró con curiosidad.

—¿Vas a contarme alguna vez lo que pasó con Stark el día de San Valentín?

Lo pensé por un momento.

—Eh… En resumen, pasamos un día genial juntos, y ahora finge que no existo.

Rox sacudió la cabeza.

—Menudo imbécil.

—Sí. Pero eso es lo peor de todo, que no lo es.

Y entonces hice justo lo que me había prometido a mí misma que no haría. Me quedé ahí sentada, en nuestra mesa favorita de Starbucks, junto a la ventana, y se lo conté todo. No le hablé del bucle temporal, estaba bastante segura de que jamás le hablaría de eso a nadie, pero le conté todos y cada uno de los detalles sobre lo que había pasado en el DSC.

Cuando terminé de contárselo, no sé qué clase de reacción había estado esperando, pero la que obtuve fue una mirada de pena. Rox respiró profundamente antes de decir:

—El chico se pasó todo el día diciéndote que no quería nada más allá de ese día y, ¿qué vas y haces tú? Asumes que está herido o con el corazón roto. Que tiene miedo de abrirse al mundo. Te quiero y de veras que pienso que es un imbécil de manual, pero te lo advirtió desde el principio, corazón.

—Sí, pero…

—Y ya has recuperado tu teléfono, ¿no? —Me miró como si estuviese comprobando que era plenamente consciente de lo que estaba pasando a mi alrededor—. ¿Tenías algún mensaje suyo esperándote? ¿Se ha disculpado siquiera por hacerte llorar ayer después de clase?

Me volvían a picar los ojos porque, *pues claro* que había comprobado si tenía algún mensaje suyo en cuanto mi madre me había devuelto el móvil.

—No.

—No. —Se llevó su bebida a los labios y dijo—: Pero me alegro de que sea así. Ahora ya sabes lo que hay y puedes seguir con tu vida sin mirar atrás.

Como era una amiga increíble, empezó a enumerar quince motivos por los que Nick no era bueno para mí, seguidos de tres increíbles razones por las que ella me adoraba. Seguía triste por lo de Nick, pero Rox hizo que me sintiese un poco mejor.

El lunes me puse unos vaqueros, una camiseta de manga corta, mis Chuck Taylors, mis gafas y me hice un moño despeinado. Iba en serio cuando dije que iba a empezar a vivir por mí misma, y ni siquiera tenía ganas de hacer un esfuerzo al vestirme.

Ni siquiera sabía dónde *estaba* mi agenda.

Pasé las dos primeras clases del día sin pena ni gloria, y entonces, antes de la tercera clase, iba caminando por el pasillo y, al girar la esquina, me topé de lleno con Lauren, Lallie y Nicole. ¿Cómo era posible que *siempre* estuviesen juntas? Sus miradas se cruzaron con la mía y supe en ese mismo instante que estaba perdida.

—Chicas. —Respiré hondo y solté—: Siento mucho haber sido una zorra la semana pasada. No debería haberlo hecho, pero me sentía mal por Isla porque estabais hablando mal de ella a sus espaldas.

Lally pestañeó, incrédula.

—Eh —dijo.

—¿Que estábamos hablando mal de Isla a sus espaldas? —preguntó Lauren.

—No importa —añadió Nicole, antes de agitar la mano en el aire, dejando claro que yo no valía la pena, pero no me pusieron en ridículo.

No podía creérmelo.

Entonces, de camino a mi siguiente clase, vi a Josh. Él también me vio desde el otro lado del pasillo y vino directo hacia mí.

—¡Em!

Aferré los libros con fuerza contra mi pecho antes de volverme hacia él.

—¿Sí?

—¿Podemos hablar después de clase?

—¿Qué?

—Tengo que hablar contigo. ¿Podemos quedar después de clase?

—Eh…

—¿Por favor?

—Yo… puede. Déjame pensarlo.

Me alejé, preguntándome de qué demonios querría hablar conmigo. Y seguía preguntándomelo cuando entré en la clase de química. Pero entonces la ansiedad me sobrepasó y tragué con fuerza, tratando de deshacer el nudo de miedo que se me había formado en la garganta, y me encaminé a mi sitio. Nick ya estaba allí sentado, pero se comportaba como siempre.

Como si no nos conociésemos.

Sentí su mirada en mi rostro cuando saqué el teléfono y me puse a cotillear mis redes sociales, deslizando el dedo por la pantalla hasta que mi teléfono relinchó, porque había recibido un mensaje de Josh. Alcé la vista para asegurarme de que el señor Bong no lo había oído, pero ni siquiera había llegado a clase todavía. Lo puse en modo vibración y leí el mensaje.

Josh: Hola.

Me quedé mirando el mensaje fijamente por un momento.

Yo: Hola.

Josh: ¿Ya lo has decidido?

Yo: ¿Que si he decidido el qué?

Josh: Si vas a hablar conmigo.

Yo: NO.

Josh: ¿No, en plan, no vas a hablar conmigo?

Yo: No, en plan, todavía no lo he decidido.
En serio, ¿qué mierda quieres de mí?

Josh: Auch.

—Dime por favor que no estás hablando con el chico que te puso los cuernos.

Levanté la mirada del teléfono y me fijé en que Nick me estaba mirando fijamente.

—Eres muy lista como para hacer algo así —añadió, y parecía enfadado.

Quería *enfadarme* con él, pero entonces pensaría que todavía me gustaba.

—Lo siento —dije, calmada—, pero creo que no te incumbe.

—Sé que no. —Parecía... frustrado. Se rascó la ceja y añadió—: Pero no me gustaría verte confiando de nuevo en un chico que solo va a volver a serte infiel.

—Lo tendré en cuenta, gracias.

Mi teléfono volvió a vibrar en ese mismo instante, y nunca había tenido tantas ganas de ignorar a alguien y de entretenerme con el teléfono. Lo levanté de la mesa.

Josh: Tengo que explicarte algo.

Podía sentir la mirada de Nick clavada en mi rostro al mismo tiempo que escribía mi respuesta.

Yo: Dejemos todo atrás. Te perdono. Es agua pasada.

Josh: ¿En serio?

Yo: Sí.

—¿Lo estás haciendo aposta?

Lo miré de reojo.

—¿Hacer el qué?

—Escribirle.

Sacudí la cabeza.

—Lo primero, no. Lo creas o no, escribo a *mucha* gente y no tiene nada que ver contigo. Lo segundo, no entiendo por qué te estás metiendo en esto.

—Es solo que no me gustaría que te hiciesen…

—¿Daño? —Clavé la mirada en la suya. Fue como si mi corazón se hubiese saltado un latido al añadir—: Eres la última persona que podría protegerme de algo así.

—Eso no es justo —jadeó.

Me estaba mirando fijamente con esos ojos suyos y me dolía el corazón al sostenerle la mirada.

—Vale —dije, bajando la vista de vuelta hacia mi teléfono.

Por suerte, el señor Bong llegó justo en ese momento, eliminando así cualquier posibilidad de que continuase con esta conversación tan dolorosamente incómoda. Pero me pasé toda la clase enfadada con él. Porque no tenía ningún derecho para estar celoso cuando no me quería. ¿Por qué le importaba si hablaba con Josh o no?

Le mandé un mensaje a Josh:

Yo: ¿Me puedes llevar a casa después de clase?

Josh: Claro.

Cuando terminó la clase, recogí mis cosas y salí del aula tan rápido como pude. Tenía que olvidarme del chico arisco que se sentaba a mi lado, incluso aunque me costase concentrarme en clase porque su aroma a jabón encontraba el modo de metérseme en la nariz y me atormentaba con recuerdos de los siete minutos en los que habíamos estado enamorados junto a la casa de mi abuela.

—¡Em!

Oí como Chris me llamaba a gritos por el pasillo y, cuando me volví hacia él, ahí estaba, caminando directo hacia mí, con Alex tomado de la mano.

—Hola.

—¿Pero qué llevas puesto? —preguntó, enarcando una ceja—. ¿Es que has tenido que limpiar un sótano antes de venir a clase?

Alex cerró la boca con fuerza, apretando los labios, demasiado educado como para reírse por el comentario de Chris.

—A la nueva Emilie no le apetecía arreglarse hoy —repuse.

—La nueva Emilie parece no conocer ni siquiera el verbo «arreglarse» —respondió.

—¿Por qué no me dejas en paz y te vas a investigar cómo peinarte ese remolino rebelde?

Siempre le había vuelto loco esa minúscula imperfección de su cabello espeso, rizado y siempre perfecto.

—Oh, madre mía —se burló—. La nueva Emilie es malvada.

—La nueva Emilie —repuso Alex, dedicándome una sonrisa de oreja a oreja—, es adorable. Igual que tu remolino rebelde.

Alex y Chris intercambiaron una mirada que me dio mucha envidia y que me hizo poner los ojos en blanco.

—Me han salido caries solo de veros. Parad —dije.

Me encaminé en la dirección opuesta antes de volverme de nuevo hacia ellos.

—Ah, sí —añadí—. No tienes que llevarme luego a casa.

—Vale —repuso Chris, y sabía perfectamente que, en menos de una hora, tendría un mensaje suyo esperándome, preguntándome el por qué.

Solo tardó cinco minutos.

Chris: ¿Quién te lleva luego a casa? ¿Stark?

Yo: Josh.

Chris: ¿Qué mierda...?

Yo: No tengo ni idea de por qué. Ha dicho que quiere hablar conmigo. No me puede hacer ningún daño el escucharlo, ¿no crees?

Chris: Supongo que no. Pero ni se te ocurra volver a salir con él.

Yo: Confía en mí, ni loca.

Después de clase, Josh me estaba esperando junto a mi taquilla. En esta ocasión, cuando le vi, mi corazón no dio ningún vuelco; de hecho, lo primero que pensé fue: «¿Es que no tiene ni un par de vaqueros en su armario?».

—Hola. —Abrí mi taquilla—. ¿Te importa que hagamos una parada en dirección antes de irnos?

—No hay problema.

Me puse en cuclillas y saqué mi libro de química del fondo de la taquilla, que metí en mi ya abultada mochila.

—Solo será un segundo.

Me puse de pie, cerré la taquilla y nos dirigimos juntos a dirección. Debería haber sentido algo, cualquier cosa, al caminar a su lado después de todo lo que había pasado, pero no sentía nada, nada en absoluto.

—¿Qué tienes que hacer en dirección? —me preguntó.

—Bueno —dije, dedicándole una media sonrisa—. Tengo que ver a qué hora tengo que venir al castigo que me han impuesto por lo que te hice.

Él sacudió la cabeza, confuso.

—¿Estás de broma, no?

—Nop. Al parecer violé el código de conducta estudiantil y *encima* lo hice por megafonía. —Sonreí al señor Bong cuando pasamos a su lado por el pasillo, pero él no me devolvió la sonrisa—. Y después me tienen que devolver mi depósito por el programa de verano de Northwestern.

Josh me miró sorprendido.

—¿Por qué?

—Bueno, para empezar, he descubierto que puntuaron mal las solicitudes y que, en realidad, no me han aceptado.

Pareció sorprendido.

—¿Es en serio?

—Totalmente. —Le dediqué una sonrisa como saludo a una chica que iba conmigo a clase de Gobierno de Estados Unidos cuando pasamos junto a ella—. Pero, en realidad, me alegro. Después de haberlo pensado largo y tendido me he dado cuenta de que lo que de verdad me apetece hacer este verano es relajarme y disfrutar.

Josh frunció el ceño.

—¿Relajarte?

Estoy segura de que no podía ni imaginarse cómo era eso posible.

—Lo sé —repuse—. Yo tampoco puedo creérmelo.

Josh me esperó en el pasillo cuando entré en dirección, y las cosas fueron bastante bien, la verdad. Me disculpé con el director por lo que había hecho y me dijo qué días tendría que acudir a mi castigo, pero la verdad es que tampoco me castigó demasiado, sorprendentemente, y después me acerqué al despacho del señor Kessler.

Parecía algo nervioso al verme después de mi arrebato del día anterior, pero en cuanto me disculpé y le dije que ya no me interesaba el programa, se convirtió de nuevo en el tipo que estaba extremadamente emocionado por mis planes de futuro.

Al salir de dirección, Josh seguía esperándome donde lo había dejado.

—Gracias por esperarme —le dije, subiéndome un poco más la mochila.

—Claro —respondió, mirándome de un modo extraño, como si estuviese tratando de averiguar algo. No dijo nada más en todo el recorrido hasta su coche, pero en cuanto lo arrancó y se abrochó el cinturón, dijo—: Esto es lo que pasa, Em.

Estaba un poco distraída por su coche, porque la última vez que me había montado, había estado aplastada entre Macy y él, y mis botas habían apestado a basurero.

—El motivo por el que quería hablar contigo es porque te debo una disculpa enorme por lo de Macy.

Vaya, *eso* sí que no me lo esperaba en absoluto. ¿Nada de negarlo? ¿Ni de culparme por ello?

—¿En serio?

—Me importas, Em; de verdad que eres una de mis personas favoritas, y odio haberte hecho daño. Macy me pidió acompañarme a comprar los cafés y yo sabía perfectamente que le seguía gustando, me equivoqué al acceder a que me acompañase.

Le miré a la cara y me sentí... indiferente.

—Pero tienes que creerme, no pasó nada entre nosotros.

Me paré a pensar en lo que me estaba queriendo decir y ¿lo más extraño de todo? es que lo creía, de verdad. Aunque lo hubiese visto besando a Macy en los otros días del bucle temporal, de verdad lo creí cuando me dijo que *ese* día no la había besado. Y, en realidad, tampoco es que fuese de esa clase de chicos que iban por ahí poniendo los cuernos a todas sus novias.

Dicho eso, si todavía le hubiese querido, probablemente sus palabras no me hubiesen importado.

Habría estado demasiado dolida como para perdonarlo.

Como en mi primer día de San Valentín.

Pero ahora… no.

Sin embargo, todavía no había terminado de hablar.

—No espero que me perdones —dijo—. Me equivoqué, y tienes todo el derecho a odiarme. Pero quiero que sepas que eres increíble. Y que era feliz contigo.

—Eh. —Ni siquiera sabía qué decir—. Lo siento. Es solo que… me sorprende que seas tan amable conmigo después de lo que dije por megafonía.

Josh se volvió hacia mí, mirándome de reojo.

—En realidad, eso no me gustó nada, pero probablemente me lo merecía.

—Vaya, Sutton, eso es muy maduro por tu parte.

Mi comentario le hizo volver a mirarme, supongo que para comprobar que no me estaba burlando de él. Cuando vio que le estaba sonriendo, me devolvió la sonrisa.

—Bueno, llamémoslo «crecimiento personal».

—Y dime. —Me metí un par de mechones detrás de las orejas mientras mi cerebro filtraba toda la información que había recibido—. Has dicho que era complicado, pero ¿vas a pedirle salir a Macy ahora que estás soltero? ¿A reconectar con ella?

Él arrugó la nariz ante mi pregunta.

—Lo dudo mucho.

—¿Qué? —¿De verdad estaba arrugando la nariz al pensar en volver a salir con Macy?—. Quiero decir, sé que no me incumbe pero, ¿por qué no?

Josh cambió de marcha y me miró de reojo.

—¿Aparte de por el hecho de que acabo de salir de otra relación? Puse los ojos en blanco.

—Bueno —suspiró, volviendo la vista de nuevo hacia la carretera—. No es que ya no me guste Macy.

Esa respuesta me irritaba.

—Pero tenéis química. —La había notado. Más veces de las que me gustaría.

—Tenemos *historia*.

—Vaya diferencia más estúpida.

—No lo es. —Tragó con fuerza—. Quiero decir, sí que lo es. Pero ¿sabes en lo que estaba pensando cuando nos quedamos a solas en mi coche?

—«¿Qué haría Josh?»

—Qué graciosa. —Estiró la mano hacia uno de los conductos de la calefacción y lo reajustó—. En lo que estaba pensando, listilla, es que tú nunca te habías comportado de esa forma conmigo.

—¿Comportarme cómo?

—Como si se te fuese a salir el corazón del pecho de un momento a otro. —Sacudió la cabeza, con la vista clavada en la carretera, antes de añadir—: Nerviosa. Siempre había sabido que te caía bien, al menos como amigo, pero jamás sentí que te gustase de verdad.

Me removí en mi asiento, incómoda.

—¿Qué se supone que es esto? ¿Terapia de pareja? ¿Es que pretendes ponerme una queja para que me quede claro que no fui lo bastante atenta contigo y que por eso tuviste que ir en busca de esa atención a otros brazos?

—Eso no es lo que quiero decir. —Giró, entrando en mi calle—. Lo que quiero decir es que, en ese momento, me pregunté si alguna vez te había gustado.

—Eso no es justo —le dije, incluso aunque yo también tuviese esa misma duda.

—No te estoy echando la culpa de nada, Em. Lo único que estoy queriendo decir es que, cuando volví a clase después de casi besar a Macy, intenté entender qué demonios acababa de pasar y por qué estábamos saliendo juntos si me sentía de ese modo.

Bajé la mirada hacia mi regazo; no podía mirarlo a los ojos. Las palabras «porque cumplías todos los puntos de mi lista» luchaban por salir de mis labios, pero me obligué a tragármelas de nuevo.

Josh era mi novio perfecto sobre el papel: inteligente, motivado y encantador. Pero hasta que lo vi besar a Macy no me había dado cuenta de que algo perfecto sobre el papel no es siempre perfecto en la realidad.

Josh era el chico del que la chica que yo fingía ser debería haberse enamorado.

Tenía un nudo en la garganta al pensar en lo equivocada que había estado, en lo equivocada que seguía estando. Si planificar no era el motivo por el que el amor verdadero se acababa, y el destino tampoco, ¿era posible que el amor verdadero fuese siquiera algo a lo que alguien pudiese aspirar?

—Nos caíamos *muy* bien, desde el principio. —Carraspeó y cambió de marcha—. Siempre nos hemos caído bien, éramos la pareja perfecta sobre el papel. Y nos lo pasamos muy bien juntos. Pero, sinceramente, ¿puedes decir que alguna vez sentiste algo por mí?

Alcé la mirada hacia su rostro y me fijé en que él me estaba sonriendo pacientemente. Pero entonces recordé la cara de Nick, un rostro que hacía que me flaqueasen las rodillas cada vez que se volvía para mirarme. El chico que había besado porque *yo* quería, después de pasarme todo el día en el centro con él.

—Lo que yo pensaba. —Josh me miró y sacudió la cabeza lentamente, pero no parecía enfadado. Era más bien un gesto agridulce, como si me comprendiese—. Creo que la idea de estar juntos era tan buena que, quizás, forzásemos una relación cuando no estábamos hechos el uno para el otro.

Asimilé el hecho de que Josh sabía cómo me sentía en realidad antes de que yo misma lo supiese.

—Entonces, tú nunca...

—Creo que estás buena, Em, por eso no te preocupes. —Como siempre, parecía ir un paso por delante de mí—. Lo que pasa es que creo que estábamos destinados a ser mejores amigos, pero nada más.

—Deja de hablarme como si me estuvieses dejando. Acuérdate de que te dejé yo primero por megafonía.

—Oh, me acuerdo. —Soltó una carcajada seca y añadió—: Incluso cuando tenga noventa y cinco años, y esté solo en mi casa, me seguiré acordando de cómo te burlaste de mí y de los Bardos.

Eso me hizo reír.

—Agh… ¿no te parece raro? ¿Que todo parezca igual que siempre, que estemos igual de cómodos el uno con el otro, aunque ya no seamos nada?

Josh negó con la cabeza.

—Creo que es como debería ser.

—¿Pero puedo torturarte aunque sea un poquito? —Me crucé de brazos—. ¿Como si fuese mi despedida especial para nosotros como pareja?

Bajó la velocidad poco a poco, e intentó, sin éxito alguno, aparcar en paralelo en mi calle.

—Me da miedo, pero vale.

Miré por la ventanilla hacia el sol invernal, antes de decir:

—Te compré la correa Coach para tu reloj como regalo de San Valentín. Si no hubiésemos roto, ahora mismo tendrías una correa de cuero marrón chocolate impresionante en tu muñeca.

Se llevó la mano que había tenido apoyada en la palanca de cambios al pecho, como si le hubiese asestado un golpe mortal.

—Tú sí que sabes cómo asestar un buen golpe final.

—¿A que sí? —repuse, sonriendo de oreja a oreja al mismo tiempo que él me devolvía la sonrisa.

—Sé que esto que voy a decir no es algo que se vea todos los días pero, ¿crees que podríamos seguir quedando, como amigos? ¿Y no solo decir que lo haremos? Sino hacerlo de verdad —dijo, tragando con fuerza—. Porque de verdad que no quiero perderte.

—Veamos sobre la marcha. —Saqué mi teléfono y miré a ver si tenía algún mensaje. *Nada*—. Pero, hipotéticamente, podría seguir destrozándote al Scrabble si no me enfadas.

—Bien. —Se detuvo frente a mi casa—. Porque si me abandonas, ¿quién me llamará la atención por toda mi mierda inconformista?

—Uhh, me encanta hacer eso.

Josh soltó una pequeña carcajada.

—Gracias por escucharme, por cierto.

—Lo mismo digo. —Abrí la puerta del coche—. Gracias por traerme.

—No hay de qué, cuando quieras. En serio.

Me bajé del coche y cerré la puerta de un portazo, y casi había llegado al porche cuando lo escuché llamarme:

—¡Em, espera! —gritó.

Me volví hacia él y tenía la ventanilla bajada. Me estaba haciendo señas para que me acercase. Dejé mi mochila en el suelo y me acerqué a su ventanilla.

—No pienso darte un beso de despedida, Sutton.

—Ja, ja. —Metió la marcha atrás y me miró con intensidad—. Dime... ¿qué hay entre Nick Stark y tú?

Noté cómo se me sonrojaban las mejillas con violencia.

—¿Cómo que qué hay?

—Cuando estaba esperándote a que salieses de dirección, tuvimos una pequeña charla.

Espera.

—¿Qué? ¿Has hablado con *Nick*?

Sus ojos marrones me observaban divertidos.

—Se me acercó en cuanto entraste en dirección —repuso—. Sinceramente, parecía muy enfadado, y es bastante alto, así que digamos que me sentí un tanto intimidado.

Sentí un cosquilleo en los labios y me faltaba el aliento.

—¿Qué te dijo?

—Me dijo: «En realidad no te conozco, Josh», y te juro que pronunció mi nombre como si pensase que soy el mayor idiota del mundo.

—Bueno, puede que yo haya...

—Me lo imaginaba —Me miró, dejando claro que sabía que era por mi culpa, antes de seguir hablando—. Pero entonces va y me suelta: «Emilie es demasiado buena para ti. Si acepta volver a salir contigo, no lo arruines esta vez».

No me podía creer lo que estaba oyendo.

—¿Qué? ¿De verdad te dijo eso?

—Lo que pasa es, y no me puedo creer que esté diciendo esto de verdad, que el chico está enamoradísimo de ti. —Josh apoyó el codo en la ventana abierta antes de decir—: Así que, si a ti también te gusta…

—No. —Negué con la cabeza y sentí cómo se me revolvía el estómago. Mi cuerpo vibraba al pensar que podía gustarle a Nick o que le importaba aunque fuese un poco, pero no era suficiente—. Gracias por contármelo, pero a Nick le gusto lo suficiente como para que no quiera verme saliendo contigo, pero no lo suficiente como para hacer algo al respecto.

—Oh. —Josh parecía francamente sorprendido—. Bueno.

—Sí —repuse, tratando de obligarme a esbozar una sonrisa mientras me dolía el corazón al romperse en mil pedazos.

Mi mueca le hizo salir del coche.

—Ven aquí.

Josh me envolvió entre sus brazos y me acercó a su pecho. No era un abrazo normal y corriente, sino uno firme y profundo, que sentí más cómo una despedida al «nosotros», a Josh y Emilie como pareja. El aroma familiar de su colonia me reconfortó, pero como un amigo.

—¿Estás bien? —me preguntó, con los labios contra mi cabello, y yo me limité a asentir y a tragar con fuerza.

De alguna manera, en el transcurso de todos esos catorce de febrero, de un DSC y de todos los días en los que había fracasado estrepitosamente, todo había cambiado.

Volvía a sentirme demasiado sensible para cuando entré en casa. Como alguien que rara vez se ponía sensiblera, empezaba a sentirme un tanto ridícula por tanto llanto. Lancé las llaves sobre el recibidor que había junto a la puerta, pero me quedé completamente helada cuando vi que mi madre y Todd ya estaban en casa.

—Hola. —Me quité los zapatos—. ¿Cómo es que habéis vuelto tan pronto?

—Quiero hablar contigo —me dijo mi madre—. Siéntate, Em.

Entré en la sala y me senté en el sofá que tenían enfrente.

—¿Ha llegado el momento de hacer una reunión familiar improvisada?

—En cierto modo, sí —repuso Todd.

—Tu padre y yo hemos almorzado juntos hoy —expuso mi madre, juntando los dedos de las manos como si estuviese dando una charla ante un jurado en vez de en medio de un salón—. Para hablar de nuestra situación.

Me volví a mirar a Todd y él esbozó una sonrisa que me tranquilizó.

—Va a aceptar el trabajo en Houston, pero su empresa le ha permitido empezar los primeros meses a distancia, hasta agosto. Así podrás terminar tu penúltimo curso de instituto aquí y, después, decidir si quieres mudarte con él o quedarte aquí a vivir conmigo.

Parpadeé, incrédula. ¿Me estaba queriendo decir que...?

—Después de hablarlo largo y tendido, hemos decidido que esto es lo mejor para ti, eso siempre y cuando no bajes las notas y no te metas en líos. Cuando este año acabe podrás decidir si quieres cursar tu último año aquí, en Hazelwood, con tus amigos, o si quieres empezar de cero con tu padre en Texas —dijo, sonriéndome—. Respetaremos lo que quiera que elijas, sin rencores.

—¿Es en serio?

Mi madre asintió, pero tenía el ceño un poco fruncido, como si no estuviese del todo convencida con esta decisión. Me volví hacia Todd y vi que él me estaba sonriendo.

—¡Gracias! —Me levanté de un salto y corrí a abrazar a mi madre, aunque no soliésemos abrazarnos. Respiré su aroma a Chanel y a laca y añadí—: ¡Muchísimas gracias!

Mi madre me estaba sonriendo cuando me eché hacia atrás y me aparté el pelo de la cara.

—Ha sido idea de Todd, y tu padre ha sido quien ha tenido que renegociar la oferta de su nuevo trabajo.

—Aun así —dije, sintiendo cómo si el corazón estuviese a punto de salírseme del pecho por todo el amor que sentía hacia esta confusa mujer a la que tanto quería y a la que tanto temía—. Sé que ha debido de ser difícil para ti, eh...

—¿Dar su brazo a torcer? —dijo Todd entre risas—. Sí, pero está madurando.

Mi madre se volvió hacia él con una sonrisa que dejaba claro que era su mundo entero y, por primera vez en mi vida, no me molestó. Entonces lo abracé a él también, sintiéndome un tanto culpable por todas las veces en las que había pensado mal de él en todos estos años.

Quizás no era tan malo después de todo.

CONFESIÓN N.º 21

Me llevé por delante un buzón con el coche el mes pasado y ni siquiera frené.

—Estáis siendo ridículos. —Metí el montón de globos a empujones en mi taquilla antes de cerrarla de golpe—. Esto es espantoso.

—Espantosamente fantástico. —Chris se rio a carcajadas y Rox estiró una de las serpentinas que había colgadas en mi taquilla. Era 4 de marzo, mi cumpleaños, y en vez de ser discretos, me habían decorado la taquilla y me la habían llenado de globos.

Lo que, he de admitir, era agradable. Llevaba varias semanas de capa caída, pero ahora ya podía pasar una clase de química entera sin mirar ni una sola vez a Nick Stark.

Era una maldita heroína.

Las cosas habían empezado a irme mejor, así que esta pequeña celebración servía para recalcar mi nueva vida. Me había puesto un vestido adorable de lunares blancos y negros con el que me sentía Audrey Hepburn, y el cárdigan de volantes con el que lo había combinado me hacía sentir también un poco Taylor Swift.

—Tengo que irme a clase —dije, colgándome la mochila del hombro—. ¿Nos vemos después de clase?

—Pues claro —repuso Chris, sonriéndole a Rox como si fuesen de lo más graciosos antes de alejarse los dos juntos.

Después de eso tuve clase de literatura y luego me tocaba... agh... química.

Fui directa a mi pupitre, saqué el libro y lo abrí por la página por la que íbamos, antes de proceder a cotillear las redes sociales para esperar. Como llevaba haciendo todos y cada uno de los días de las últimas semanas.

Acababa de abrir Instagram cuando Nick se acercó a mí.

—Emilie —me llamó.

Dejé de cotillear Instagram pero no levanté la vista de la pantalla.

—¿Sí? ¿Necesitas un boli o algo así?

—Feliz cumpleaños.

—Vaya, gracias —repuse, alzando la mirada.

Pero, en ese medio segundo antes de volver a mirar mi teléfono, mi cerebro memorizó la imagen de sus ojos azules y serios, su mandíbula tensa, su sudadera negra, y su tono de voz, profundo y grave.

—¿Es que...?

—Por favor, no. —Parpadeé lentamente y dije—: Ya me has dicho todo lo que me tenías que decir, ¿vale? Estamos bien.

No me respondió nada, simplemente tragó con fuerza y asintió.

Bong entró en el aula y empezó con su clase, y yo me obligué a olvidarme de Nick y a pensar en lo bien que me lo iba a pasar después de clase con Chris, Alex, Rox y Trey. Íbamos a celebrar mi cumpleaños en el centro, cenando en el Spaghetti Works, mi restaurante favorito, seguido de un helado de postre en el Ted & Wally's.

Me moría de ganas.

Cuando terminó la clase, recogí todas mis cosas y salí del aula rápidamente por si a Nick le daba por intentar sentirse un poco mejor consigo mismo de nuevo. El día transcurrió muy despacio, probablemente porque estaba deseando que terminase, pero por fin sonó el timbre que marcaba el final de las clases.

—Por fin —dije, sonriendo cuando los vi a todos esperándome junto a mi taquilla. Alex se estaba convirtiendo rápidamente en parte de nuestro pequeño grupo de amigos, sobre todo porque era imposible separarlo de Chris, y yo me sentía la chica más afortunada del mundo por ello.

—Vamos, cumpleañera.

Me dejaron elegir la música mientras conducíamos por las calles, porque sabían que era una de mis cosas favoritas del mundo. Nos lo pasamos genial cantando a grito pelado, pero tragué con fuerza cuando pasamos por el centro.

Porque mi sitio favorito ahora estaba lleno de todos esos recuerdos de los momentos que había compartido con él.

Miré por mi ventanilla y ahí estaba el edificio del banco, cerniéndose sobre nuestras cabezas, con todos los vívidos recuerdos de Nick haciendo el horrible Cupid Shuffle, llevándome a caballito, casi besándome en el ascensor y echando una carrera conmigo por las escaleras.

Había sido el mejor día de mi vida.

Me obligué a olvidarme de ese día y a centrarme en pasármelo bien con mis amigos.

Rebuscamos en busca de alguna ganga en las tiendas de antigüedades, de vinilos e incluso en las *boutiques* más caras antes de ir hacia el restaurante.

—Me muero de hambre —dije, respirando profundamente mis olores favoritos del mundo.

—Siempre te mueres de hambre cuando hay carbohidratos de por medio —repuso Chris, y no se equivocaba. Estaba intentando comer un poco más sano y siempre se enfadaba medio en broma conmigo porque no me importase en absoluto si lo que comía me haría engordar unos gramos más.

—¿Habéis probado sus tiras de pollo? —nos preguntó Alex mientras seguíamos a la camarera hasta nuestra mesa.

—Estás en *Spaghetti Works* —le dije, poniéndole mala cara y los ojos en blanco—. Por favor, ni se te ocurra dejarme en ridículo pidiendo el pollo.

—Yo que tú haría lo que dice —repuso Rox, dándole la mano a Trey mientras nos seguían—. Es leal a este sitio hasta el absurdo.

—Tomo nota —accedió Alex.

Cuando la camarera nos llevó hasta la mesa grande que había frente a la barra de ensaladas, Chris se volvió hacia ella.

—Disculpa... ¿podrías darnos una mesa junto a la ventana?

Me volví para mirarlo, sonriéndole, y él me devolvió la sonrisa. Chris y yo solíamos jugar a un juego cuando nos sentábamos en esas mesas junto a las ventanas en el que teníamos que adivinar la historia que había detrás de cada persona que pasaba por la calle. Me emocioné al ver que él también se acordaba de nuestro juego.

—Claro —accedió la camarera, y nos llevó hacia una mesa que había junto al ventanal que daba a la calle principal.

—Gracias —le dije, y todos tomamos asiento a la mesa.

Después nos perdimos entre risas y conversaciones. Rox, Trey y Chris (y, al parecer, también Alex) eran las personas más graciosas que conocía. No había nada tan divertido como pasarse varias horas con ellos, divirtiéndome, sin que se interpusieran cosas como el trabajo, las tareas o los novios.

Se rieron de mí (con razón) cuando me terminé mi segundo plato de espaguetis antes de que Alex hubiese terminado siquiera su primer plato, y me reí a carcajadas cuando Rox y Chris se metieron de lleno en el juego de las historias.

—La pareja que está paseando al perro llevan juntos quince años, pero solo llevan un año casados —dijo Chris—. Ha sido su peor año, y los dos creen que arruinaron su relación al casarse.

—Qué negativo —me reí.

—¿A que sí? —repuso Alex.

—Ella al final terminó cediendo porque se dio cuenta de que decirle que no todos los años le dolía —dijo Rox—, pero ahora es ella la que está sufriendo. Ambos quieren terminar con su relación, pero ninguno de los dos tiene las fuerzas para decírselo al otro.

—Él trabaja sesenta horas semanales solo para no volver pronto a casa —añadió Trey.

—En realidad —intercedió Chris, señalando al perro—, ese perro es lo único que los mantiene unidos. Ninguno de los dos soporta la idea de tener que renunciar a la custodia de...

—Albóndiga.

—Sí, de Albóndiga —dijo Chris, asintiendo, aceptando que Alex le hubiese dado nombre al perro—. Ninguno de los dos puede soportar la idea de perder a Albóndiga, por lo que pasean a esa bestia juntos cada noche después de cenar, cada uno soñando con estar en cualquier otra parte que no sea donde están en realidad.

—Acabáis de llevaros el juego a vuestro terreno y hacerlo de lo más deprimente —dije, dándole un sorbo a mi refresco—. Ahora os toca arreglarlo dándole una historia a esa señora.

Todos nos volvimos a mirar por la ventana, y una mujer alta, vestida con un mono y una boina, pasó junto al ventanal hablando por teléfono.

—Esa es Claire —dijo Chris—. Solía ser modelo, pero dejó ese modo de vida tan ajetreado y elegante para volver a casa y cuidar de su tío Billy.

—Que perdió la memoria en un accidente con un microondas. —Alex sonrió, alegre, uniéndose al juego—. Ahora él solo habla de la NASCAR y de las mujeres del programa de *The View*.

Todos nos echamos a reír a carcajadas.

—Cuida a ese hombre durante el día —añadió Rox—, pero por la noche le gusta volverse a poner su ropa de supermodelo y buscar por el Antiguo Mercado a algún hombre al que pueda interesarle sacarla por ahí a bailar el swing.

—¿Esa es una manera educada de decir tener sexo?

—Pues claro que significa tener sexo. —Trey puso los ojos en blanco y añadió—: Baila con ellos y, cuando se quedan dormidos, los asesina a sangre fría y vende sus órganos en el mercado negro.

—Qué horror.

—Pero es un buen negocio.

Me reí y estiré la mano hacia el pan con ajo de Chris.

—Vale, Alex, te toca ese chico.

Alex me miró de reojo y después se volvió por completo hacia la ventana.

—Todos los que conocen a este chico piensan que es un imbécil porque nunca sonríe.

Levanté la mirada de mi pan y vi a un chico con una chaqueta negra que paseaba junto al restaurante con una caja bajo el brazo.

—Pero, en realidad, es un buen chico, que está atormentado por los remordimientos de haber sido un auténtico imbécil con alguien que de verdad le importa.

El chico alzó la mirada al otro lado del cristal y...

Era Nick.

—Pasó un día perfecto con la chica perfecta —añadió Rox—, pero su corazón cínico se negaba a creer que esa felicidad pudiese durar, por lo que la alejó de su lado.

Me volví a mirar a Rox, y me faltaba la voz al decir:

—¿Qué estáis haciendo?

—No fue hasta que se puso a limpiar su camioneta y se dio cuenta de que podía seguir oliendo su perfume en la chaqueta de su hermano —dijo Trey—, que sintió que no podía respirar por lo mucho que la echaba de menos.

—¿Qué es todo esto? —Moqueé y parpadeé rápidamente cuando Nick dejó de caminar y se volvió a mirarnos directamente.

A mirarme a mí.

Alex siguió hablando, como si no hubiese preguntado nada.

—Sabe que la ha cagado y que ha perdido su oportunidad, pero solo quiere darle un regalo a esa chica por su cumpleaños. Y luego se marchará.

Bajé la mirada hacia su rostro, tan apuesto, y el único rostro en todo el mundo que de verdad me daba ganas de llorar. Mientras lo observaba, tragó con fuerza y me dirigió una mirada intensa que pude sentir desde la coronilla hasta las puntas de los dedos del pie.

Negué con la cabeza y aparté la vista de la ventana, volviéndome hacia mis amigos.

—No creo que mi corazón pueda soportar más seguir con este juego.

—Tan solo escucha lo que tiene que decir —me pidió Chris.

Respiré hondo. Pero luego me levanté y atravesé el restaurante hasta la puerta, abriéndola de par en par antes de salir. Estaba a punto de acercarme al sitio donde lo había visto de pie a través de la ventana, cuando lo oí llamarme.

—Em.

Me volví hacia mi derecha y allí estaba, de pie junto a la puerta, esperándome.

No era justo lo guapo que era. Todavía llevaba puesta la sudadera negra, y odiaba que su mera presencia anulase por completo lo bien que me lo había estado pasando con mis amigos. Tener que mirar a Nick me daba ganas de irme a casa y echarme a llorar.

Me crucé de brazos.

—Estoy intentando cenar con mis amigos —dije—. ¿Qué quieres, Nick?

Me hizo un gesto con la cabeza para que lo siguiera a una de las mesas de la terraza del restaurante, que estaba completamente vacía porque hacía demasiado frío como para comer fuera. Puse los ojos en blanco y lo seguí, irritada porque, de algún modo, se las estuviese apañando para mandarme incluso en mi cumpleaños.

—Ábrelo. —Dejó la caja sobre la mesa y me miró con esos ojos que seguían atormentándome en mis sueños, antes de añadir—: Por favor.

Me miraba tan… intensamente. Tenía la mandíbula tensa y los ojos fijos en mí. Respiré hondo y me dije que no sabía por qué tenía el estómago lleno de mariposas. Alargué la mano y tiré de la cinta roja que formaba un lazo perfecto, pero cuando levanté la tapa de la caja blanca y eché un vistazo a lo que había en su interior, no me podía creer lo que estaba viendo.

Me volví para mirarlo y solo pude decirle:

—¿Cómo?

Él se encogió de hombros al mismo tiempo que yo metía las manos en la caja y sacaba la tarta que había en su interior.

La tarta morada de unicornio con glaseado con purpurina.

La que había querido por mi noveno cumpleaños.

No me podía creer lo que veían mis ojos cuando la saqué del todo y la dejé en la mesa. El cuerno dorado brillante, el unicornio lleno de purpurina comestible, el glaseado morado reluciente. Ponía «Feliz cumpleaños, Em» tal y como yo había deseado desesperadamente que pusiese cuando estaba en cuarto de primaria.

Pero... Nick nunca había visto la tarta.

—¿Cómo demonios lo has hecho, Nick?

Él se encogió de hombros levemente.

—He tenido algo de ayuda.

—Vas a tener que darme más información que solo eso —repuse, llevándome mis manos temblorosas a la cintura, y tratando de entender a este chico que quizás me hubiese dado el regalo más detallista que había recibido jamás.

—Max conoce al dueño de la panadería —respondió.

—¿Max?

—Tu abuela.

Mi cerebro no estaba funcionando lo bastante rápido como para seguirle el ritmo a todo lo que me estaba contando.

—¿Te ha ayudado mi abuela? —dije, entrecerrando los ojos.

Nick asintió.

—Eh, por lo que yo sé, la única vez que la viste te pidió que salieses de su porche. —Le examiné el rostro, buscando una respuesta, pero sus labios se deslizaron hasta formar una pequeña sonrisa engreída, una que dejaba claro que estaba de lo más satisfecho consigo mismo, pero que no era del todo amistosa—. Por favor —le pedí—, explícate, Nick Stark.

—Fui a casa de tu abuela y le pregunté qué sabía sobre la tarta morada de unicornio. —Sus ojos recorrieron mi rostro, haciendo que mi corazón latiese acelerado—. Al parecer, lleva años tonteando con el dueño de la pastelería, así que lo llamó y le pidió que te hiciese una.

Parpadeé, sin poder creerme lo que estaba oyendo.

—¿Mi abuela está saliendo con el viejo Miller?

—No sé si se podría decir del todo que están saliendo, porque solo duermen de vez en cuando en la casa del otro...

—Qué asco.

—Pero sí que tienen buena relación.

Clavé la mirada en la tarta, incapaz de frenar mis pensamientos. *¿Nick fue a casa de mi abuela solo para ver si ella tenía más información sobre la tarta?*

—No me puedo creer que te acordases de lo de la tarta —conseguí decir.

—Me acuerdo de todo lo que tiene que ver contigo, Em.

Escuchar cómo su voz se rompía al decirlo me hizo alzar la mirada de nuevo hacia su rostro.

—Me acuerdo —repuso, con voz ronca—. Me acuerdo de la canción de «Thong Song», de ese pequeño jadeo que soltaste después de que te besase y del beso que me diste en la *nariz* cuando creías que estaba triste.

Se oyó el silbato de un tren a la distancia, un sonido casi inquietante en medio de esa fría oscuridad.

—La he cagado —dijo, sin apartar la mirada—, y me he arrepentido de ello cada minuto de cada día desde que te vi alejándote de mí en el aparcamiento del instituto.

Tragué con fuerza y lo recorrí con la mirada, absorta en la única persona a la que no me había permitido mirar de verdad desde que me había roto el corazón.

—Me enamoré de ti el día de San Valentín, Emilie, pero necesito algo más que siete minutos.

—¿De verdad? —Una sensación cálida me recorrió entera, por todas mis moléculas. Quería estar más cerca de él, pero primero tenía algo que preguntarle—. ¿Pero qué pasa con todo lo que dijiste después de San Valentín? ¿Qué hay de lo del espejismo?

Nick alzó la mano como si fuese a acariciarme las mejillas, pero se detuvo y la dejó congelada en el aire.

—Tenías razón —dijo—. Sobre lo de que me he vuelto un estúpido por lo de Eric.

Me estremecí.

—Yo no he dicho eso.

—Insinuaste que me estaba frenando por él, y desde que lo dijiste me he dado cuenta de que probablemente sea cierto.

—¿En serio?

—Sí. —Hizo una mueca como si quisiese decir «Es todo tan dramático»—. Resulta que cuando tus padres montan un mercadillo con todas las cosas que tenían guardadas en el garaje y te vuelves loco porque están regalando la gorra de béisbol de tu hermano muerto el día después del primer aniversario de su muerte, te das cuenta de que tienes más problemas de los que pensabas.

—Oh, no. —Di un paso hacia él, estirando la mano para tocar la manga de su sudadera—. Eso es una mierda. Lo siento.

—No pasa nada. —Carraspeó, antes de seguir hablando—. Lo creas o no, me alegro. Gracias a eso he empezado a ir al psicólogo. No sé, es extraño, el tener que hablar con un desconocido de estas cosas, pero también es un alivio.

—Nick eso es ge...

—Para. —Me miró de reojo y me dedicó una sonrisa engreía antes de añadir—: Lo último que quiero ahora mismo es que la chica por la que estoy loco me diga que está orgullosa de que vaya a terapia. Ya tengo una madre para eso, muchas gracias.

Eso me sacó una carcajada.

—Sabía que estabas loco por mí.

—Sí, Emilie Hornby, estoy aquí ahora para decirte que estoy un poco loco por ti. Por esto. —Levantó las manos y las llevó hacia mis mejillas, acariciándome con delicadeza—. Por la idea de un nosotros. —Se le arrugaron las comisuras de los ojos al sonreír de oreja a oreja, una sonrisa que hizo que me flaqueasen las rodillas.

—No te pongas tan cursi conmigo, Stark —dije, pero la «K» quedó interrumpida cuando sus labios se estamparon contra los míos. Sentí como una corriente eléctrica y un calor líquido me recorrían por dentro mientras Nick me besaba como solo Nick podía hacerlo.

En algún lugar a lo lejos oí a mis amigos aplaudiéndonos, pero nada podría haberme alejado de la única persona del mundo que sabía que solo hacía falta una tarta de unicornio morada y llena de purpurina para conquistarme.

Nick se quedó con nosotros el resto del cumpleaños, y me dio la mano mientras paseábamos por el Antiguo Mercado después de cenar. Y cuando llegó la hora de volver a casa, me preguntó en voz baja, para que nadie más pudiese oírlo:

—¿Te puedo llevar a casa?

Por supuesto, le dije que sí.

Me observó mientras yo extendía las manos frente a los conductos de la calefacción de su camioneta de camino a casa.

—¿Es que nunca te abrigas lo suficiente? —me preguntó.

—No me gusta ocultar un buen conjunto con un abrigo gigante —repuse, sonriéndole de oreja a oreja mientras él me miraba como si fuese una niñita tonta.

—Bueno, toma —dijo, estirando la mano hacia los asientos traseros mientras seguía conduciendo—. Puedes volver a ponerte la chaqueta de E. Sigue oliendo a tu perfume desde el DSC.

Me tendió la chaqueta y fue como si me reencontrase con un viejo amigo.

—No sabía que era de tu hermano. —Se la quité de las manos con delicadeza y la estiré en mi regazo, pasando los dedos por el tejido.

—Eso es porque desde el principio actuaste como si te perteneciese —bromeó.

—Cierto —accedí, pensando en todas las otras veces que me la había puesto y que él desconocía. Tantos accidentes repetidos, tantas veces poniéndome esa chaqueta.

Aunque.

Bajé la mirada hacia la chaqueta verde militar. Ahora que lo pensaba, me la había puesto en el primer día de San Valentín. El día en el que todo había empezado.

El día de San Valentín.

El aniversario de la muerte de su hermano.

Pero en ninguno de los otros días me había quedado dormida con ella puesta, hasta el DSC. El último día de San Valentín.

Nick me sacó de mis pensamientos entrelazando mis dedos con los suyos. Me miró de ese modo tan suyo que hacía que las mariposas de mi estómago echasen a volar.

—Por cierto —repuso—, nunca te llegué a dar las gracias por arrastrarme contigo en tu DSC. Me lo pasé genial contigo...

—Pues claro que sí, no podía ser de otro modo —bromeé, lo que le hizo volverse hacia mí con una sonrisa divertida.

—¿Pero lo que hicimos por la tarde? —Me miró súper serio—. A E le habría encantado.

—¿De verdad? —Bajé la mirada hacia la chaqueta.

—Sí —dijo, incorporándose a la autovía—. No pienso actuar como un loco del universo y del destino y todas esas cosas, pero te lo juro, si lo conocieras, habría pensado que fue el día perfecto.

Vaya. Me puse cómoda en el asiento y metí las manos en los bolsillos de la chaqueta. La idea de Eric de un día perfecto, el día que me había olvidado de devolver la chaqueta, era justamente el mismo día en el que el bucle temporal se había terminado.

—¿Por qué sonríes así?

Ni siquiera me había dado cuenta de que estaba sonriendo. Me volví hacia Nick y le pregunté:

—¿Así cómo?

Él soltó una pequeña carcajada y se le arrugaron las comisuras de los ojos al sonreír, de esa forma que tanto me gustaba.

—Estás sonriendo como una psicópata —dijo.

—Yo no sonrío como una psicópata.

—Pues ahora sí. —Sacudió la cabeza, con una gran sonrisa dibujada en el rostro—. Como una a la que le encanta ver los desfiles por la televisión y ponerles jerséis a los gatos.

Se estaba citando a sí mismo, aunque en realidad era al Nick de uno de los días de San Valentín que él no recordaba, y no tenía ni idea. Caí rendida ante su risa burlona, con ese cálido toque feliz que siempre debería haber estado presente en su risa, y me sentí increíblemente agradecida.

«Gracias, Eric.»

—No soy ninguna loca. —Me acerqué un poco más a él, deslizándome en el asiento de su vieja camioneta—. Tan solo soy una chica radiantemente feliz en este momento.

Su mirada se topó con la mía y me dedicó una sonrisa traviesa.

—Cualquier chica dispuesta a citar a Austen para expresar su felicidad es totalmente mi tipo de loca.

Y lo era.

Sin duda, era el tipo de loca de Nick Stark.

Bajé la mirada hacia mi brazo y sonreí. No podía verme el tatuaje a través del jersey y la chaqueta, pero casi podía sentirlo, vibrando sobre mi piel. Esas palabras, grabadas a fuego en mi piel, eran como una corriente eléctrica.

Toda mi vida había cambiado, pero no me arrepentía de nada.

«Me lo he pasado de maravilla arruinándolo todo».

I had a marvelous time ruining everything

PLAYLIST

1. Lover (Remix) [feat. Shawn Mendes] | Taylor Swift, Shawn Mendes
2. Let's Fall in Love for the Night | FINNEAS
3. coney island (feat. The National) | Taylor Swift, The National
4. New Romantics | Taylor Swift
5. betty | Taylor Swift
6. Play with Fire (feat. Yacht Money) | Sam Tinnesz, Yacht Money
7. ...Ready For It? | Taylor Swift
8. The Passenger | Volbeat
9. Street Lightning | The Summer Set
10. Sabotage | Beastie Boys
11. Nervous | Shawn Mendes
12. the last great american dynasty | Taylor Swift
13. Ghost Of You | 5 Seconds of Summer
14. fuck, I'm lonely (with Anne-Marie) | Lauv, Anne-Marie
15. Lose Yourself | Eminem
16. Amnesia | 5 Seconds of Summer
17. fOol fOr YoU | ZAYN
18. So Damn Into You | Vlad Holiday
19. I Don't Miss You at All | FINNEAS
20. Forgot About Dre | Dr. Dre, Eminem
21. gold rush | Taylor Swift
22. Everything Has Changed (feat. Ed Sheeran) (Taylor's Version) | Taylor Swift, Ed Sheeran
23. Driving in the City | Brandon Mig

24. The Joker And The Queen (feat. Taylor Swift) | Ed Sheeran, Taylor Swift

https://open.spotify.com/playlist/4gex4YF0tYiPSuhID55dEY

AGRADECIMIENTOS

GRACIAS, querido lector, por elegir este libro. Has influido en mi vida de un modo increíble, desempeñando un papel fundamental en ayudar a que mi sueño se hiciese realidad y, por ello, te estoy eternamente agradecida.

Gracias a Kim Lionetti, mi increíble agente, por darme una carrera de ensueño que no paras de mejorar. Eres más de lo que creía necesitar.

A Jessi Smith, mi editora: la visión que tienes de los libros es extraordinaria, y tengo mucha suerte de haber podido trabajar contigo. Haces que mis ideas y mis palabras sean MUCHÍSIMO MEJORES, y por eso te estoy MÁS QUE agradecida por tu experiencia.

A toda la gente talentosa que forma parte de SSBFYR y de S&S Canadá: la gente de marketing y marketing digital, publicidad, ventas, educación y biblioteca, propiedad intelectual, producción, a toda la cadena de producción; muchísimas gracias por el trabajo tan increíble que habéis hecho con este libro. A Liz Casal y a Sarah Creech: gracias por haberme dado de nuevo otra cubierta tan bonita y que adoro con todo mi ser. A Morgan York y a Sara Berko: gracias por supervisar todos los detalles del proceso, ¡y por aseguraros de que esta historia se convirtiese en un libro de verdad!

Gracias a mis amigos de Berklete por dejarme que me uniese a vuestro grupo y que quedase con vosotros constantemente (es decir, por meterme en el chat de grupo). Habéis hecho que mis momentos más felices lo fuesen mucho más, y los menos felices los habéis mejorado un poco, no sé qué habría hecho sin vosotros.

Gracias a todos los Bookstagrammers, Tiktokkers, YouTubers y blogueros; estáis por ahí haciendo un trabajo increíble sin esperar

nada a cambio, y no estoy muy segura de que he hecho para merece-
ros. Sois unos creadores de contenido increíbles y con muchísimo
talento, y no puedo agradecéroslo lo suficiente por todo lo que habéis hecho en nombre de los libros. A Haley Pham, te adoro, a ti y a
tus maravillosos seguidores.

A Lori Anderjaska, eres la tía más enrollada del suroeste de Mo-
naha, gracias por ser mi editora 402 y por prestarme el nombre de tus
hijos.

También, gracias a Taylor Swift, por escribir canciones que pare-
cen libros.

Y a mi familia:

Mamá, eres increíble, y te quiero más de lo que puedo expresar
con palabras. Nada de ESTO habría sido posible sin ti.

Papá, te echo de menos cada día.

Cass, Ty, Matt, Joey y Kate, gracias por ser unas personas tan
increíbles, me hacéis sentirme muy orgullosa de vosotros y me hacéis
reír siempre. Creo que sois super guais, pero probablemente se deba
a que fui yo quien os traje a este mundo.

Y KEVIN:

Gracias por aceptar que me siento muy feliz cuando estoy a solas, con solo la compañía de mi ordenador. Gracias por aceptar que
se me da fatal todo lo que tenga que ver con el hogar y que solo sé
hacer seis recetas contadas (sigo sin creerme esa cifra). Todos los intereses amorosos que escribo están inspirados en ti, porque todos los
intereses amorosos deberían ser tan detallistas, respetuosos, sarcásti-
cos, buenos y extraordinariamente divertidos como tú. Eres mi persona favorita del mundo, y no te merezco.